上海制造

孙甘露 著

上海书店出版社
SHANGHAI BOOKSTORE PUBLISHING HOUSE

上海城隍庙湖心亭九曲桥

上海城隍庙湖心亭九曲桥1794年（清乾隆四十九年）于豫园荷花池上建成湖心亭，建造完全是清朝式样全系砖木结构，1855年（咸丰五年），湖心亭改为"也是轩"茶楼，成为上海商人聚会议事的场所。1922年遭火焚毁后，由上海名流捐资重建，全部改为钢筋水泥建筑。

这幅作品画的是清代末年景象。

上海城隍廟湖心亭
九曲橋 壬辰年寒冬
戴紅倩作

前言

大上海“大”在哪里?

哪里有上海人的衣食住行、吃喝拉撒，
哪里就有国货名牌；
哪里有上海人的生活方式，
哪里就有全国人民的趋之若鹜。

历来，上海是可以叫作“大上海”的，大家都这么叫着，上海人这么叫着，全中国人也这么叫着，一点没有意见。上海有“大上海电影院”，就在西藏路南京东路，是老牌的头轮电影院，以前和“大光明”齐名。有一部汇集了周润发、黄晓明两代“许文强”的电影，片名正是《大上海》，这是2012年的事情。事实上，早在二十几年前，还有一部香港电影《大上海1937》，也是直截了当地尊上海为大。肯定还会有更多不知其详的餐馆、商店、书籍、文章，以“大上海”命名。印象中，中国诸多城市，唯有上海可以称“大”，并且会被认同。武汉人也称武汉为“大武汉”，但是那只是武汉人的“自大”。一个城市要被人家“夸大”，倒是有难度的。

有一天，我突然钻起了牛角尖：大上海大上海，“大”在了哪里？如果从地理面积上看，“大”上海6340.5平方公里，仅仅占全中国的0.06%，比起北京的16808平方公里和广州的7434.4平方公里，天津的11917平方公里，上海就是小阿弟。北京比上海大得多，但是只听说“老北京”，没听说“大北京”的，更没有听说过大内蒙、大新疆、大云南……大上海，你何以宠幸？何以称大？

大上海大在了文化。在我们的记忆中，大上海是中国唯一可以以“半壁江山”自豪的城市，这半壁江山，恰是上海文化的强大，大凡说到近百年前上海的文化界，半壁江山都已经算是谦辞。文学、出版、电影、戏剧、音乐，也包括建筑、金融、教育，如数家珍却还真数不过来，中国乃至远东的很多文化第一都在上海诞生，并且很强有力地成为当时中国的文化大餐。如今还被歌星反复传唱的上海老歌，起始点也在上海。1927 年，黎锦晖创作的《毛毛雨》，当时叫做“时代曲”，堪称中国流行音乐的摇篮曲，至上世纪 40 年代末，共有八千多首流行歌曲问世。这就是大上海之大。曾经有个经典桥段说，一个乡下人站在国际饭店墙角下抬头看国际饭店有多高，帽子掉在地上还浑然不知——与其说是在嘲讽乡下人，还不如说是反衬有国际饭店的上海之不可一世。

也可以列入大上海大文化范畴的是上海的国货名牌，尤其是生活用品，更是风靡全中国。培罗蒙西装在二十多年前有一句广告语，点穴一般地道出了大上海之大——“培罗蒙西服，半个多世纪的骄傲”。这一份骄傲，当然也属于所有的上海国货名牌，哪里有上海人的衣食住行、吃喝拉撒，哪里就有国货名牌；哪里有上海人的生活方式，哪里就有全国人民的趋之若鹜。直至 1950 年代之后，大上海的国货名牌更加发扬光大，上海的轻工业产品，毫无疑问，就是中国内地老百姓心向往之的顶级名牌。上海牌手表，永久牌、凤凰牌自行车，飞人牌、蝴蝶牌缝纫机，红灯牌无线电，华生牌电风扇，海鸥牌照相机，回力牌球鞋，直至烟纸店卖的固本牌肥皂、414 毛巾、长命牌牙刷……在国内的霸主地位，就像如今的“苹果”“三星”，不可一世。有个滑稽戏的绕口令，当时听来只觉得是绕，几十年过后，想来是绕，更加是秀，秀大上海之大：牙刷牙膏香肥皂，木拖板阿福帽，阿司匹林橡皮膏，卫生草纸电灯泡，外加还有奶油鸡蛋糕——上海最好。

“上海”成为了一个符号，也成为了一个标签。在国际名牌还没有进入中国之前，“上海”两个字是最高级的品牌，甚至不见得是“上海牌”，只要有“上海”两个字就足够体现身份。比如印了“上海”两个字的旅行袋，谁拎着，都是风光的事情。如果是在偏远的小城，有一个“上海”旅行袋风尘仆仆，可以说明两点，第一，这个旅行袋的主人去过上海，第二是这个主人有上海亲戚给他带来的，比起如今的海外购物，更加具有传奇色彩。或许旅行袋里，还装了从上海带回来的棉毛衫，菊花牌、三枪牌，可能还有奶糕镬子（锅子），可能还有尼龙丝袜，还是出口转内销的。不管是三等品，还是等外品，都可以从商标里看到一条简短的英语，MADE IN CHINA，这还不是最好的，相比较，MADE IN SHANGHAI CHINA 才是最挺括的，“上海制造”高于“中国制造”。上海话里有“结棍”二字，和当下北京话的牛逼有点相似，“上海制造”就是结棍，就是牛逼，就是大上海之大。

2012 年，有网民晒了几张床单的照片，立刻被提升到国民床单，因为全国的老百姓几乎都在自家的床上铺过，它的制造者也许遍布中国，但是最有名气的厂家，就在上海，民光被单厂、太平洋被单厂……国民床单，又激活了一系列国民商品，凤凰羊毛毯、上海牌手表，都是极其紧俏的国民商品，也都是“上海制造”。这也就是为什么，两年前“回力球鞋”又回过力来的原因，其实它本身就是国民跑鞋。在偏远的角角落落，很多贫穷的人可能终生未到过上海，却不妨碍他们熟知“上海制造”，因为他们家里总会有一些“上海制造”的痕迹，哪怕就是一架破旧的凯歌牌 4B15 半导体收音机，有长中短波。据说当年是上无四厂为驻守边疆的战士特供制造的，接收能力和稳定性俱佳，后来在盛行听短波听“敌台”年代，是一款抢手货，再后来就落户到了偏远的山区，毕竟用得太长久了，塑料外壳前后盖已经合不上，于是扎了一根塑料绳。

欧美国家习惯将制造业与文化媾和，制造的高低就是文化的高低，制造的强弱就是文化的强弱，就像好莱坞、麦当劳、耐克、可口可乐之于美国，奔驰、莱卡之于德国，夏奈尔、拉斐、路易威登之于法国，索尼、丰田之于日本，全世界的每个角落都闪烁着他们春风得意的神情，在神情背后，恰是这些国家文化的汹涌澎湃。如此说来，“上海制造”所得意的，所被国人认同的，也远在“制造”之外，实在就是“大上海”的心结。事实也是这样，“上海制造”制造的就是大上海。

目录

前言

先做“小赤佬”

一百零一家

常住户口

百业造影

后记

海

制

造

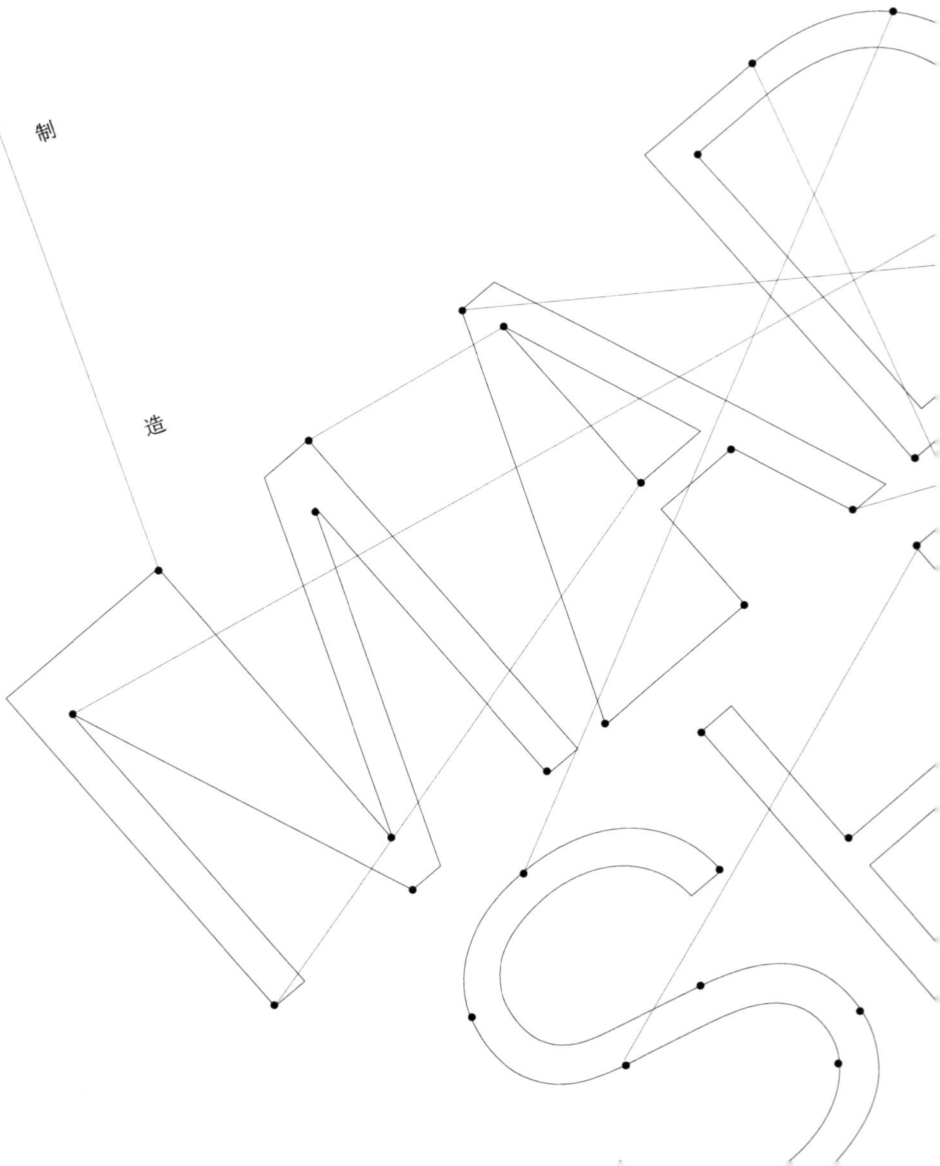

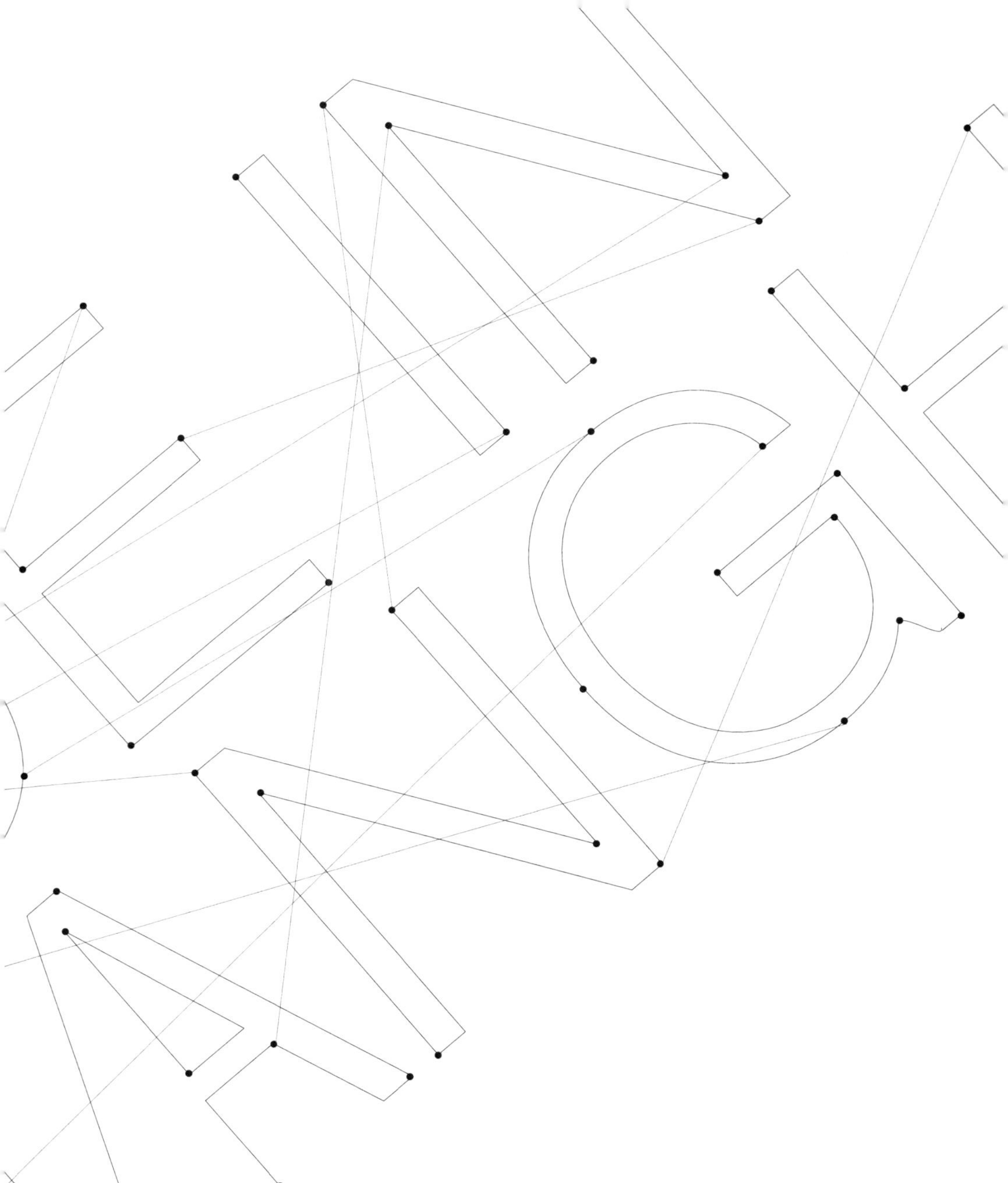

先　做　“小　赤　佬”

上海製造

城市的传世印章

看一个城市的热闹，可以看它有多少新房子；

看一个城市的历史，可以看它有多少老房子；

掂量一个城市的厚重和心胸，可以看它有什么房子。

有一位北方朋友，对上海的时尚向来敏锐，一点不输给上海本地人。听说上海有个“思南公馆”，便直奔而去。知道“思南公馆”的人渐渐多起来了，不过除了时尚界和社会闻人，听说过的人不少，去过的人不多，说得清楚的人寥寥。在很多人的模糊印象中，就是新版的“新天地”。确实，10年前，去新天地露天咖啡座喝一杯尚属前卫，10年后，“思南公馆”更带有神秘的色彩。这一位北方朋友怀着去新天地的心情去了思南公馆，并没有感觉到它比新天地更加时尚，更加喧闹，更加有气派。这一种感觉倒是没错，却又是错了，错是错在了将思南公馆当做了升级版的新天地——新天地是石库门的凤凰涅槃，思南公馆是老洋房的老树新开，新天地是时尚的休闲，在思南公馆，吃饭喝咖啡，仅仅是诸多功能中的一个，仅仅是5万平方米中的一个角落。

从思南路55号走进思南公馆，才算是触摸到了思南公馆的脉搏。51幢小别墅形成的老洋房群落，别墅式的酒店，才是真正的“上海制造”的魅力。如今的思南公馆，按照官方的说法，是“上海历史文化风貌区和优秀历史建筑保留保护改造试点项目”，事实上，是具有将近90年的历史老洋房群落，原汁原味地第二次开发。1920年代的上海高档社区，已经功能完备，社区周遭有公园、医院、教堂、学校、影院……在以音乐家马斯内谐音命名的静谧的马思南路两边延伸。

老洋房，上海的印记，印在上海的地上，记在国人的心里。而且岂止是国人？

2004年，美国前总统乔治·布什将他的80寿辰远东庆祝安排在上海，活动地点是东湖路 7 号大公馆。这是老布什的特别关照，据说每一次到上海，他都会到大公馆与朋友小聚。早在 1972 年，中美联合公报不少艰难的谈判讨论就是在这里进行，而后便有了布什作为美国驻中国特别联络处主任的身份。三十几年过去，弹指一挥间，如今这个被命名为“大公馆”的所在，依旧是老布什的钟情。

大公馆本身的历史决定了大公馆的魅力，而大公馆本身的历史，甚至丝毫不比它曾经承担过的政治使命逊色。有关大公馆的传奇，一直被多种版本衬垫得越发传奇。它是否杜月笙的公馆？戴笠和影星胡蝶是否在此演绎过摄人魂魄的情感大戏？其实这一切的重要仅仅是对大公馆而言，大公馆本身的重要，是它作为一幢八十多年之久的老房子，作为上海开埠后第一轮洋房潮的写真，作为它的主人运筹帷幄的大手笔的见证，贯穿在上海这个远东第一城的美誉之中。就好像国际饭店曾经几十年间的笑傲远东，不是在于曾经有多少人站在它的墙角下仰视它的时候，多少顶帽子落地，而是在于国际饭店是上海这个远东大都市一个时代的形象大使。

大公馆只是其中之一。倘若说人与人之间经常会有些不约而同的暗合，那么房子与房子之间，也恰是有英雄所见略同的默契。如今被引为上海城市骄傲的建筑，它们的风格是迥异的，但是它们的风潮是一致的；它们的主人是各领风骚的，但是它们兴建的年代都是极其极其的不谋而合：20 世纪二三十年代。台湾银行大楼（如今外滩 16 号，招商银行），马勒公寓，西摩路教会堂，海关大楼（1927 年），小德勒撒天主堂……忽如一夜春风来，洋房处处梨花开。所谓万国建筑，就生于兹，美于兹和闻于兹。按照流行的说法，外滩的建筑群是一道风景，其实在外滩之外，万国建筑正所谓星罗棋布，至今它们或者风姿绰约，或者洗尽铅华，或者掩映在民居。轻轻叩开斑驳的木门，几声吱嘎吱嘎……看一个城市的热闹，可以看它有多少新房子；看一个城市的历史，可以看它有多少老房子；掂量一个城市的厚重和心胸，可以看它有什么房子。以前民间热衷于将上海分为上只角和下只角，所谓的上只角，恰恰是一幢幢洋房平地而起，文明、文化、富裕

上海老洋房

宋家老宅是一处仍旧用竹篱笆围墙的老式花园洋房，位于陕西北路南阳路路口，篱笆上爬满了爬山虎，一看就知道是个有悠久历史的宅邸。

1927年12月1日"蒋宋联姻"（蒋介石和宋美龄）的婚礼在这里举行。

这幅作品前面画的是宋氏家族老屋，后面是香山路上的几幢老洋楼。

上海老洋房
癸巳年夏月戴红倩作

也应运而生，上海工业的独霸一方，上海电影明星的群星璀璨，上海商业的繁华，乃至上海文坛的举足轻重，都可以在老房子客厅里听到惺惺相惜的谈笑风生，甚至还可以在客厅茶几上的烟灰缸里嗅到丝丝不夜城的气息。

当年思南公馆成片洋房建成后，吸引了大批军政要员、企业家、专业人士和知名艺术家迁入，成为当时上流社会的居停和会聚之所。

老房子在上海几乎相同的年代里群雄毕至、闪亮登场，可以看作是它们给上海作为大都市所必需的“传世印章”，足以想得到的则是这些老房子的主人目光远大、运筹帷幄的手笔。中国历来有“齐家治国平天下”的古训，对于老房子的主人来说，“齐家治厂比天下”应该更加贴切。他们中的很多人都是当年上海的工商巨子，他们无论是齐家，还是治厂，还是比天下，都堪称一代英豪。可以这么说，每一幢老房子，都浸润着它的主人实业的强盛，家业的殷实和生活方式的奢华中的历练和品位，每一幢老房子都会传唱主人的发家传奇。

有人说建筑是凝固的音乐，不妨说建筑是开放的历史，细览过这些建筑，无疑就是读懂了上海近百年来的阴晴圆缺。就老房子而言，老房子是上海城市风格的传世印章，后人在将它们当作怀旧和时尚浑然结晶体而赏心悦目的时候，理当想起这一枚枚传世印章的镌刻者。是谁？是上海这一座城市。

两部机器扶梯的德比

像昔时上海戏剧舞台的名角儿较劲较得咬牙切齿一样，

明明知道你也是个角儿，我还是客客气气地说一声不客气的话：

这台上的角儿还有我。

一位老人家乘车经过南京路的中百一店，倏忽间勾起了尘封的记忆：“机器扶梯”，“扶梯”还一如很多老人的上海口音，读成“胡梯”，使得孙辈一下子还没听明白。老人说，解放前就有了，格辰光只有南京路大新公司和永安公司有机器扶梯。后来乡下亲眷到上海，机器扶梯一定是要去乘一乘的，要排队，老长老长，乘上去走下来，再乘上去。还有辰光跑到南京路，机器扶梯不开，讲是要省电，再后来，乘机器扶梯要付钞票了……孙辈像是听天书一样的新奇，如今超市地铁自动电梯要多少有多少，突然就问老长辈，为啥只有南京路有机器扶梯？老长辈说，格辰光是啥辰光，哪能好跟现在比？再讲，南京路是大马路呀。孙辈又问，格么为啥南京路就会有两部机器扶梯呢？老长辈笑了，侬问我，我去问啥人？

为什么南京路当年就会有两部机器扶梯？问得肤浅却难以回答。于是我去查了资料，倒是发现了这肤浅问题的深刻之处。因为这两台自动扶梯不约而同地安装于1935年，被认为是我国最早使用的自动扶梯。当时大新公司（中百一店）和永安公司（华联商厦）在铺面商场至2楼、2楼至3楼之间，安装了两台奥的斯公司的轮带式单人自动扶梯。两部机器扶梯在如今已经不可能成为话题，但是两大百货公司在整个中国大社会还极其贫穷落后苍白的年代，已经开时尚风气之先，可以看作是两家人家商场暗战的狠招高招，那么为什么在那一个时代在同一条路上就风起云涌，乃至几十年后的好多年间，这两家商店还双双霸占全国商业销售排行榜的第一二名？

想到了一个词汇，德比。德比用来指称竞技体育中与同城死敌的交战，事实上，上海近百年社会生活的发展也一直德比着，德比是“上海制造”的声誉和风格。两部机器扶梯只不过是这座城市德比案例中的小“凯斯”。

可能是门派与门派，可能是人与人，可能是路与路，可能是店与店，可能是品牌与品牌，很多时候，都不是一骑绝尘孤独求败，而是两军对垒，两两相望。上海这一座城市经常给人柔性的感觉，女人普遍贤淑婉约，男人大多谦谦君子，但是上海自开埠以来，此起彼伏的就一直在德比，还德比得津津有味，一旦德比，便是旌旗猎猎，闻名世界。

左联和创造社听说过吧，上世纪30年代文坛两大门派，两者间互不相容，实际上却是上海这座城市的文坛双子星。与文坛德比相去甚远的是黑道德比，也可以说是大亨德比，黄金荣与杜月笙，准确地说还有张啸林，不过市井文化中更多地是将黄金荣杜月笙相提并论；全中国所有地方，小流氓无以数计，大亨也不少，就没有一个城市会在同一时代产生两个甚至三个可以称得上是大亨大流氓的男人。南京路和淮海路的名气响到海外，它们是两条商业街的德比，全中国就没有一个城市有两条超级商业街的。

或许会以为牵强，那么不妨继续顺着德比的戏台一路看过去看过来。上海的生活用品制造一直是独占鳌头的，只是在以前的计划经济时代，生活用品叫做轻工业产品，也往往是花开两朵，事有一双，甚至三国并立群雄争斗，开埠以来，从未歇息，越是花样年华，越是德比高潮。上海有永久牌自行车却还有凤凰牌；有上海牌手表却还有钻石牌；有蝴蝶牌缝纫机却还有飞人牌；有天马电影制片厂，却还有海燕、江南两家，还没有把上海电影译制片厂算进去；有德大西菜馆却还有红房子；有沈大成糕团却还有乔家栅；有蓝棠皮鞋却还有博步；有吴良材眼镜店却还有茂昌；有邵万生南货店却还有三阳；有红宝石蛋糕却还有凯司令；有大白兔奶糖却还有米老鼠；有友谊雪花膏却还有百雀羚……如果不用省略号，几乎可以无限度地延伸，所有的成双作对，都不是强弱分明的点缀，而是不相上下的双雄会，深得全中国人喜欢。比如三家电影厂，都是非常了得的角儿担当，拍的电影在当年也是家喻户晓，比如“天马”的《舞台姐妹》、《红日》、《燎原》以及第一部立体电影《魔术师的奇遇》，“海燕”的《林则徐》、《枯木逢春》、《李双双》，“江南”的《护士日记》、《乘风破浪》、《不夜城》。许是三国鼎立过于强盛，“江南”几年后便拆散支援了南方城市的电影厂。至于自行车，有一份1960年代全国行业评比资料显示，当年的自行车，全国有三大品牌，上海的永久凤凰还有天津的飞鸽，评比结果，凤凰永久差不多就是轮流坐庄。缝纫机手表乃至蛋糕糕饼也长久地发酵着上海效应，在生活用品匮乏年代，这些东西来之不易的程度至今让人美谈。

我还注意到，上海的著名楼宇，竟然也是像谈恋爱一样手牵手而来。它们往往年代逼近，地点靠近。1929 年落成的和平饭店（当时的华懋饭店）高 77 米，五年后，国际饭店在同一条马路上竖了起来，83.8 米，直至 1983 年被 91.5 高的上海宾馆超越之前，雄踞上海之巅。异曲同工的是锦江饭店，先是在 1929 年造起了 13 层的北楼华懋公寓，两年后有了仿美国现代派风格的南楼高纳公寓，又称格林文纳公寓，1949 年后南北两楼合并为锦江饭店，外国元首访问上海的下榻处，还有等级区别，元首首脑 18 楼，部长议长 13 楼。一直到了当下，上海的双雄建筑依旧生生不息。东方明珠和金茂，前者占据绝对高度 462 米，后者拥有 88 层的楼层优势，看似井水不犯河水，但是在一个小细节上，两者深陷苦斗，那便是拉拢旅游团队参观，双方争夺的岂是收入？实在是上海滩的江湖地位。比东方明珠金茂后一个年代的环球金融中心 492 米刚刚亮相，632 米的上海中心大厦已经在候场……

即便是偶合，即便是牵强，毕竟就这么发生了，事实上并不是偶合并不是牵强，是上海这一座城市的必然，是上海滩所有德比的落英缤纷。就像昔时上海戏剧舞台的名角儿较劲较得咬牙切齿一样，明明知道你也是个角儿，我今天还算是客气地对你说一声：这台上的角儿还有我，到了明天，或者是将来某一天，我就想这么说了，这台上的角儿只有我！

好像是有点不够大气，但是正是这不够大气之气，不经意地培养了上海的德比的历史，造就了上海德比的风流。而德比的要义，就是舍我其谁，先德比完了再说。

当然很多原因制造了上海的德比，我则是想到了一个专属于上海历史的称呼——冒险家的乐园。这个称呼一直带有贬义，也让许多“上海制造者”像戴了“历史反革命”帽子一样破帽遮颜。其实，冒险家的乐园包含了两层意思：第一，冒险家有可能在险中取胜，第二，上海为冒险家提供了平台，还提供了城市德比的游戏规则。两者相遇勇者胜，直至 1980 年代之后，所有的成功人士，无一不是具有冒险家的素质。如果说，冒险是鲁莽，那么冒险家是胆略。有了冒险家，就会有敢为上海之先；同样有了冒险家，就不怕已经有上海之先，他们并不知道“德比”的意思，但是他们早就诠释了德比。也恰恰是德比，造就了人气，造就了不相上下，造就了不买账而最终双赢，造就了上海的繁华。凤凰和永久自行车自然各有各的偏爱，但是谁都无法论证彼此的高低。海燕、天马、江南三家电影厂暗中较劲，较出来的却是当时中国水平最高的电影，与上世纪二三十年代老上海明星、联华、天一三家电影公司形成跨时代的呼应。

大新公司和永安公司的两部机器扶梯早已经拆下装新，我想去看一下是不是依旧奥的斯的，我还想知道，那两部拆下来的旧电梯是匍匐在哪一个角落还是销毁了。

霞飞路对南京路的温柔叫板

南京路是上海的面子，淮海路是上海人的生活；
南京路不是住在南京路的人购物的首选，
淮海路是住在淮海路的人流连的生活场景。

经常会听到有人说自己住在淮海中路，言语间无意识而又习惯性地闪烁着显摆和得意，却很少听到有人炫耀自己住在南京东路的。住在号称“大马路”的南京东路，也就是住在西藏路以东的南京东路，会有什么说不出口？

很长久的一段时间里，有一个定义式的结论，想必谁都不曾深究过：南京路和淮海路是上海两条闻名全国的商业街。当然不必怀疑这两条商业街的分量，没有深究的是在这两条商业街的背后：为什么上海会有两条繁华的商业街？这个命题如今或许觉得不知从何问起，一个城市里几条商业街算得了什么，商业城都是一座连着一座的，但是请不要忘记它们的历史背景，是在“很长久的一段时间里”，中国所有的大城市，都只有一条商业街。北京的王府井是北京的商业街，当然有商店的街还有，但是称得上商业街，称得上全国著名的只有王府井了。以前全国号称有十大城市，现在也仍旧有十大城市排行榜，但是我们无法列举出这十个城市的十条商业街。相形之下，上海的南京路和淮海路两条商业街，一直毫不客气地占据了商业街之首。上海的许多城市纪录，都是由这两条商业街缔造的。

在全国的江湖地位，南京路一直在淮海路之上，在上海，南京路也一直是老大。淮海路从来没有这般的荣耀。只是也是在“很长久的一段时间里”，常听人说起，他，尤其还是她，住在淮海路，这么说的时候，有意无意总是一点得意，甚至与淮海路隔了一两条马路，也算是住在淮海路的；很少有人很显摆地自称住在南京路。南京西路另当别论，因为南京西路在 1945 年之前叫做静安寺路。这些年来，当有人讨论上海的味道、格调的时候，好像更多地是在举例淮海路，多少有点冷落了南京路，中华第一街……

南京路俗称“大马路”，还有二马路到五马路，像跟班随从一样，足见南京路的老大霸气。曾经有句俚语“外国大马路”，意思是说，外国最著名的马路，也就相当于南京路的外国版，虽然有点点自大，也是渲染了南京路的至高无上。有四大公司，有亚洲第一家宽银幕的大光明，有国际饭店，有跑马厅。淮海路没有一览众山小的气势，南京路是当然的第一，淮海路一直自甘第二：第二百货商店、第二食品商店、第二医药商店。淮海路的店有两个逊，大部分商店只有底楼，鲜有二楼，稍大一点的店，当中还会被弄堂或住家楼梯隔断，妇女用品商店至今还是断断续续，第二百货商店（如今已绝迹），当中横着一条大弄堂，二楼商场是在弄堂的过街楼上贯通的。这两个逊，至今仍旧是那些老店的奢华不起来的胎记。

为什么就是有不少的人更加钟情淮海路？

南京路是上海的面子，淮海路才是上海人的生活；南京路散发出来的是气派，淮海路内敛着的是格调；南京路不是住在南京路的人去购物的首选，淮海路是住在淮海路的人流连的生活场景。以至于当下，人们会说，南京路是全国人民

三十年代国泰大戏院

上海国泰大戏院三十年代位于上海霞飞路上（今淮海路）。1932年1月1日开幕营业，是当时专映美国影片的场所，是上海布置富丽堂煌的著名影院之一。这幅作品的背景反映了五十年代上海数十万军民在人民广场集会的情形。三十年代的国泰大戏院和五十年代的人民广场在图中"穿越"到了一起。

上海國泰大戲院
壬辰年冬月
戴紅倩作

CATHAY
CATHAY

的南京路，淮海路是上海人的淮海路。有人以为这是地域的歧视，乍一听，像是这样，再想想，其中自有上海的市井文化、上海的审美价值的错落，还有上海工人阶级之间和职员阶层的身份差异。

南京路是风光无限的，但是南京路有名店而无民宅，民宅遍布在南京路的周边，真的是没有风也没有光了。那些路名已经是很蓝领的感觉：牛庄路、凤阳路、六合路、芝罘路、香粉弄、顾家弄……虽然有二马路到五马路的跟随，但是除了四马路福州路名气一直很响，二马路汉口路、三马路九江路和五马路广东路都是小马路；虽然与南京路交叉的西藏路南北贯通，但是它的意义更多是交通。至于另外若干条南北向的路，比如云南路、浙江路、湖北路，和南京路周边小路一样，平房居多，没有风也没有光，不仅是说它们没有名气，更是说，这些平房，身处南京路的高楼下，夏天吹不到风，冬天晒不到太阳，没有煤气，抽水马桶太奢侈了，男人小便还是在弄堂小便池了事的。到了淮海路及其周边，虽然也有早上拎马桶倒痰盂的，也有生煤球炉的，但是完全不能同日而语。以淮海路为轴心，周边的马路与淮海路形成了强大的呼应。思南路、南昌路、巨鹿路、重庆路、陕西路，都有上好的民宅。淮海路是上海公寓大楼最集中的一条路，思南路有小洋楼群，陕西路有陕南邨、长乐邨，巨鹿路有四明邨，皆是成熟且高级的民宅群落。淮海路没有前呼后拥的随从，却是这一个区域的轴心。这一个轴心一路向西，过了东湖路，便是霞飞路淮海路真正意义上的上只角，湖南路、高安路、武康路……

民宅的差异，是宅的差异，更是民的差异。南京路周边平房和充斥了七十二家房客的石库门基本居民是工人阶级，淮海路轴心区域公寓大楼的主流居民是中产阶层，诸如医生、明星、教授、作家，还有洋行的职员，也就是当下著名外企的员工，还有后来的一些解放军南下干部。有很多声震海内外的一代文豪、艺术家、科学家曾经在淮海路轴心群落生活。如果说石库门和平房滋生了上海的市井文化，那么公寓别墅推动了上海的都市文化。

南京路的名店，决定了南京路的气派，可以延伸为上海的气派；淮海路的民宅，决定了淮海路的格调，可以窥见到上海的格调。

格调即文化。淮海路是什么格调什么文化？以至于住在淮海路及周边的人谈论起淮海路会津津有味？以至于在中华第一街南京路面前毫不逊色？

淮海路的文化是由公寓大楼的居民自然生成的职员文化。职员文化是一种生活态度。他们有知识，有文化，有修养，有情操，有精神追求，有物质爱好。有这么一个记忆，以前小学里的中队长大队长，大多是从公寓大楼里出来的孩子，他们读书用功，品行端正，尊敬师长，团结同学。淮海路轴心地段的生活，起主导作用的就是职员文化。这种文化显得温良恭俭让，遵守纪律，享受纪律。所有住在淮海路及周边的大人小人，一边服从着淮海路的格调，一边也是传承着淮海路的格调，谁都未曾想，淮海路的格调，居然是可以对南京路温柔叫板的，是什么呢，用当下的话来说，是软实力。

外滩的“海鸥”记事

主人珍藏着“海鸥”，“海鸥”珍藏着主人的记忆；

当“海鸥”发出喀嚓喀嚓声响时，

正与 79.25 米高空传来海关大楼的悠扬钟声回旋在一起，也是一绝。

1984 年的外滩，如果不加细细辨别，没有谁认得出来了，几乎像是一条普通的河道。我们已经习惯了有东方明珠的外滩，有金茂有环球中心的外滩，习惯了黄浦江对面像一道墙一样的建筑。其实在没有陆家嘴开发之前，外滩也是外滩，也是上海时尚集散地带。

可以为外滩佐证的是游人，是手持照相机、为外地游人拍照赚点小钱的老人，还可以佐证的是老人手里的照相机：“海鸥”。当时的外滩是旅游胜地。十几年前，当黄浦江上重现海鸥，社会一片欢呼，不仅是海鸥带来了景观，也因为海鸥再来标志着黄浦江的水变清了。黄浦江畔的海鸥饭店的名字再一次和海鸥珠联璧合。

很少有人想到外滩应该有三只海鸥，第三只海鸥就是“海鸥”照相机。海鸥照相机，记载的远远不是国产照相机的历史，它记载的是上海的都市时尚历史，记载的是几十年间上海青年男女恋爱方式的历史。外滩是所有恋人都去过的地方，老人身后的水泥围栏，是后来著称于世的恋爱墙。如果用当下的外滩之美衡量，多半也是会被拆掉的，只是拆的人不明白历史之美和时尚之美的区别在哪里。谈情说爱，照相机是从初恋到热恋的催化剂。拥有一只“海鸥”一定是恋爱的加分因素。不知有过多少只“海鸥”在外滩徘徊。其实真正拥有的只是少数，更多的人是为了取悦女友问朋友借的。小青年很多是会拍照的，用的几乎都是“海鸥”，外滩就是最美丽的背景。

上海人拍照这么一种爱好，即使在“文革”期间，一点都没有缺失过。小青年喜欢自己印照片，放大照片，还喜欢自己冲洗胶卷，“D72”显影粉买回来，照相纸买回来，在卫生间里 DIY（自己动手），用一条毯子遮窗做暗房。可以证明当年“兴无灭资”红色年代中“小资情调”依然潜潜而行的，是淮海路的两架照相器材商店，一家叫做艺美（“文革”中改名红艺），一家叫做海影；靠近外滩的南京路上，还有一家冠龙，生意都很好，里面总是有一群男人，是在买照相纸，也是在切磋冲印技巧。现在这两家店都已经拆除。

海鸥照相机是外滩少不了的情结之一。

著名摄影家陈海汶就是这么一个有海鸥情结的人。陈海汶说，海鸥相机是见证时代印迹的记忆光圈。确实，从上世纪 50 年代末到 80 年代中期，上海照相机厂的海鸥牌照相机，在全国堪称国货精品，是民族工业的典范，并打入国际市场，改写了中国 150 年来相机零出口的历史。谁能想到，“海鸥”的雏形竟是在上海石库门的亭子间里，用手工敲出来的。多少中国人用海鸥相机，留下了那个时代的珍贵记忆。

谁又能想到，52 年后，当数码相机将机械相机冲击得荡然无存，不可一世的柯达胶卷都已经卷起了铺盖走人，外滩看得到的是低空飞翔的海鸥，看得到的是黄浦江和苏州河交汇处的海鸥饭店，却再也看不到“海鸥”照相机了，闪闪烁烁的尽是数码照相机，单反机，还有更多的手机，当然大多是外国的。

陈海汶的海鸥情结实在太深。他从2000年开始收藏照相机。他像觅宝一样，将“海鸥”各个时期的明星系列全部收齐，共计一百多台。当年，他曾经连一台“海鸥”也买不起，下海赚了钱，他将所有资本情感全部宣泄给了照相机。这种“海鸥”情结，连他自己也不会想到，最初在上海石库门敲出来的“海鸥”，竟然在他手下重又在石库门里复活。

“海鸥”被冲垮了，尚有一条流水线和上千套零配件还在。陈海汶一听“海鸥”，浑身来劲。当车子开到郊外一所破旧的农舍前，门打开，在外行人看来，里头是一堆废铜烂铁，陈海汶却顿觉眼前一亮。不仅仅是商人头脑商人眼光，更是一个有着“海鸥”情结、老上海情结和使命感的摄影家，看到了一个老品牌复活的火焰。他一掷数百万元，将这条完整的“海鸥”流水线，以及上千套相机零配件，还有成套工具，统统吃下来，并和上海海鸥数码系统有限公司合作，在民间延续老相机的品牌。随之，他又将“海鸥”12个老技师请到公司，将上千个零件中的27个塑料零件全部重新开模换成金属零件。如今，在上海石库门田子坊，陈海汶的“老相机制造坊”里，传统的“海鸥”，以复古的质感，重获新生，重又展翅翱翔……我把陈海汶的“海鸥”情结告诉了著名记者钱勤发，钱勤发采访了陈海汶，并将特写发表在《新民晚报》上。

作为珍藏版的海鸥照相机，是一代人的记忆。也许，更多的“海鸥”是摆放在家里的观赏橱柜中，主人珍藏着“海鸥”，“海鸥”珍藏着主人的记忆。它并不会重新取代数码照相机，但是作为外滩的情结之一，如果在外滩的某一段沿江处，重新开辟一段记忆区，在那里，有恋爱墙，有海鸥照相机，有奇装异服，有……当海鸥照相机的金属机械发出喀嚓喀嚓声响时，正与79.25米高空传来海关大楼的悠扬钟声回旋在一起，也是一绝。

三十年代上海外滩

上海自清末开埠以来，物换星移，沧桑变迁，造就了这座城市在文化、商贸、金融中心的国际大都市地位。

上海能有今日的繁华，是与昔日不断地吸引着全国各地做"上海梦"的众多移民的勤劳开拓分不开的。有浙江宁波人、福建人、江苏苏州人、广东人、安徽人、本地浦东人……纷至沓来、生活劳作。

这幅作品画的就是20世纪三十年代的外滩，黄浦江上有小货轮、小舢板，马路上有三轮车、老洋车。

三十年代的上海外滩
庚寅年白露后红倩作

海派格调

有很多事情，是否发生在上海就会有不同的结果。

有很多事情，是否发生在上海就会有不同的结果；其他地域当然也会有类似的现象，但是不至于像上海一样，这样的事情会很多，效果会很强烈。尤其是当这样的事情很小，本不应该会有强烈的反响，在其他地域甚至就不会成为一件事情，在上海却能成为一个家喻户晓的新闻事件。一座桥的修整，一座烟囱的保留，一家书店的关闭，可以反反复复成为饭桌上的谈资。

2008 年，上海的外白渡桥要做迁移式大修，原本这就是一个市政工程，苏州河上所有的桥都经历了修整，当然外白渡桥享受的是最特殊的待遇，迁移大修，而非拆旧造新。这一项市政工程从发布消息直至正式迁移，一直是上海文化界的热议话题，诸如地标式的意义，旧上海的门户，“华人与狗不得入内”的见证……最有意思的是，时尚界始终将它作为一个时尚事件，围绕外白渡桥的大修，在外白渡桥上举行一系列时尚活动，影星章子怡就在外白渡桥上拍过一组照片。还有人发散性思维地创意：将外白渡桥上拆下来的废旧铆钉嵌在水晶玻璃内，一定是很有意义的纪念品和装饰品，后来果然有了这份镶嵌了废铜烂铁的纪念品。是上海这座城市的意义，决定了一座老桥的地位。

同样的意义也决定了一座烟囱的保留。在非常注重环境保护的上海市中心徐家汇绿地，不仅保留了小洋房，还保留了工业社会象征的烟囱。几十年前，这一座黑烟滚滚的烟囱是伟大的象征，小学生将它写进作文里，画进素描里；几十年后，它静静地矗立在绿地中，依然非常雄性，与他匹配的不再是粗犷的工厂，而是柔情的时尚，小孩子们在烟囱底下游戏拍照，“听妈妈讲过去的故事”。只有在烟囱已经属于“过去的故事”的时候，它的属性才会由工业演变为文化和时尚；假如这一个城市依然还饱受林立的烟囱和滚滚的黑烟，那么任何一座烟囱都是罪恶。是上海这一座城市的意义，改变了这一座烟囱的是非。

如果说外白渡桥和徐家汇烟囱，多多少少还是体现了上海这一座城市对历史的敬意，那么季风书店事件就完全是当下上海人“你和我不一样”的心态纪实。

茂名路地铁站一侧的季风书店，开了有些年头了，按照合同，它的租期到2008年底结束，随着淮海路房价地价的飞涨，新的租期将按照新的租金执行。和季风命运相同的是华亭伊势丹，这一家上海最早的外资商厦，因为租金谈不拢，在2008年年底从淮海路撤出。对于季风来讲，更承受不起新的租金，季风书店准备搬迁，却未曾想成为一起文化事件，不少文化人为它请命。

季风凭什么唤起了读者对它的珍惜？季风何以让自己成为上海文化时尚热地？一个环境的时尚，与一个人的时尚差不多，时尚的元素总是在时尚的人身上汇聚和释放。季风开在地铁站一侧，有四个地面出口，巴黎春天，百盛，二百永新和国泰电影院（对面），这几乎是淮海路时尚的轴心，季风就在淮海路下面暗香涌动，大约是季风老板的先见之明。其实季风里面的书全部是公开出版的书，偏偏人家就喜欢它，实在显示的是书店在陈列书刊时重新梳理和选择的眼光，契合了读书人的爱好。

上海人是善于创造品牌的，季风是一个品牌，季风不仅有别于外地，也有别于上海。沿着季风书架翻书，迪咯迪咯的脚步声正向你靠近，季风是所有书店中唯一可以清晰地听到脚步声的，你感觉到了这是一个丽人的脚步，走进书店的丽人，绝少浓妆艳抹，优雅中有一点高傲，不管有意与否，进季风的丽人，毫不掩饰甚至张扬着自己的职业和学历所延伸的气质。这位丽人在你的身边两三米开外驻足，用接近于精致的手势取下一本书，哈哈，正可谓英雄美女所见略同，她看的书正是你手中翻着的书，你便对她有了一份莫名其妙的好感，想必她也是吧。浮动着的暗香抑或是书，也抑或是人。须臾，你或者她总有一人先离开，按照中国人的性格，很难借此机会演绎浪漫的序幕，至多就是微微一瞥而已。经过了几个书架十来分钟，没有任何预谋地，你走到了她的身边，虽然这是很容易发生的事情，因为书店并不是一个很大的地方，但是你的快意还是暗暗袭来，这就叫做志同道合啊，至少你和一位素昧平生的丽人有着相似的读书取向。

有人夹了几本书出来，向左向右向前看，就感觉是在演绎孙燕姿蛮经典的《遇见》：“爱要拐几个弯才来；我听见风来自地铁和人海，我排着队拿着爱的号码牌……”这样的情景剧，好像只有在季风这个地铁车站才有了。

这就是季风的价值，也是因为这一份价值，在2008年年底之前，终于传来了舒心的消息，业主降低了租金，在季风，仍将“听见风来自地铁和人海，我排着队拿着爱的号码牌”。

与季风异曲同工的是绍兴路上的汉源书店，它开得更早，许多人都不明白它到底是一家书店还是沙龙。中央电视台女主持人张越走进去也连连感叹，把自己一档节目就设置在汉源书店的店堂里。圆弧的书柜下几张桌椅，品茗聊天，像是在自家的书房，玻璃柜里几架最老式的德国蔡司照相机，显示了主人的品位和身份。主人是摄影家尔冬强。从来没有人问过尔冬强汉源的盈利情况，不用问，卖书本身肯定亏本的，可是尔冬强这一笔“蚀本生意”一直做到现在。

在上海，书店开不下去而关闭的不少，贝塔斯曼开不下去了，明君书店关掉了，席殊书屋不知搬到了什么“呛泥角落头”（沪语，偏远小地方意），没有什么人怜香惜玉过，唯独开在地铁的季风书店的即将关闭，成为人们的一声叹息，不仅停留在叹息，更多的是呼吁，给予保留季风书店。除了季风，淮海路上还有两家规模不小的书店，如果季风关闭，完全不影响读者买书。季风是凭什么唤起了读者对它的珍惜？季风并不专卖时尚书，何以让自己成为上海文化时尚热地？因为季风已经自我确立起了上海的品牌，这一个品牌的意义超出了书店。有一些外地的文化人到了上海，就想去季风走走，潜意识里，是把季风当作了当下的名胜。于是季风就留下来了。

因为发生在上海，所以就有了不一样的命运。你和我不一样的本质在于格调，格调所有的地方都有，上海的格调具有唯一性和不可复制性，那就是海派格调了。

当然，在实体书店普遍日渐萧条的大背景下，说不定季风和汉源也有消逝的一天。季风真的要搬走了，又是一番挥泪惜别，不过结局还算不错。2013 年 4 月，季风从茂名路的地铁站，搬到上海图书馆地底下的地铁站，还是文化气氛足够的地方，并且还有特别喜欢季风的投资者加入了季风。据透露，此番为季风书园注入资金的大股东是位年轻人，尽管并非书业出身，对季风却是情有独钟。他披露自己因为爱季风，欣赏季风的风格，才愿意来做这件事情，因为这毕竟不是一个商业项目。“季风”这一个文化品牌，应该为投胎上海而感到幸运。

洁而精的经典老客人

他们是在不经意地生活，我们是在经意地羡慕。

他们是在考究生活，我们是在考究他们。

应该是 2006 年的事情了。有一个北京女孩子到上海旅游，即将结束游程时，有了唯一的遗憾，“哦，唯一的遗憾就是没有去那家传说中的洁而精还是洁而雅的川菜馆儿，据说里面有一对老夫妻，成年都在那里吃饭，坐固定的座位，老奶奶行动不便，老爷爷年复一年日复一日地照顾她，俩人恩爱如初，很是让人感动，这家菜馆儿的出名也与他俩有很大的关系呐。因为开始的时候没想到，想到的时候也没时间了，所以就没有去成。下次，下次哪儿也不去先奔那边儿去……”

一对耄耋老人，在同一家饭馆吃饭，可以成为全国性的新闻，可以成为全国性的一个旅游人文景观，可以让一个北京女孩子带着没有亲眼目睹的唯一的遗憾离开上海，那也只有上海，因为这个故事背后洋溢着的一定是上海女人的味道。

几十年去同一家饭店，坐同一个座位，是一种味道，把几十年吃饭的 1600 多张账单像纪念邮票一样地收藏着，也是一种味道，而在味道的背后，分明就是老人的感情、知性和趣味。

这是一对相伴了 69 年的老夫妻，丈夫李九皋 91 岁，妻子陈素任 96 岁。1936

年，陈素任作为一个粉丝，经常打进去听众电话，在无线电波中认识了电台英文音乐节目播音员李九皋。其实当时有条件打电话的也一定是殷实的家庭，“陈四小姐”陈素任在学会了骑自行车、学会了开汽车后，向刚刚成立的中国飞行社缴了昂贵的学费，成为飞行社的第一批女飞行员，那是当时最新潮的事情了。在2007年，女明星苗圃宣布将学飞机驾驶，而且有志飞越海峡两岸，一时间成为很热的话题，实际上早在70年之前，陈素任已经报名飞机驾校了。有一天陈素任去做头发，和店老板闲聊谈起喜欢的英文节目和主持人。老板随口接了一句：“这个英文主播是我的同学，你想见他吗？”于是，就像陈素任最喜欢点播的英格兰民歌一样，他们的《玫瑰人生》开始了。

“文革”时，陈素任的丈夫被关起来了，刚刚毕业分配在瑞金医院当医生的大儿子因父亲的“问题”受到了牵连，他不堪迫害，结束了自己的生命。医院派人告知这个噩耗时，陈素任正在家里剥着毛豆，她一听愣住了，缓缓地对来人说了一声：“谢谢你”，然后低下头去继续剥她的毛豆。等到一堆毛豆都剥完，她用手去捡拾空豆荚时，眼泪才“哗”地全数涌了出来。“谢谢你”三个字，在任何时候都是最容易说出来的，但是对着告知儿子噩耗的人，说出这三个字，需要的不是力量，不是勇气，而是修炼。这种修炼在她年轻时，已经扎根在她心底，已经贯通在她血液。想象一下，如果陈素任没有文化，生活在小镇小村，听到这样的噩耗，那就是抱住了来人狂哭：还我儿子啊！接着就是头撞墙欲死还休。以至于当时医院的来人听到了“谢谢你”后，不知道该再对老人说什么，也不知道自己是该走还是该留。

经历了生离死别，经历了儿子蒙难，经历了饥寒交迫，直至1980年代晚年安闲。老夫妇开始了一种新的生活，一种在20年后将成为全国人文景观的生活。洁而精川菜馆不仅就在他们的新居附近，而且在50年代也是他们常去的饭店。现在可能会觉得饭店的名字像是洗涤剂，在“文革”之前之后，它是极其有名的川菜馆，“文革”前上海仅有的四名特级厨师中，就有洁而精的掌门人吕正坤，白杨王丹凤这些演艺圈的明星也常常去光顾。两位老人这一去洁而精，就成为了他们每天晚上的必修课。到了 1998 年底，老人突发奇想，这样每天来，给自己算笔账吧，于是账单成为了收藏。2007 年陈素任老人摔了一跤，不能去了，洁而精不愿意失去这样的人文景观，于是每天派人用轮椅接送老人。

如果要说纯粹的饭店味道，那么二十多年在同一家饭店，无论如何也会美食疲劳，但是一对相濡以沫的老人的经历让人咀嚼出了他们的味道，是一种生活方式，考究的，有意思的，持久的。就像他们七十多年前刚刚相识时一样。上海人的考究，考究到了细枝末叶；细节决定成败，同样决定上海人的味道，在同一家饭店吃二十几年，和在不同饭店吃二十几年是不同的感觉，保留了账单和不保留账单又是不同的感觉；但是考究又是有意思的而不是无聊的，甚至还是有价值的，上海历史博物馆就将这些账单作过展览；有意思的事情往往在回首的时候会倍加有意思。如今一桌豪宴 58 万元都不再稀奇，因为它只有豪宴的味道，而没有涓涓溪流滴滴流淌在心头的味道。

有人听闻了这个故事后，忍不住说了句，两个老人怎么就会想得出来这么好的主意？甚至还问自己：我为什么就想不出来呢？问的人就是不懂了，这样的事情不是冥思苦想想出来的，冥思苦想也是想不出来的，这就是上海这个城市的积累，这就是上海人细胞一次小小的聚变。所有的考究，水到渠成后形成生活的态度和生活的追求。所谓罗马不是一天建成的，上海人的味道也不是一天就可以调制出来的，其实早在两位老人婚后不久的战乱年代，他们已经很考究生活了。每个周末，李九皋和妻子总是会有恒定的活动，中午在外面吃中饭，然后在“大光明”看一场电影。吃过晚饭，去跳舞，一跳就是两个小时。几十年后的洁而精景观，只是他们考究生活的新世纪版本。他们是在不经意地生活，我们是在经意地羡慕。他们是在考究生活，我们是在考究他们。

终于，洁而精的这一道景观悄然落幕。2007 年 8 月，李九皋老先生过世，享年 96 岁。他的妻子陈素任也不再延续几十年的习惯，2011 年 12 月，陈老太太以 102 岁的高寿辞世。

对文化广场的个性化记忆

从 1950 年代以来的每一代人都记住了文化广场，

但是每一代人记住的文化广场是不一样的文化广场。

有这么一个问题请教：假如文化广场没有它的前世今生因缘，只是在一片普通的民宅或厂房的动迁废墟上拔地而起，它的名字还会是“文化广场”？大约不会。“文化广场”算不上时尚，也算不上恢弘。按照当下的审美情趣和文化流变，或许更应该有一个大都市大文化大气派大艺术的名字。但是就因为它的前世今生注定了“文化广场”是它永恒的名字，不会有第二个名字有资格与这四个字相提并论。

“文化广场”四个字，是一个符号，它具有显著的地标意义，绝大多数的上海市民心里对它都有明确的方位感，这不是靠竖几块路牌导航就能够确立得起来的；但是这还不完全是“文化广场”这四个字常青的理由，最重要的理由在于，“文化广场”是上海这一城市几十年来的城市文化记忆。而且在每一代上海市民的心里，都有着明晰而不同的文化广场记忆。从 1950 年代以来的每一代人都记住了文化广场，但是每一代人记住的文化广场是不一样的文化广场。因为文化广场在不同的年代承担了不同的功能，扮演了不同的社会角色。很难想象同一个文化广场，不同的广场文化——曾经有过批斗会和花市的历史穿越；曾经有过舞蹈史诗《东方红》和证交所的错时集结；曾经有过领导干部的正襟危坐和情人们率性呢喃的同席不同年；曾经有过红卫兵小分队演出和都市流行时髦的暗流会合……这在中国的所有大都市实在很罕见。这也就是为什么每一代上海市民对文化广场会有自己的个性化记忆，而所有不同的记忆又都殊途同归地并入到陕西南路永嘉路口的文化广场。

当然年纪更大一点的人，还知道的是文化广场的前身，是法租界的逸园跑狗场。比起另两家跑狗场公共租界的明园和西区的申园，逸园最辉煌。逸园跑狗场 1928 年 10 月开张，能够容纳两千多人，号称“远东第一大赌场”，除 6 条蛋形跑道外，还有为赌客服务的旅馆、餐厅、舞厅、足球场、书场等。

1941 年 12 月，日军占领租界，赛狗停止。抗战胜利之后，租界已被收回，赌狗业也被取缔，逸园却并未因此一蹶不振，因为它是一个大型的娱乐中心。如今想起来，它也是不远之处思南公寓这一个成熟社区的高档生活配套。狗不可以跑，人可以跑，有一个取代跑狗的比赛，一时间比跑狗还热闹，那就是人力车皇后比赛，黄包车夫并排站，每辆黄包车上坐了一个年轻女子，发令枪一响，黄包车夫开跑，力气是黄包车夫出的，但风头是车上小女子出的，因为争的"黄包车皇后"的桂冠。1952 年经上海市人民政府决定由市文化局收购并改建为"文化广场"。

逸园跑狗场与也是号称远东第一的跑马场命运异曲同工。1951 年，上海市军事管制委员会收回、改建。后来的人民大道、人民广场、人民公园都来自于此。如今大剧院的前身是上海体育宫，体育宫也是跑马场的一部分。1950 年代之前的跑马场跑狗场是娱乐场所，1950 年代之后是大众集合地，而且比以前更加更加体现地标的意义。人民广场和文化广场历来就是不需要路名和门牌号引导的。如果不认识这两个地方，那一定是被当作"乡下人"的。

有一个 1960 年代的小男生，第一次知道文化广场，是一个同学告诉他的。同学的爸爸在文化广场参加了全市干部万人大会，还见到了市委书记和市长；同学的表情神秘而喜悦。小男生不知道文化广场在哪里，在他心目中，那一定是相当于北京人民大会堂的地方。小男孩不知道文化广场到底有多大，他做了一道算术题，比较大的电影院可以坐 1000 人，文化广场可以召开万人大会，它的面积就相当于 10 个电影院，但是他依旧不明白 10 个电影院合起来的面积概念。小男生也见到过同学的父亲，中山装风纪扣扣得一丝不苟，戴一副眼镜，自行车笼头上吊了一只黑色公文包……这是小男生见到过的最高级别的干部，虽然他一直不知道同学的父亲到底是什么行政级别。由此他也知道了文化广场的重要。那是一个政治年代，文化广场更多时候是政治广场。后来，关心时事的小男孩时不时地从电台里感受到文化广场的活动：声援大会，誓师大会，表彰大会；有几次文化

上海文化广场

上海文化广场，昔日是逸园跑狗场（今位于复兴中路陕西南路）。当时吸引了不少嗜好赌博的民众，是从前上海一种热门的娱乐活动。

一九四九年后改为文化广场，一九五九年上海市戏曲学校从华山路迁入复兴中路校址，八十年代后卢湾区广告公司在那里办公洽谈业务。

这幅画表现的是文化广场大门，以及五十年代的旧戏校校舍大楼、六十年代初新建的四层教学大楼。

上海文化廣場
癸巳年夏日 红倩
文化广场

广场的大会结束后，与会者游行到人民广场，小男孩实在不明白，为什么人民广场是露天的，文化广场是室内的。

十年过后，那一个小男生已经是小青年，祈求得来一张朝鲜《卖花姑娘》的票子，第一次走进文化广场时，文化广场已经经历过一场火灾。火灾时诞生了数位英雄，为抢救毛泽东画像而献身。文化广场因火得重建。重建时好多次上了报纸的头条，也算作是“文化大革命”丰硕成果之一。钢结构的顶梁，要覆盖10个电影院的面积，在当年属于科技含量很高的工程，记忆中吊顶工程采纳了苏步青的建议。小青年的座位是边座，他无论如何没有想到过文化广场太宽了，边座只能看到半个舞台。坐在木条长椅上，小青年突然想到了同学的父亲，他当年参加万人干部大会是坐在什么座位上呢？可能也就是边座。小青年还是十二分的惬意，能够在文化广场看一场《卖花姑娘》虚荣心的满足，远远胜过如今任何一场最高水平的舞台演出。为了印证十年前对文化广场座位的推测，小青年特意数了数座位，好像有七八十排，每一排有一百多个座位，万人大会名副其实。之后小青年有了经验，再去文化广场，宁可选择超长距离的后座，如果是看电影，文化广场的宽银幕是最宽的。文化广场可谓这一个时期上海的大剧院。

历史在相同中相异，却也在相异中相同。当小青年从表袋中摸出票子的时候，他想起来当年同学父亲穿的是咔叽中山装，小青年穿的恰恰也是中山装，涤棉咔叽中山装，简称“涤中”，当时最流行的男式上装，价格40元，超过一个月的工资。之后不短的一段时间，“涤中”的男青年，小方领的女青年，徘徊在文化广场，是一个谈恋爱的去处，有轻音乐会，有电影。冬天，穿堂风透过棉门帘在场内盘旋，夏天，鼓风机加工业冰块，便是冷气了。

有了万体馆，文化广场就不再有万人干部大会的宠幸，音乐会电影渐渐随之冷落，似乎有一年春节前文化广场举办过农副产品展销会，场面空前，一天之内远远超过万人，更加空前并且永远绝后的是1992年，股票发财梦想在文化广场开户，潮流之汹涌可以类比如今春运买火车票。如果有数字记载，一定也是全国之最的。文化广场成为了金融广场。

再往后便是生活广场的花市。其实花市在上海有多家，文化广场花市关闭后，其他地方又开了好几家，但是被更多上海市民记住的花市，仅文化广场一家。不是因为它的品种多，也不是因为它地处市中心，在于它是文化广场，是一个和人民广场具有同样心理意义和地标意义的地方。

从跑狗场到政治广场到文化广场到金融广场到生活广场，弹指一挥间，过来几十年。还是在花市鼎盛时候，当年的小男孩，后来的小青年，再后来的中年男人到了花市，他再也无法辨认文化广场的影迹，所有的记忆再也找不到原始的出入口，它只是一个叫做文化广场的地方。

花市也谢了。文化广场又钻出来了。这个 2011 年落成、所以安排了 2011 个座位、堪称世界上最大的音乐剧专用剧场，最大的特色是将自己深埋地下。当年，决定在复兴中路、陕西南路、永嘉路和茂名南路四条马路围起的地块里重建文化广场时，有关部门定了一条“硬杠杠”——高不能超过 22 米，即原先文化广场球形网架结构建筑的高度；剧场无法“拔地而起”，只能“掘地而建”。于是文化广场选择从地下 36 米处往上建造。在“低度”上与旧文化广场看齐的同时，旧文化广场一时骄傲的钢梁顶，还象征性地保留在新文化广场的进口处。

文化广场回归到了文化。有一个小男孩问长辈，为什么要叫文化广场，而不是叫做更加绚丽富华的名字，长辈心里倏然想起了《海港》中方海珍的感叹“进这楼房，常想起当年的景象……”

1980年代的眼界

“银耳珍珠霜”真好！大人家出来的女人为什么气色这么好？

就是每天吃一碗白木耳吃出来的，再加上珍珠，那就雪白粉嫩了。

1980 年代开初，所有的时髦都诞生于上海，然后由上海人向全中国发布时髦信息，决定时髦的价值。全国各地会不断地举办上海轻工业产品展销会，所谓轻工业产品，几乎全都是上海生产的日用品。

1981 年，上海家化生产了保湿润肤的“美加净银耳珍珠霜”；现在看到这个名称，会觉得蛮老土的，但是要知道那些大人家出来的女人为什么气色这么好？就是每天吃一碗白木耳吃出来的，再加上珍珠，那就雪白粉嫩了；银耳珍珠霜在北京展销的时候，柜台都被挤坍塌了，被美誉为“青年女性都使用的化妆品”。还有蜂花洗发精和护发素，让中国人第一次享受到液体取代肥皂的愉悦；上海的绒线、上海的服装、上海的皮鞋，都具有茅台酒、五粮液的地位。

当时知青已经陆陆续续回城，上海女知青多了一份快乐的烦恼，给一起插队的外地知青和当地老乡代购上海商品。代买东西很繁琐的，而且当时商品又紧缺，但是很多上海女知青一边埋怨，一边又是很愿意代劳，因为所有托她们买东西的人，不仅崇敬上海商品，更崇敬上海人，“只要是你喜欢的我们就喜欢，你是上海人，眼界比我们高”。当时人们喜欢用“眼界”这个词，而不是像现在习惯说“品位”。即使是时尚领先的日本人，都觉得应该对上海人刮目相看。1986 年上海女孩子时兴薄绒衫匹配裙子，一位东京姑娘看到后感慨道：“日本年轻人认为，时装的源头并不在巴黎、纽约，而是在大阪、汉城、上海，上海处处显示它的现代感。”

1980 年，在淮海路东端柳林路上，开设了一个小商品市场，这是全国第一家小商品市场，原来仅仅是给待业青年混口饭吃的，但是这个小商品市场很快转向，卖的大多是福建等地过来的服装，后来成为上海三大服饰市场之一，1996 年随着淮海路改建而撤销。1984 年，同样是在淮海路，柳林路向西大约 2 公里的华亭路上，真正意义上的服装市场开张了，卖的几乎都是进口服装，上海时髦女人对世界品牌的认识，是从华亭路开始的。2000 年华亭路市场转入仍旧是在淮海路上的襄阳路市场，直至 2006 年襄阳路市场撤销。

当柳林路挂出第一条牛仔裤、摆出第一批液晶电子表时，谁都没有足够的眼光眺望到：它们是中国内地时尚的第一缕晨曦；这条因为同样以淮海路作为自己的血脉、而堪称华亭路的母亲、襄阳路的祖母的小街，柳林路市场的时尚先河作用，远远大于如今的新天地、如今南京西路的恒隆、中信泰富、梅龙镇广场，如今淮海路东段的多家奢侈品旗舰店。曾经有三十多年的时间，在全世界面前，中国人的服装只有两种颜色：蓝和灰，只有两种款式：男人中山装，女人两用衫；“时尚”这个词汇连在最权威的《辞海》里都找不到字迹。中国人着装的改变和“世界名牌”概念的形成，多多少少要追溯到在柳林路感受到的时尚启蒙。梦特娇T恤、金利来皮带、连裤袜、力士香皂、莱夫卡傻瓜照相机、一次性打火机，无一不是可以从柳林路找到专卖；至于万宝路、健牌等等外烟，在街角处和弄堂口支起一只竹箩筐，堪称当年最经典的游击式销售。在外烟摊的旁边，或许还有一辆被叫做黄鱼车的三轮车，车上是一只沙发，属于另一种销售，之所以是被车驮着，只要讲好了价钱，就送货上门。所有这些，它们可能是走私的，它们可能是无证的，它们可能是假冒的，但是它们引发的震撼，超过了很久很久以后的杰尼亚、阿玛尼……名牌不问出处，就像万元户不问出处一样，这一场全民名牌常识普及运动，安闲而坚决。

柳林路曾经挂出一条超大尺码的“苹果”牛仔裤，没有价格只有公示：凡能合身者，此裤免费。当时恰逢中国女篮在上海比赛，刚刚出道的郑海霞与队员闲逛柳林路，看到了这一条超大的牛仔裤，试穿一下，竟然像度身定制一般。小老板一诺千金，当即把牛仔裤赠送给郑海霞，成为一时美谈。柳林路市场在上世纪90年代的淮海路改造时关闭，小老板们或者改换门庭，或者到华亭路、七浦路安营扎寨。其中确实不乏沉沦的、平庸的、惨淡经营的，但是也不乏呼风唤雨的，成为后来工商界的巨子。其实他们与李嘉诚、包玉刚的发迹史曲径通幽。

北京的“秀水街”、广州的“高第街”，与上海的华亭路市场似乎齐名，或许卖的服装进货渠道也是相差不多，但是真正名扬海内外的，还就是华亭路市场。这条小马路仅732米长，宽也就是几米，摊位却有四百多个，每分钟的人流量约150人，每天约10万人次。有的航空杂志的地图上还标有“华亭路服装市场”的字样。一度，“华亭”是时尚、时髦的代名词，是流行、潮流的集散地。据行家评估，“华亭路服装市场”的无形资产可达几千万元。后来的襄阳路市场更加波澜壮阔，而“秀水街”和“高第街”则早已淡出了时尚的视线，其他地方的服饰市场更是默默无闻。

为什么上海就可以长盛不衰？或许是应该给上海女人记上一功的，她们对服饰善于选择的灵气，她们的选择决定了商贩的进货走向，她们的选择还决定了外地游客的选择走向，甚至，一个上海女人在华亭路上走，她一身的服饰搭配，已经进入了外地游客的视线。

苏杭是阿拉的天堂

以前上海人去苏州杭州，说是说像去天堂，

实际上是不无得意，心里是把苏州杭州当做后花园的，

到了苏杭也常常掼出点上海人的派头。

“上有天堂，下有苏杭”，流传多年。是谁的天堂？在上海人的心里，当然是上海人的天堂，因为近啊。常有人说一年之中要去苏州杭州好几次的，就只是去喝喝茶，吃吃农家菜。远在天边的地方，虽然也有一个天字，但是太远了，那是其他地方的天堂，于上海来说，苏杭这个天堂才是温馨。

以前既然所谓天堂，那必然不像现在来去很随意。想来真可以用“作孽”来形容很久以前对旅游的渴望。许多人终身未曾远足，甚至许多人终身未离开过上海的地界。“上有天堂，下有苏杭”，固然是对苏州杭州的赞美，其实也可以这么想，去苏杭，已经堪比去天堂；“不到长城非好汉”，也是如此，把去八达岭定义为做人的崇高境界，不在于形容八达岭的险峻，而在于咏叹去北京之难。确实听闻过些许老人将没有去过北京提升为一生的遗憾。在“游山玩水”作为一个常用词汇的时候，明显地带有贬义色彩；所谓资产阶级的生活方式——实际上也就是老百姓没有能力企及生活方式。在实际生活中，游山玩水却是被人羡慕的，要是

有人去了趟苏杭，就可以被美誉为“你去游山玩水啦”！

在 1950 年代和 1960 年代出生的人，童年和青少年时代是没有“旅游”概念的。也不是说当年绝对没有旅游，但是不会叫做旅游，也没有任何的旅行社，只是到什么地方玩过而已。比较牵强的旅游，只是学校的春游秋游。“郊游”已经算得上是壮举。要借自行车，要买面包，也有带大饼油条肉包的，要带冷开水，还有话梅糖果，还有自家煮的茶叶蛋……有条件，或者借得到，还可以带一只照相机，拍 16 张的 120 或者拍 35 张的 135。郊游是兴奋的，回来之后所有的细节依旧津津有味，即便是说因为骑自行车两条小腿酸胀之至，也是一乐。这是在“旅游”还没有成为概念性行为之前的欢乐。人虽穷，白相倒未必穷，郊游所带的食品，已经可以用奢侈来形容。

真正的穷白相，恰是伴随着“旅游”成为了我们的实实在在的生活向往之时。很多人的第一次旅游，应该是在 1976 年之后，老百姓从单一的过日子进入到生活的时代。有历史档案为证，国家旅游局是在 1982 年设立的，严格地说，这个国家在此之前的三十多年里没有真正意义上的旅游。

我的第一次旅游是单位团组织活动，也就是在追求四个现代化理想的时候。占了单位级别比较高的优势，有面包车；去天堂的一半——苏州，某个夏日的星期天。清晨 6 点半集合发车——当年不管是什么游，总是一清早出门的，只有出发早，才能实际上拉长活动的时间，当年还没有双休日，也住不起招待所，当日来回是基本制式。上海到苏州，七八十公里，现在高速开过去个把小时，但是当我们在回忆三十多年前的时候，最不可以忽略却也最容易忽略的是那个年代的细节。那时候没有高速，也没有国道，南来北往的路只有三种：铁路、公路，还有一种是水路。“要致富先造路”已经是后来的事情了。与公路匹配的是卡车、长途汽车、面包车、手扶拖拉机，小车是高级领导和外国贵宾坐的，公路上几乎看不见。什么样的路决定了什么样的车，什么样的车决定了什么样的速度，什么样的速度决定了什么样的享受。

我至今记得，到达苏州的时候，已经是十点多了。四个小时，不算太慢。公路的交汇车道只有两条，必须超过前面的卡车和拖拉机，但是没有超车道，要利用对面车道无车空隙超车，可谓抓住机遇。只是刚刚超越了一辆慢车，前面还是一辆慢车，急也没用，七八十公里路上，数不清经历了多少无奈后的超越，超越后的无奈。如果仅仅是慢条斯理，倒也是算了。我为什么清晰地记得是一个夏日？面包车没有空调啊，速度拉出来的时候全是灰土，匍匐向前的时候类比桑拿的干蒸。所以每个人在车上都手持三件法宝，一杯水、一把扇子、一条湿毛巾，湿毛巾像一个护腕一样缠在手臂上，擦汗也容易。晚上回家时，不必说一身汗臭，连人造革的车椅上，也是一层薄薄的盐花，如果小心地刮下来，足以炒菜。不管多么艰苦，距离天堂近了很多，再去一次杭州，那就完成了天堂之旅。

中国人的事情，要么不开化，一旦解禁，总是汹涌澎湃。很快，单纯的苏州杭州像频道一样被“格”过去了，虽然还是穷白相，但是新的旅游兴奋点一个接着一个。宜兴善卷洞、杭州瑶琳洞、南镇扬，进口豪华日野空调大巴士……豪华被引进了旅游，说明了老百姓的渴望。只是任何把豪华挂在嘴上的地方，都是穷地方，与之后的飞机豪华游是同样的浅薄。也是在豪华的口号里，我去了黄山，是在邓小平 1979 年上黄山之后。黄山旅游的兴旺，很大程度上是被邓小平“炒热”的，先是有封山的小道消息，后来是新华社的长篇通讯，邓小平确实上了黄山，还有刘海粟十上黄山，当然是好地方啊。

我是跟随了一个作家采风团一起去黄山“豪华”游的。还没有索道，导游还关照大家军用水壶里灌满冷开水背上去，因为山上贵，同道们还真是听话的。为了看日出，夜宿玉屏楼。导游打了预防针，山上潮湿，住宿很艰苦、很紧张，只能住超大房。直至走进超大房，要比想象得还要艰苦，超大房之大，是四十八张床，那一条被子，潮的，也是有味道的。据导游说蜜月旅行的男女到了玉屏楼也分睡在两个超大房，晚上男的超大房都跑到了女的超大房，灯一关，窸窸窣窣，照样当婚床。后来与朋友说起上黄山的此段不知是真是假的经历，朋友都没有遭遇，大约是我去得比较早的缘故。一般人的黄山感觉就是累，所谓“没上黄山想黄山，上了黄山骂黄山，再上黄山猪头三”。后来我却是再上黄山，三上黄山，每一次的印象都不同，包括那一个四十八张床的超大房。

后来，旅游吃苦吃不起了，再后来，吃不起苦的旅游，已经算不上是真正的旅游了，只能叫做观光，肯定不敢用那么一个称呼：驴友。要说“游山玩水”，恰是驴友。其实我们穷白相的时候，也不是驴友。

还是去去苏杭，不仅秀美，而且苏杭人与上海人之间，脾性很接近，关系却很玄妙。以前上海人去苏州杭州，说是说像去天堂，实际上是不无得意，心里是把苏州杭州当做后花园的，到了苏杭也常常掼出点上海人的派头。当地人最烦的就是这种派头，于是展开绵延的“智斗”，一副看不惯也看不起上海人的神色：“倷上海人……”，“抱黄瓜儿……”如今苏州杭州天堂算不上了，互相的眼神也平和了，更多听到的是：上海人来得最多。什么意思？上海人是“尼”（苏州方言：我的意思）最大的客户啊。

上海有过三只角

它在地理上是有穿透力的，在身份上和物质上，
又对上只角和下只角保持了自己的独立，
不妨说这样的住处属于中只角。

从身份、职业、文化、经济和地段来分，上海历来有上只角和下只角之分，这也是闻名全国的事情。

小说《长恨歌》里有个王琦瑶。如果用上只角还是下只角来衡量，王琦瑶似乎无法安身；她们分明不是下只角的人，但是和上只角又不很般配，它可能是石库门的弄堂，也可能是新式里弄房子的弄堂，它可能是在静安寺一带，也可能是在苏州河的南北，也包括虹口这样的老区，它在地理上是有穿透力的，在身份上和物质上，又对上只角和下只角保持了自己的独立，不妨说这样的住处属于中只角。

面对着更多的下只角，中只角就是上只角了。她们的住处大都是在苏州河的南面，徐家汇的东面，肇嘉浜路的北面，黄浦江的西面；假如说黄浦江是东首的绝对分隔线，那么苏州河的分割是相对的，因为在苏州河的北面直至北火车站乃至四川路一带，也是中只角的居住区域；这其中的淮海路女人、南京路女人、徐家汇女人、四川路女人、静安寺女人，虽然也互相有苗头可以轧，总还是面子上过得去的；在这个范围之外，那就是下只角了。下只角的女人用解放后的话来说，倒真是劳动人民：闸北女人跟着男人大多数是剃头、搓背、倒马桶、扫垃圾的，杨树浦女人大多数是工厂做工人的，南市女人大多数是卖水产、摆小摊头的，浦东女人全是种地的。

当人因为经济、文化、民俗的差异而被人为地分为上中下三个等第的时候，除了叛逆者，绝大多数的人是渺小的，尤其对于女人，她必定是这三个角中的一个角。上只角女人的优越感是无疑的，有中只角女人对她们的奉承，有下只角女人给她们做娘姨；中只角女人会将在上只角女人那里受到的窝囊气，加倍地转嫁给下只角的女人；下只角女人只有俯首帖耳地认命了，在她们的眼里，凡是要雇佣娘姨的都是上只角，只有大人家和小人家之分，却没上只角和中只角之分。再去看看三个角女人的眼神，也是很容易给她们定位的。上只角女人看人时，眼珠是垂直向下的，眼皮都很少抬起，根本不看对方，因为所有事情有下人担待着，她也不需要亲眼目睹；中只角女人看人时，既有对上只角的羡慕并且用矜持的方式表现自己不愿意承认的嫉妒，又极力想表现出对下只角的不屑一顾，所以她喜欢眼睛白人家，向左向右，眼珠骨溜溜地转；下只角女人看人时，因为地位卑微，在低头哈腰之际，眼珠却是隐蔽地向上，可以把对方看得清清楚楚。上只角女人的眼神和中只角女人的眼神，至今还很容易看得到，等第上的三只角是没有了，但是在心理满足上，三个角依然存在。富足女人的眼珠是向下的，精明而不满足的女人是会眼睛白人的，等待帮助的女人皱紧眉头的。

在婚姻上，下只角因为没有办法而门当户对，穷人与穷人结亲；中只角是最讲究门当户对，哪一家人家女人是堂子里买来的，肯定是瞒不过的，但是中只角女人梦里想的是踏进大人家；上只角的婚姻当然是最死板的、最没有人性的，而上只角男男女女又可能是最有文化的，最接受西方文明的，所以上只角人家的爱情，要么寂静如夜，要么地动山摇。著名京剧大师周信芳的妻子裘丽琳，当年就是从上只角跟了周信芳私奔的。

王琦瑶一生做着上只角的梦，也几乎离上只角穿一条马路就到了，她还住过爱丽丝公寓，这是准上只角的生活，最终又回到了中只角，在她的内心世界，她觉得已经被打发到了下只角，即使在下只角，她仍旧看不起下只角女人。

苏北人

在上海，

没有其他任何一个地域籍贯会像

苏北籍贯一样保留着自己浓重的地域文化。

苏北籍上海人在上海一直是一个特殊的概念。他们也是上海人，但是在他们的口音里，仔细听是有些许苏北口音的。许多年以前，几个青年人偶尔去饭店开荤，有一人说要吃“西湖”，旁人无论如何听不懂，后来还是看到了邻桌的菜才明白，他想吃的是“鳝糊”，“鳝”苏北话念做“袭”。那人也是一脸窘迫。

也是当年的时候，因为苏北籍上海人的父母或者祖父母大多是从苏北到上海来的，做的都是剃头、倒马桶、扫垃圾之类的事情，渐渐的苏北人和剃头倒马桶扫垃圾，互为因果而备受歧视。以至于对苏北籍上海人居住的地方有一个歧视的称呼，叫做苏北窟。当说到苏北窟的时候，大家心里会有一个印象，它的区域，它的人，它的职业，它的房子，它的语言，它的生活习性……

对苏北人的歧视，在20世纪七八十年代达到了登峰造极的程度，也间接说明社会的愚昧无以复加。当时上海牌手表全国闻名，而按表壳的含钢量来区分表的质量和价格，有“全钢”和“半钢”之分，不料因为“钢”和“江”在沪语中发音相同，所以被谑读为“全钢（江）”和“半钢（江）”，分别代表某人父母双方均为江北人；或其父母双方中一方为江北人，另一方为其他籍贯人。同样类似的隐指，还有说某某是“苏州北门的人”，以表示其为苏北人。在改革开放之前，沪上很多男女的婚嫁，大多经过介绍渠道，非苏北籍上海人，十分在意对方的籍贯，在尚不完全了解对方情况和信息时，对方是否带“钢”，居然成为判断其家庭背景的重要衡量标尺。真要是儿女背地里谈了还要硬生生地拆开，就怕一起跟着被歧视；许多小弄堂女孩子一心想通过婚姻摆脱苏北籍，但是没有成功，最后还是找了个苏北籍上海男人，养下来孩子，在报户口的时候，孩子的祖籍跟父亲，依旧是江苏扬州。

其实上海人有很大一部分来自江苏和浙江，比如宁波人、绍兴人、苏州人、南京人、无锡人，还有广东人、山东人等等，任何一个地方籍贯人都是散居的，没有听说过宁波窟、苏州窟，却独独有一个苏北窟的实际存在。其中的原因在于，苏北籍上海人从事的低层次的服务性工作，收入很低，他们只能在当时的城市外围租借房子，再加上被当时的主流社会看不起，所以苏北籍上海人更喜欢与同乡住在一起，这就是苏北窟的由来，用“窟”来定义，一是歧视，因为在沪语中只有狗窟猫窟的，二倒也是苏北籍上海人艰难生活的写真，因为贫穷，苏北籍上海人的居住地一直到最后动迁之前，仍旧是一片低矮的危房，甚至就是破陋的搭建。当这么一个地域化的居住群落形成后，一方面加剧了原来的歧视，另一方面，在它内部没有了地域歧视。所以苏北籍上海女人也包括苏北籍上海男人，在单位里和大庭广众之下，他们没有一点点“这块辣（那）块”的苏北口音，他们恨歧视，却更想不让人家看出自己的苏北籍贯、听出苏北口音，但是一回到小弄堂，不讲苏北话反而会被小弄堂看不起，这也就是为什么苏北籍上海人的乡音那么顽强的原因，因为它是一直在积淀的。从现在的角度讲，这正是地域文化和地方语言发展的好办法。小弄堂几乎有点像是唐人街，是一个族群，族群内固然吵骂不断，但总是一个族的，有共同的地域文化，共同的地方与语言，共同的社会层次；在上海就没有其他任何一个地域籍贯会像苏北籍贯一样保留着自己浓重的地域文化。

而今，“苏北窟”“苏北人”在年轻男女当中，已经成为了古董式的词汇。有一个上海女孩子，从长相到职业到家境，各方面条件称得上优秀，千挑万挑终于结婚了；婚庆大礼上，女婿用纯正的普通话介绍自己：我是扬州人，我的父母亲就在扬州生活。台下丈人丈母娘一脸喜悦，女婿是扬州人，当然他还是清华大学毕业的，他已经是上千万身价的董事长。新娘是宁波籍上海人，她说她从来没有想过苏北人有什么不好。

革命化的春节，烧头香的初一

假如用棋牌来作比喻，农历是打麻将，公历是打八十分，

麻将没有升级，一圈一圈地打，60 年一个轮回，

八十分追求的是一级一级往上爬。

很多人都在怀念上世纪七八十年代的过年，我不怎么认同，我说那个年代好不好，靠怀旧是不算数的，因为怀旧是过滤器，过滤掉的是痛苦，留下来的是纪念。要判断那个年代的是非，最有意思的，是去看那个年代的报纸，那个时代的纪录片。

恰恰，我就是一个看了些那个年代报纸和纪录片的人。

那个年代的主旋律是风继续吹。

黑黑的天上横幅飘，横幅下面人儿吵。泛黄的路灯，像几十年后的外滩夜照明泛光，投射在“移风易俗，过一个革命化的春节”的跨马路横幅上，被跨着的马路，便是菜场了。确切地说是巨鹿路菜场，它是最著名的马路菜场，当年还是全国先进单位。只是夜照明照的不是夜，是黎明时分。猎猎北风，瑟瑟裤腿，啸啸人声。鸡鸭摊、肉摊、鱼摊、豆制品摊、蔬菜摊……每一个摊位前排队、排队尽是排队，在为买到最后一条“烂肚皮”带鱼而亢奋，在为排了一个钟头队却没

有买到做汤团馅的生猪油而沮丧，在为掉了一张一直紧拽在手心里的鸡票而成春节之长恨歌。1970年春节前夕，《人民日报》报道说，春节期间“粮、油、肉、蛋、水果、茶叶供应充足，市场上还出现了如黄瓜、西红柿、豆角等一些夏令蔬菜”。菜场的高音喇叭播放着《红灯记》李铁梅的唱段“做人要做这样的人”，对于排着队的老百姓来说，做什么人呢？做排队的人。

菜场还未落市，食品店排队又掀起了新的高潮——到了“文革”后期，“文化大革命”的高潮常常是在排队中掀起；总有一个长队等着你从最后一个开始。可能是为了一斤大白兔奶糖，可能是为了一包小核桃；直至年三十最后一次去排队，准是为了剃头，新年新衣裳新剃头，管他剃出来的是芋艿头还是马桶头。在很多石库门弄堂里，都会有一两个剃头师傅，价钱便宜，又省得排太长的队。

风继续吹。许许多多年的春节，就这样共同度过。

从来没有强调过要过一个革命化的元旦、革命化的国庆，唯独春节需要革命化，足以见得，春节的非革命化一直很坚强甚至很顽固。于是，在1969年的年初一清晨，“市百一店等商店革命职工，一进店就手捧宝书，向伟大领袖毛主席请示；还组织了毛泽东思想宣传小分队，用文艺形式在商场宣传毛主席‘要进一步节约闹革命’等最新指示。”这是《解放日报》当年的通讯。领导们倡议春节“四要四不要”：要讲科学，不要封建迷信；要勤俭持家，不要铺张浪费；要参加正当文娱活动，不要到处游荡；要坚持生产工作，不要班前喝酒。只是愚公移山易，春节易俗难；移风易俗，移易掉的只不过是一层薄薄的尘埃，老百姓的骨子里，一年就为这一天，当然要把年留住。当然革命化的春节，不仅仅是贫穷和物资匮乏的本身，必然有革命化的标志。在排队的长龙中，会有两个穿了一身过膝军大衣的，那是平民中的贵族，拥有军大衣者，基本上是工纠队成员，有头戴了海夫绒军帽的，那是革命样板戏《智取威虎山》杨子荣留下的时尚痕迹。

排队是革命化春节的主背景，DIY则是革命化春节的主旋律，当然那时候不叫DIY，叫做自己动手丰衣足食，更确切地说，人人必须自己动手，因为社会提供的仅仅是原料。杀鸡、刮鱼鳞是DIY的，炒瓜子炒长生果是DIY的，衣服是DIY的，也有人家会送到弄堂口的缝纫摊去做，去把裤子的两条颈熨烫得像刀锋一样，但那是条件好的人家；汤团是DIY的，为了借一个磨糯米的石磨，你得千谢万谢，还得排着队等人家用完；孩子们的玩具是DIY，当大人们在DIY年货时，女孩子从刚刚杀掉的公鸡尾巴上拔下几根鸡毛做毽子，或者从破衣服上拆下纽扣串起来“造房子”，男孩子从烂脚桶上卸下铁箍滚铁环，还有空手道的玩斗鸡，孩子们的综艺游戏就在弄堂里开展，也就在孩子游戏的弄堂边上，还支着一台黑咕隆咚的炮仗炉，那是爆糙米花爆年糕干的，当然也逃不开排队的干系；即使是商家也是DIY的高手，杂货店卖出来的东西都是一个三角包，水果店的老营业员甚至还会编扎“黄篮头”——年初一拜年、走亲戚的必备水果篮。

也有人多却不排队的地方——北站，就是新客站之前的上海火车站，上百万知识青年回沪探亲，也是上百万的兄弟姐妹到北站送迎，北站广场实行春节军管，比起如今民工春节返程潮，决不逊色。

在做怀旧式纪念时，普遍的声音都认同革命化的春节是苦中作乐，但是这样的声音忽略了很重要的一点，春节是一个需要热需要闹的节日，披星戴月的排队，走门串巷的借磨，滚铁环可以滚过三条弄堂，过了元旦就开始筹备春节，开放式的、长周期的，全身心投入的，和西方的圣诞节不无相似。贯穿春节的排队，更像是聚会，再夸张一点，就是狂欢了。

农历是中国的土产，公历是舶来品。假如用棋牌来作比喻，农历是打麻将，公历是打八十分，麻将的要义是没有升级，一圈一圈地打，60年一个轮回，八十分追求的是一级一级往上爬，如今都已经爬了两千多年了。因为春节一年年的轮回，所以需要的不是更新，是守旧；守岁守岁，要守住的是过年最核心的、最陈旧的热闹；结果我们将贫穷和热闹一起丢失了。

风继续吹。许许多多年的春节，就这样共同度过。贫穷尚未褪去，排场已经摆开。最典型的排场当属结婚，知识青年到了婚嫁的年纪，偏偏手里的钱也渐渐富裕，春节的三天假期从来就是结婚黄道吉日，那时候还没有婚纱，还没有喜车，三轮黄鱼车上一只樟木箱、一部缝纫机、四条被子，就把一个女儿嫁过去了。1979 年《北京日报》刊登的一封群众来信称："结婚讲排场不好，春节参加一位同事儿子的婚礼，他家收到的礼品可谓名目繁多，有台灯 7 个、收音机 1 架、闹钟 2 个、毛毯 4 条、毛巾被 2 条、暖水瓶 12 个、枕巾 80 条、脸盆一大摞、茶具 8 套、锅碗瓢盆勺成双成对……"当年手捧一束塑料花的新娘，如今儿女也已经迎娶送嫁，他们的排场，那真叫排场啦。

这么弹指一挥间的功夫，将半个世纪的春节写入了历史。50 年代过的是光荣春节，60 年代过的是革命春节，70 年代过的是鱼肉春节，80 年代过的是补药春节，90 年代过的是祈祷春节，新世纪过的是发财春节。也就是从祈祷春节开始，年初一寺庙烧头香越来越显规模，于是有许多有关烧头香的传闻，头香的门票多少钱一张，头香要半夜几点钟排队，谁谁谁每年都去烧头香……不管是不是烧头香，是不是烧香拜佛，新年的祈祷和祝福成为每个人的心声。

风继续吹。许许多多年的春节，就这样共同度过。

下水道的味道

因为苏州河横隔上海市区南北，交通渐渐不便，

有人曾经提出大胆的创意：

填埋苏州河，将苏州河改名苏州路。

1971 年，美国总统特别安全顾问基辛格秘密访华，与周恩来总理一路谈判从北京到上海，待等双方相逢一笑，压轴的闲情节目，便是登临黄浦江与苏州河交汇口的上海大厦。后来尼克松总统也如此一游。那时候的苏州河免不了散发出不雅的味道，免不了杂乱肮脏，幸好被夜色所笼罩。那时候苏州河对于上海来说，是多功能的，是输送吃喝拉撒的内河航道，更是天然的下水道。越是落后的城

市，内河的功能越是繁复，就像越是穷人的家里，孩子们特别会做家务一样。

尼克松已经作古，尼克松不可能预料到，当年上海大厦墙脚下的苏州河两岸的废旧仓库和垃圾码头，当年用红油漆刷了“全世界无产者联合起来”口号的苏州河堤坝，30年后，以中国的左岸右岸闻名，成为艺术和时尚的猎物；当第一个废旧仓库蜕变为艺术的展厅时，有人惊呼，啊，这是化腐朽为神奇！立即有人纠正：错了，这是化神奇为新的神气！因为废旧仓库在百十年前沿河鳞次栉比的本身，就是上海工业和商业的神奇，而且不经意间，为今天的前卫艺术家埋伏下神来之笔。一条穿越了一座城市的河，当她被尊称为母亲河的时候，那么这一座被穿越的城市，一定是一座文明的城市、富裕的城市。在城市下水道和母亲河之间，横亘的只不过是年代。

这一条河的意义的改变，也改变了以苏州河名义从事的一切事情的意义。以前除了虹口多伦路一带孤岛式的地区，苏州河几乎就是上只角下只角的界河。以前河两边的垃圾码头，现在叫做亲水平台。以前苏州河也常常当作电影的背景，那是拍解放前、拍工人起义。如今的苏州河，像一个明星一样一年到头档期全部排满，也像一个产业链的始作俑者，带动了一个名叫“苏州河”的产业，有拍电影的，有搞摄影的，有画素描的，有写散文的，还有龙舟竞赛的……周迅、贾宏声主演的《苏州河》没有获得公映，但是苏州河的味道是准的，周迅在电影中跳进了苏州河是演戏，10年之后，男主角贾宏声坠楼身亡是真实。好在苏州河也乐善好施，不知疲倦。光顾苏州河的人，他们既眷恋于苏州河的历史黄页，又捕捉了苏州河新的灵魂；既汇集于枯燥的史料，又是对苏州河的百年一叹，虽然不能等同于“子在川上曰”，但是分明看得到他们在苏州河岸边的漫步。当然他们也因为苏州河而成名、发迹、发财。曾经有一个楼盘将苏州河的一小段圈入自己的小区，引起了民众的共愤。看到这条新闻，感觉上就像是后辈们对遗产有各自不同的见解，这倒是不经意地将苏州河提到了遗产的高度，如果仍旧是垃圾码头的话，那就会责令某一个单位负责垃圾码头的清洁卫生工作。

曾经这个城市是心死苏州河的。因为苏州河横隔上海市区南北，交通渐渐不便，有人提出大胆的创意：填埋苏州河，将苏州河改名苏州路，就像肇嘉浜路原来的臭水浜被填埋成绿荫道一样。这一点都不是凭空的杜撰，幸好当年没有付诸实行，否则现在只有凭吊苏州河的遗迹了。

估计所有的孩子都会这么问过：苏州河是从苏州流过来的吗？大人们几乎也是差不多的敷衍：是啊，是从苏州流过来的。没有几个大人会告诉孩子，上海人也是有暗暗叫的脾气的，苏州河从苏州流过来不假，但是苏州河只是上海人的叫法。上海开埠前，苏州河一直叫吴淞江，只是上海开埠后，由于外国人发现可以乘船从这条河到苏州，所以叫它为苏州河，但是中国官方资料一直叫这条河为吴淞江。不过根据习惯，以上海北新泾为界，吴淞江上游称为吴淞江，进入上海市区，上海人称之苏州河。苏州河的名气大大超过了正本清源的吴淞江，从婉约和风月的角度看，当然是苏州河更贴切。

那一首不朽之作《苏州河边》，把苏州河的柔顺暧昧全部唱了出来，词也特别的“宋词”味道：夜留下一片寂寞，河边不见人影一个，我挽着你，你挽着我，暗的街上来往走着；星星在笑；风儿在妒，轻轻吹起我的衣角；我们走着迷失了方向，尽在暗的河边彷徨；不知是世界离弃我们，还是我们把他遗忘……好像只可以是苏州河而不是吴淞江。2012年以来，我的好朋友、上海歌剧院首席女中音王维倩，举办了好几场跨界演唱会，唱的都是上海老歌，邀请我做她的演唱会嘉宾主持，谈谈大上海，说说小女人；在她和马懿巍对唱《苏州河边》前，我把苏州河的来历告诉观众，居然没几个“老上海”知道苏州河的身世。

很多孩子会问苏州河是不是从苏州流过来，却也有孩子深层次地问：苏州评弹是苏州河的船工号子吗？当然不是，吴侬软语的苏州河是用不着声嘶力竭的船工号子的。假如有一天，在苏州河上闲散泛舟，有女一曲苏州评弹，诸如徐丽仙的《新木兰辞》，倒是最浓的苏州味道了：“唧唧机声日夜忙，木兰是频频叹息愁绪长……”当然，还有那一首《苏州河边》：夜留下一片寂寞，世上只有我们两个。

上海的性别

滨江大道伫立着一个上仰的铁锚，

它是中华造船厂的遗迹，

用前卫的艺术眼光看，它有点像是男性的性器。

是男是女？假如要给上海确定性别，不仅算不得荒唐，恰恰就会有很踊跃、而且认同性很高的回答：上海的性别是女性。很长久以来，上海给人的印象，越来越像是一个温婉的淑女，仿佛上海滩开埠以来的历史，就是一个女人的柔情岁月，就是一个女人的万种风情，经典的怀旧，前沿的时尚，百姓的生活，无一不是在张扬这座城市女性的情怀，以至于渐渐地上海又成为女人最喜欢的城市。从张爱玲到靳羽西，都可以算得上上海这个淑女的两块手帕。

看到一组上海老工业的图片，对原来存于心底的上海的性别的认同，必将产生触目而惊心的震撼：上海是男人，上海的老工业，是上海的父亲，一个男人应该具备的一切，上海都具备，创业，坚强，忍耐，沧桑，雄起，仇恨，成功，失败……上海老工业，是一本男人词典，可以搜寻到上海一百多年来的诞生、发育、成熟。

当马建国作为一个"老三届"毕业生来到上钢三厂的时候，那是 1968 年；"钢铁工人"不仅是一个职业的身份，更是一个包含社会虚荣心的花环，远比如今的白领神气得多。头戴藤条安全帽，一身劳动布工作服，颈脖上挂一根白毛巾，脚上一双翻毛工作皮鞋，标志性的着装，与他的父亲、《海港》中的码头装卸工马洪亮毫无二致。对于这个为生于 1949 年自豪而取名"建国"的年轻人来说，他从未想到过中国在光绪十六年（1890 年），从英国购进炼钢平炉 1 座，炼出了中国的处女钢；至 1949 年，中国具备了年产 3 万吨钢、7 万吨钢材的生产能力。马建国的青春发育和大跃进大炼钢铁、10 年超过英国钢产量同样的膨胀，同样地找不到着落的地方，但是马建国深知钢铁对于保卫祖国的重要，重要的不仅仅在于《钢铁是怎样炼成的》，而且还在于做一个钢铁工人多荣耀。在他进厂之前 10 年，上钢三厂诞生了一个工人英雄邱财康，他是上钢三厂的青年炉长，1958 年被摄氏 1300 度的钢水烧伤，烧伤面积达 89.3％，最后被奇迹般地抢救过来；有一份通讯报道写道，邱财康烧伤醒来后的第一句话是："我的党费交了没有？"

其实马建国从进厂当徒弟一直到提前退休，从来就没有炼过钢，而是在钢厂当一个运输工，跟随着小火车在厂区，轰隆隆的来，就像轰隆隆的去，只是这样的火车，没有座席卧铺，更没有冬妮亚的撒娇和任性；一年四季，严寒酷暑，刮风下雨。脸像铁砂皮一般的粗糙，像老农民一般黝黑，晚上和老婆亲热，都会从鼻孔耳洞里掉出黑屑。很快，"炼钢工人"的花环在心中凋谢，剩下的，是在上海工作的幸福，当然这也是很本质的幸福。直至工龄快满 30 年的时候，马建国提前退休了。在最后一天跟小火车出车时，几十年的牢骚埋怨，竟然都化作了亲切，下班后最后一次在厂里洗澡，竟然就洗不完地洗，搓不完地搓，不是想彻底地洗干净，而是想再也没有了这样的洗澡。顺便说一句，有很长一段时间，钢厂里只有男子浴室，因为钢厂的第一线工人都是男人。

像马建国这样的工人，在上海的老工业基地，仅仅是上百万分之一，他们在上海老工业的历史书里延续了上海老工业的历史。沿着上钢三厂向东，还有两家盛名完全不在上钢三厂之下的工厂：江南造船厂、上海船厂。中国第一艘万吨轮"东风号"1965 年在江南造船厂下水。另一家中华造船厂更是早早地凤凰涅槃，化做著名的滨江大道。马建国的一个同学当年分配在上海船厂船体车间工作，到了船台上，他问师傅船体车间在哪里，他师傅哼了声：戆大，格达（这里）就是车间。船体车间是没车间的！马建国的同学傻愣愣地站在船台上，双眼看看天上的云彩，两脚搓搓船台上的油彩，横亘在船台的铁链比他脖子还粗。

俱往矣，钢铁厂在爆破，船厂在迁徙，老工业在脱胎换骨……但是俱不往矣，杨树浦发电厂那一台 1911 年建厂时就开始发电的英国发电机，至今仍在发挥余热，它就像一面青铜镜，鉴证了上海老工业的辉煌。当马建国的儿子马可波罗（当然是网名），陪着祖父和父亲参观苏州河边自己的创意产业时，旧厂房骨架硬朗，心肠却交给了艺术。祖父马洪亮脱口而出的依旧是那句老话：进这码头，常想起当年景象。历史就是如此的滑稽，当老工业显出它的沧桑疲态，甚至就要被写进历史而摈弃出现实的时候，它却众望所归般地成为了艺术，需要的不仅是顶礼膜拜，还有保护、记录。

当老工业的痕迹逐渐淡出生活的现实时，上海老工业的性别属性是否也会被淡忘，甚至被误会？可以到滨江大道走一遭，如今它是风尚地带，时尚活动，居家闲适，到此一游，婚庆照相，排着队预约将它作背景，似乎是很女性化的背景，但是在背景中的关键背景，是一个上仰的铁锚，它是中华造船厂的遗迹，仔细看，也恰似上海老工业的性别：男性。因为用前卫的艺术眼光看，它有点像是男性的性器。

怎不忆江南

及至看到以“江南”命名的酒家，更觉得硬邦邦的，
再好的酒喝下去也一定是像土烧一样，
再嗲丽丽的声音发出来也似万吨轮的汽笛。

大概中国历代的文人墨客无论如何不能认同的是，“江南”这么一个婉约的代名词，一个情意绵绵的别号，一个落英缤纷的画面，到了19世纪的“江南制造局”，突然豪放起来；倒是没有人去考证一下当年取名的时候，是否想和几千年的中国传统江南表示一次不屑。这一个“江南”果然改变了“江南”的风骨，以至以后的“江南”二字，在我的印象中，就再也没有婉约过，一直刚强，一直威武。

直至江南造船厂依旧高举反“江南”大旗——其实江南造船厂并不在黄浦江的南岸，而是在黄浦江的西岸，所谓浦西；久之，便觉得“江南”的古今含义真的不同了。好多年前，路经江南造船厂的时候，看到周遭好些以江南命名的店家，有江南烟杂店，有江南服装店，有江南食品店，终是觉得不顺，及至看到江南酒家，更觉得硬邦邦的，再好的酒喝下去也一定是像土烧一样，再嗲丽丽的声音发出来也似万吨轮的汽笛，却没有细想，酒店谓之江南本是“秦淮河”的近义，很是缠绵悱恻，只不过有了江南造船厂，颠覆了江南的原意。及至今日，在上海所有的时尚风月地带，就没有冠名“江南”的。当然，江南造船厂也是因为“江南制造局”而得名，顺着江南制造局开出来的一条路，是制造局路。上海曾经有著名造船厂十几个，在所有造船厂的厂名中，不是地名便是显示力量，唯有江南不同。

“江南”二字颠覆得如此成功，如此刻骨铭心，还与一代人的就业有关。在近 40 年前的很长一段时间，“江南造船厂”是中学毕业后的工作去向中最好的单位，因为它是工人偶像的集散地：中国第一艘万吨轮“东风号”就是在江南造船厂下水的，国企大厂，当时叫做全民所有制，一身白帆布工作服，外加帆布手套，一双牛皮翻皮皮鞋，一顶藤条安全帽；比起分在商店里的人来，真是骄傲；大凡刚刚进厂的人，会很奢侈地穿了一身工作服拍照留念，还会很豪迈地将这一套行头借给最要好的同学拍照；几年后谈恋爱都是一份资本，就好像现在在微软这样的外企工作一样。不过一身白帆布的工作服也就是发下来时是白的，后来一直是以咖啡色为基本色的脏兮兮的颜色。而且没多久就明白，所谓的船体车间，其实就是在一年四季的露天的船台上，船体车间的工作性质，和如今的建筑工人没有太大的差异；除非是在办公室工作，那就真是宛如在恒隆的写字楼里居高临下。曾经有一对男女同学，地下爱情发展多年，毕业分配男同学分在了街道厂，女同学进了造船厂办公室，两个人的等级差别类似于大专生和研究生，于是地下爱情就在地下了结。当年的人也不像现在所说纯洁无比。几十年后，女的从造船厂下岗，男的是一个公司的董事长，这个公司就是当年的街道厂。这是后话了。

2006 年，江南造船厂“动迁”到了长兴岛。差不多就是在江南造船厂的地理位置，听说会有一个高尔夫球场，会有时尚地带，基本上可以预判，高尔夫球场是不会叫江南高尔夫的，应该是一个有点洋气的名字，这也不是坏事。当然结果并不是这样，江南造船厂的旧址，包括若干旧厂房，后来成为了世博会的部分场馆。“江南”这一个称呼，也许又能回归婉约。

小人书描绘小人野史

看看那些小书摊的坐落之处，石库门的过街楼下，
小马路的弄堂口居多，绝少在公寓大楼下别墅之外，
也可以印证连环画当年的文化地位。
小人书三个字，更像是连环画的身份烙印。

抄录一段2013年1月5日的上海新闻：清晨，一列被命名为“友直号”的2号线始发列车从龙阳路站开出。与其他列车不同，这趟车的每节车厢，已被著名连环画大师贺友直的作品装扮一新。“友直号”让乘客在流动的地铁车厢里也能欣赏老上海的风情——老虎灶、大饼摊、小书摊……

在我的印象中，上海地铁还是第一次以一位艺术家的名字命名地铁列车，足以见得地铁与万千乘客的心理共鸣，那就是对贺友直老人及小人书的崇敬。当“友直号”从地面开进地下时，有人说，视线中的连环画，在“倒行逆施”般穿越时光隧道，把人带到了老上海的风情之中，也带到了儿时看连环画的情节里。有点像是很时髦的那首歌，曲婉婷的《我的歌声里》：你存在，我深深的脑海里，我的梦里，我的心里，我的“记忆”里——我将“记忆”替代了歌词中的“歌声”，全然就是为连环画情结度身定制了。

连环画把我们导入怀旧的记忆，很容易，也亲切。只是或许这一份记忆太亲切，以至于我们很多年来一直沉溺在怀旧中，多多少少有点轻视了连环画给予我们的另一种记忆，它不属于艺术，不属于上海的风情，和当下的收藏也没有关联，或者说那一种记忆是连环画所有情结的前传和铺垫，那一种记忆是一

段历史，而历史是由问题引导出来——为什么连环画的记忆浓缩在小书摊？为什么连环画我们儿时买过却很少保留下来？“友直号”地铁引导乘客在怀旧，我在怀旧中思想着，与浦东联洋社区那一尊罗丹“思想者”的复制品上行下潜。

连环画的同名词是小人书，那就是小孩子看的书，虽然大人也喜欢看，但是当大人和小孩子在争看一本连环画时，一定会有人声援小孩子，嘎大额人还看啥小人书，好好交去看自己的书。时代的苍白和贫穷，造就了连环画的繁华，因为苍白，小孩子的精神生活情趣被局限在很小的范围，连环画恰是小孩子精神生活的春运潮，好小囝坏小鬼都汇集于此；因为贫穷，父母亲们、尤其是有教养的家长很少为孩子奢华地买连环画，于是，借成了阅读连环画的主旋律方式，小书摊又是主旋律借阅方式中的独唱领衔。那么为什么不到图书馆去借连环画而喜欢在弄堂口小书摊轧闹猛呢？有人无意中这般提问，却是拉开了连环画文化的另一道帷幕。

在很长一段时间里，图书馆一直代表了很严肃、很神圣、也很高端的阅读。学校里固然有图书馆，只是学校图书馆里仅有十数本少年文艺。至于社会图书馆，只有市图书馆和区图书馆，办一张图书借阅卡，远比现在申请港澳台入境难，有级别、有限额，比如是学校的三好学生队长之类，才会有资格。坏人一定会进提篮桥（上海市监狱的别称），好人却是进不了图书馆。即便是有图书馆的借阅卡，对不起，就没有人会去借连环画的，要借的当然是像《红岩》、《钢铁是怎样炼成的》这样的小说书，这是正书，一个好学生怎么可能去图书馆借连环画这样的野书？读正书和看野书，历来是衡量学生有没有进取心的重要分水岭。既然借书者是如此的读书态度，图书馆一定也是尽显“书中自有黄金屋”风范，几十万册图书浩浩汤汤，有小说书，有数理化书，有红色革命书，就是没有连环画的一席之地。

连环画是不登大雅之堂啊。只是人喜欢大雅之堂的身份，更多时候还喜欢大雅之堂外的情趣。于是就有了小书摊的此起彼伏。看看那些小书摊的坐落之处，石库门的过街楼下，小马路的弄堂口居多，绝少在公寓大楼下别墅之外，也可以印证连环画当年的文化地位。小人书三个字，更像是连环画的身份烙印。

小人书有小人书的情趣，不仅仅是可以看的书，其实可以看做是对当下读图时代的预见，而且也是可以玩的书。看到哪一本连环画中的英雄人物形象，就拿一张略有透明的纸，合上去，看得出下面画面，铅笔削削尖，便顺着画面的线条描下来。可怜呐，几十年前的偶像崇拜就是这样简陋。第二天到了学校，向同学展示自己的杰作，炫富一般的得意。有些许画家，最初学画，就是从描连环画开始，然后是仿，再是画。这就是连环画最贴切童稚之处，隐隐约约的是 DIY 的乐趣。

小时候，我以读正书的态度读了不少小说书，也以看野书的情趣看了蛮多的小人书。父母会表扬孩子读正书是用功，当然也会批评孩子看野书是没出息，要是看到孩子把时间耗在描连环画上，那就要阻止了：还不快去复习复习功课！还把好好的一张纸浪费了。

因为连环画的身份不登大雅之堂，所以家里会把有用场的书留下，算是藏书，而连环画往往不在家庭藏书之列，再加上经过小孩子看了又看，先是伤了皮毛，而后动了筋骨，最后也就称分量卖给了废品回收站，好像是 4 分还是 6 分一斤。那些小书摊的连环画都是经过加固的，但是经过“文革”血雨腥风的洗礼，也就被洗涤得所剩无几，再加上图书馆很少有连环画，于是短短几十年过后，曾经随手拈来的连环画，差不多绝迹，这倒是成就了如今的连环画收藏。如果连环画像众多的小说书一样被善待，也就失去了收藏的意义。只是那些曾经去废品回收站卖掉过连环画换回来 1 角 2 角的朋友，说什么也不愿意去回想当年的一幕一幕。只是看到“友直号”地铁的消息时，心里重重地咯噔一下。

先做“小赤佬”

头文字加一个“小”，是亲昵吗？恰恰相反，是轻蔑，
基本上属于“小赤佬”、“小瘪三”的扩展名，
也是对所有到上海学生意的乡下人的社会定位。

上海很多马路都是以各地的地名命名：南京路、广东路、淮海路、香港路、澳门路、高雄路、四川路、河南路、宁波路、山东路、重庆路……贯穿上海的东南西北，渗透上海的阡陌交通。举凡路名，一概以外地省份或城市而非本地地名命名的城市，中国唯有上海集大成，冥冥之中，简直是上海老一代老移民给新移民留下的一个温馨的心灵卧室，如今在这么多“外地”的大街小路上，很可能坐落着某一个来自外地的富豪的集团总部，更有可能，流传着闯荡上海的发财传奇，他们在以自己祖籍地命名的上海马路上，做老板，谈生意，做高薪白领，甚至就是一个刚刚毕业到处投简历的外地大学生，当是别有一番喜悦的滋味。不夸张地说，上海有多少条外地地名的马路，就会有多少个外地地方的青年涌向上海，而且向往着脱颖而出成为上海的新移民，成为新移民的代言人；他们共同诵读着这么一段话：我们都是来自五湖四海，为了一个共同的发财目标，走到一起来了。

五湖四海汹涌澎湃地汇集到一起，就是来自于外地、来自于港台、来自于国外的新上海移民。天干地支 60 年一个轮回，上海又一次成为勇敢者的乐园。不禁使人想起 20 世纪三四十年代、甚至更早些的上海一样，云集了一个以“小”做头字的创业群体：小宁波、小苏州、小绍兴、小山东、小福建、小广东；他们的职业，同样也是以“小”做头字：小裁缝、小剃头、小皮匠。头文字加一个“小”，是亲昵吗？恰恰相反，是轻蔑，基本上属于“小赤佬”、“小瘪三”的扩展名，也是对所有到上海学生意的乡下人的社会定位。

小赤佬在上海学生意，学上海话，学上海人的腔调，渐渐地像模像样了。先是一口上海话很正宗了，这是最要紧的事情。其实在上海，也有许多人的上海话不正宗，一直到老，乡音未改鬓毛衰，于是人们叫他们老宁波、老山东、老广东……凡是这样被人家称呼的，一定是生活在社会最底层的人，或许还做着一份本分的小生意，那已经是老皮匠、老裁缝了。从小宁波小山东小广东……到老宁波老山东老广东……的“从小到老”的生命流程，犹如是一枚孵化过的鸡蛋，没有孵化为鸡，而成为一枚喜蛋：凡是在上海生活了几十年、还生儿育女、却是一口浓重乡音的上海老人，在心灵本质上，几乎没有介入过上海的主流社会。

小赤佬的社会地位是低贱的，但是上海的主流社会也要依靠小赤佬的穿流与传递，在穿流与传递中，小赤佬便与主流社会发生了联系，于是小赤佬就游走在主流社会的潜流中，小赤佬就潜移默化地加入到了上海的本质生活中。从下只角打进了上只角，改变命运的机会是不可能轻易从指缝中溜走的，他们后来往往要比从小到大一直生活在上只角的上海人有更快的进步和更大的发展。他们的忍受力、爆发力、攻击力、持久力，都是公寓房子里的孩子不可比拟的。

上海为什么会称作“冒险家的乐园”？很长久以来，这句名言一直没有被当作名言，仅仅是当作贬损外国人、半殖民地半封建的口号，以至于谁都不敢以冒险家自居。事实上，更多的因为冒险成功而将上海当作乐园的是中国人，尤其是从乡下到上海学生意的一文不名的小赤佬。

上海是一个值得冒险的地方，因为上海充满了因为冒险而发迹的机会，上海充满了追求冒险发迹的气氛，还有一点很可能会被忽视，却是上海有别于其他地域的冒险精神——上海的冒险富有更多的文化知识含量。

上海这一个冒险家的乐园里，有外国人在冒险，有中国大老板在冒险，更有众多的小赤佬在冒险。

上海历代移民都必然受到轻蔑的对待，而轻蔑他们的人往往就是上一代的移民，已经生根为上海人，做了老板，有了自己的店家。对待外地人，上海人喜好在容纳中排斥，确切地说，是在排斥中容纳：上海在很长的一段时间里一直被视作最骄傲、最排斥的城市，而同时上海恰又是最兼收并蓄的城市；看上去很矛盾，实际上和上海的地理有关。上海滩是冲出来的，上海人是聚拢来的；也因为上海滩是冲出来的，无所谓原住民，所以上海人才是聚拢来的，多多少少年前，造物主恣意地在长江口冲出一湾滩涂，却不经意地给多多少少年后的勇敢者和冒险者一个闯荡上海滩的理由。后来所有上海的大资本家小资本家，没有一个不是被人家一声声的“小赤佬”骂出来的，上海所有的名牌名店，没有一家不是沿马路吃西北风吃出来的。

上海开埠的历史有多少长，小赤佬的历史也有多少长。第一代从乡下到上海学生意的是第一代小赤佬、第一代乡下人，直至当下，在上海的所有还没有发达的非上海籍人，也都是小赤佬的身份，虽然他们被冠之以新上海人或者叫做农民工，与当年小赤佬的性质是一样的，与小赤佬的愿望也是一样的，因为上海这一个冒险家的乐园的传统是一样的，而且，如今的小赤佬翻身为老板乃至大老板的可能性还远远高于以前任何一个年代。

几十年前上海的长风公园曾经有一个令所有少年流连忘返的行为游戏场所，名为“勇敢者道路”。在这条道路中，要过独木桥，要匍匐，要攀援……给勇敢者的礼物，就是一片绿草坪，虽然常常擦伤了手，钩破了衣服，却依旧乐此不疲。有人考证过，几十年前，勇敢者道路，独此一家，别无分号；为什么会是独此一家？因为五湖四海闯荡上海也是独此一家。

我们曾经被“愚公移山”的故事所感动，如今却要质疑：愚公会成为新移民吗？愚公是不会成为新移民的，因为他移的是山，至今还在家乡开山凿石呢，即使到了上海，做的也依旧是力气活。成为上海新移民的是智叟，因为他移的不是山是人，移的是他自己，更因为他是智叟，是充满智慧的人，当然，也可能是机关算尽、不择手段的人。

当然现在有了网络，有了IT这个行业，不做小赤佬，就先做了大老板了，但那是异类，没有几个的，没有很多的可比性；况且做了大老板，还是要招聘小赤佬，还是需要千千万万的人先做小赤佬，即使不叫小赤佬，顶多也就是小三子，再好听一点，小白领，实际上一样的。

轿车年月

倘若有辆上海牌轿车停在路边，

总会有几个大胆的孩子凑身于前探个究竟，

也会有一两个赶时髦的人，以它作背景拍张照片。

1968 年 11 月的某天下午，不下雨。一个 12 岁的小男孩，平生第一次坐上了出租汽车，是上海牌小轿车，车牌号为 0135，是沪 A、沪 B，还是其他，已经没有印象了，只剩下了 0135。小男孩的哥哥要去上山下乡，留在上海的好同学，为他举行一次壮观的送别仪式，预定了两辆出租车，从他家里浩浩荡荡开向火车站。当时的出租车就叫做轿车，每公里计价是 5 角，到火车站全程 3 公里，1 元 5 角，两辆出租加起来 3 元。虽然车里坐了 5 个人，有点挤，小男孩无法享受靠在椅背上的舒服，不过这仍然是一次奢侈的经历。其奢侈的程度一定超过如今的出国旅游。于是这就成为一段刻骨铭心的记忆，连枯燥的牌号都是那么津津有味，以至于小男孩后来在马路上不止一次地看到那辆 0135，而每一次看到，都给小男孩带来炫耀和回味的双重快感。

这是一段真实的历史，这一段历史并不属于小男孩个人，而是属于整个社会。那是一个小轿车匮乏而珍贵的年代。上海牌小轿车也就刚刚加盟到马路街头，在此之前，它有另一个名字，凤凰牌轿车。凤凰牌轿车出产于 1958 年 9 月，最高时速 105 公里。据说“凤凰”这个名字，来源于某位领导对国产轿车的鼓励——草窝里飞出金凤凰。1963 年，凤凰牌正式改称为“上海牌 SH760 型”轿车，当年小批量生产 50 辆。

凤凰牌轿车算不上老大，老大是比它大 4 个月的红旗牌轿车的前身东风牌轿车。1958 年 5 月长春一汽的东风牌样车终于成功问世，“东风”的得名来自于“东风压倒西风”。8 月，中央向一汽下达了制造国产高级轿车的任务。新型车正式编号为 CA72，也就是“红旗”，仅生产了一辆的东风牌轿车编号为 CA71，成了红旗轿车的鼻祖。

在当时，上海牌小轿车大概可以称得上是解放后马路上的主流车，与后来桑塔纳的地位差不多。虽然红旗牌的地位至高无上，但是红旗牌寻常看不见，只有两种人有资格乘坐，一是中央领导人，二是来华访问的外国元首和政府首脑，所以普通老百姓之于红旗牌，通常是在锦江饭店周围的马路上看着它一掠而过，即使国宾车队停靠在路边，那也是被警察和驾驶员严严实实地守护着，围观者休想越雷池一步。上海牌虽然和红旗牌一样，堪称国产轿车的并蒂莲，除此之外再无其他国产品牌，然而还是不得不降尊屈贵，它是一般领导人的专车，庞大的国宾车队，也有它尾随的份；随着产量的提高，还有一部分便充当了出租车。不过也正因为如此，上海牌就少了些神秘感，多了些亲和力。倘若有辆上海牌轿车停在路边，总会有几个大胆的孩子凑身于前探个究竟，也会有一两个赶时髦的人，以它作背景拍张照片，但是一旦被驾驶员发现，肯定是一顿呵斥。在这好奇和拒绝好奇中，都感觉得出小轿车骄傲的地位。

红旗牌和上海牌也确实有骄傲的理由。它们不仅面对着老百姓可以骄傲，面对着进口汽车也可以骄傲——当然这进口汽车说的是东欧国家的进口汽车。车头上的那只梅花鹿，是苏联的伏尔加；那个跟纳粹标志竟然有几分相像的标记，是波兰的华沙 204。这两款 20 世纪 50 年代末来自社会主义兄弟国家的小轿车，据说很费油，在和上海牌并驾齐驱了一些年之后，它们渐渐地在上海马路上销声匿迹，完成了它们驰骋中国街头的历史使命。一方面这两款车都旧了破了，另一方面，也不再以物物贸易的形式，从苏联和波兰进口汽车。

差不多可以说，伏尔加和华沙 204 是 50 年代之后第一批进口小轿车，但是上海人似乎并不喜欢以外国汽车相称，而是称它们为苏联汽车和波兰汽车。凭着世界第四大城市的美称和十里洋场的历史，上海人对外国轿车还是略知一二，心目中的外国汽车只属于美国、德国，那时候还轮不上日本。长篇小说《上海的早晨》第一章第一句便是“一辆奥斯汀轿车……”，德国的奔驰、美国的福特，虽然解放后出生的人都没有见过，却也可以作为茶余饭后的谈资。比如奔驰的外壳是用冲床冲出来的，中国的红旗牌车壳是一榔头一榔头敲出来的，所以红旗牌比奔驰昂贵，云云。

中国人第一次真正确认外国轿车开进中国，源自于美国总统尼克松访问中国，1972 年 2 月。那也是小道消息的作用。说是尼克松到中国访问，飞机是他的空军一号，汽车则是美国空运过来的防弹车，因为中国没有防弹车。据说那防弹车上有卫星接收装置。在好几年后，人们从电影电视中确认了当年的小道消息。后来里根访华时，也开来了他的防弹车，似乎就是凯迪拉克或者林肯长车之类，车尾有一对鹰翅式的天线。又据说这些车空运来后，美国就没有再带回去。

这以后的日子便过得快了起来。轿车在增加，有能力有资格乘坐轿车的人也在增加。外国轿车名副其实地开进了国门。轿车也就叫做小车了。日本商人显然抢到了第一张生产定单，丰田、皇冠和尼桑，成为党政机关和国企单位一时购车首选。上海牌轿车相形见绌的劣势难以掩盖，连空调都没有，夏天受罪程度完全可以预料和想象。于是从德国飞来了洋凤凰——桑塔纳成为时代新宠。

当然，最重要的变化在于，普通的老百姓也可以坐上世界级别的名车，婚礼便是他们坐名车的绝佳时机。买车已经太过于正常，更不必说在街头拦下一辆出租了。那个当年的小男孩，如今有时候也会坐出租，他曾经想牢牢地记住一辆车的牌号，但是没有，唯一刻骨铭心的车牌号，便是 0135。现在熟知官场文化的人一看小号头车牌，就晓得了来头，至少是一个局长大人的座驾。那时候的小号头，只是证明车很少。

单休日时代休息时断想

女人们在针线中穿插着孩子男人女人结扎的话题，
男人们有点小学识的去淘旧书，有点小本事的去淘半导体晶体管，
什么都没有的男人，会去看看当日的壁报。

三十年前，国内发行天量的《新民晚报》，每个星期天有一个著名专栏“休

息时断想”，作者是秦绿枝，他的原名吴承惠，《新民晚报》原编委、副刊部主任。很短小的篇幅，写的也是生活琐事。“休息断想”在当时影响极大，差不多就是上海市民每个星期天的一个期待。

如今想来，这个专栏的名字有两层意思，一层意思是，所有的断想来自于这个秦绿枝的休息时间，另一层意思是，所有的断想，是供读者在休息时间阅读的——“夜饭吃饱，看看夜报”，成为延续了几十年的上海人休息方式和最代表民间精神的娱乐；甚至有人夸张地认为这就是最普及的上海人的夜生活，直至它的地位被电视取代。

三十多年之后，断想一下当年的休息，断想一下当年休息的历史片断，断想一下休息中的手、脚、眼、嘴、身体的妙处，仍旧会有很多断想。

人一旦有了拿薪金的工作，休息就变得重要起来。不会休息就不会工作，不工作也不会休息。如今的时髦叫法叫休闲，传统的叫法是休息；这不仅仅是叫法的不同，也是内容的差异。“休息”的意思在于不工作，不做单位里的事，却要做家里的事，“休闲”的意思在于不做事，闲着，单位的事家里的事都不做。于是“休息”总是被困于家务，“休闲”总是围绕着慵懒。

休息时代的星期天上午，总是发生用水困难——太多的主妇也把国定的休息日，当作国定的洗刷日，只有国定的休息日才有空洗刷；当然没有洗衣机，一切来自于双手；当床单像彩旗一样飘扬在淡淡冬日下的弄堂甚至小马路时，主妇们方始用蛤蜊油呵护自己那双粗糙、皲裂、冻疮着的手。代表了上海弄堂味道的石库门，有一大景观叫做“万国旗”，就是与休息天的洗刷有关。石库门的七十二家房客只有三楼有阳台，一楼二楼晾被单、衣服，只有依靠弄堂，弄堂两排房子之间不大，超长的晾衣竹竿两头门檐上一搭，被单、棉毛衫裤、两用衫，随风飘啊飘，颜色各异，“万国旗”称之无愧。还有飘不了“万国旗”的，那是更狭小的弄堂、更潮湿的平房，那就到弄堂之外的马路上，在两棵行道树上扎一个晾衣绳……

那时候的男人在干什么呢？男人在擦车，擦自行车，现在是没有人这么做了，并不是那时候的男人一定比现在的男人勤劳、比现在的男人整洁，更多的是在保护自己家里贵重的固定资产——自行车——能够最直接炫耀一个家庭的经济实力的东西。28 寸自行车后轮胎 48 根钢丝，一根根擦下来，吃辰光。在自行车紧俏年代，有一辆自行车擦擦，也是小小的炫富和炫路道粗。永久和凤凰，是上海男人最得意的座驾。

若是春暖花开的季节，休息时代也会踏青，当然谁也没有奢望过出国游之类，“上有天堂，下有苏杭”，既是赞美苏州杭州，也说明，上海人要去一趟苏州杭州已经了不得了，接近于天堂。最重要的出游是郊游，最主要的交通工具通过脚发生作用。起个大早，骑了自行车，带上面包、红肠、茶水，奶糖，还有席地而坐的报纸（后来渐渐发展成塑料布）。可以是一帮子青年人，他们的自行车肯定是父母亲的；可以是一个家庭的家庭行为，那肯定要预先向别人借好自行车。

踏青总是很少。不踏青的日子，吃了午饭，应该是一段美妙的聊天时段，早上浆洗，下午缝补，女人们在针线中穿插着孩子男人女人结扎的话题，也会结着伴地去买出口转内销的处理商品。至于男人，有点小学识的去淘旧书，有点小钞票的去淘旧货，有点小本事的去淘半导体晶体管，什么都没有的男人，会去看看当日的壁报。订报纸的只有那些文化人，倒是马路边会有当日的镜框式日报，看起来有点吃力，不过实惠，消息是一样的。

休息天还要洗澡，这在休息年代是件大事。许多孩子身上都曾经长过老白虱或者跳蚤，那是缺少洗澡的缘故。家里没有浴缸，甚至没有卫生间，那就只能花 5 分或者 1 角到公共浴室去洗澡，如今在上海开设了诸多的大型浴场，那是以洗澡为背景去休闲的，绝不是去搓老垢的。

休息的一天就这样行色匆匆。中国的双休日是从 1995 年 5 月 1 日起才开始实行的。值钱的漫漫岁月，一星期只有一天休息。有些人因为是早班翻中班的大礼拜——星期六下午 2 点下班、星期一下午 2 点上班，就觉得额外地多了一天休息，而到了下一个星期，因为中班翻早班，变成星期六晚上 11 点下班、星期一早上 6 点上班，沮丧到了一天的休息都不到。在双休诞生之前的那么多的单休年代里，一周一天的休息，太珍贵了。因为珍贵，会有人、而且有许多人，给自己增加休息。那就是“病休”。假如说，休闲年代的人们，因为岗位竞争的激烈，只有开到了（录用）条子才能上班，那么在休息时代，因为休息的短缺，只有开到了（生病）条子才能休息。托个医生，混一点头疼脑热的病假，或者在家里做家务，或者到外面去玩，是心照不宣的事情。当然这样的“病休”一直受到正面舆论的谴责，报纸上常有小品文披露，某病休者在家里洗被单时，被单位领导生擒，举报者乃是平日里吵过架的邻居。哪像现在，真有了“病休”都不休息。这不是现在的人觉悟高，是以前病休扣不了多少工资，现在，病休意味着有可能丢掉饭碗。

从休息年代跨越到休闲年代，是一个从苍白到缤纷的跨越，又是一个一脉相承的链接。虽然苍白也有苍白的趣味，但是，谁也不愿意回到休息年代去了。断想一下足矣。

“建设储蓄”

“粮食丰收国富强，钢水淹死美国狼，
增产节约好风格，人人储蓄办粮钢。”

“建设储蓄”不是恍若隔世，而是实实在在的隔世，一下子将记忆推向了半个世纪以前。因为是那么的久远，所以这四个字既是历史的印记，也像出土文物般满目尘灰。

千万不要以为“建设储蓄”是某一种个人理财项目，它是当年支援国家建设的储蓄。我曾经看到一张建设储蓄存单上印了如下的宣传语：“粮食丰收国富强，钢水淹死美国狼，增产节约好风格，人人储蓄办粮钢。”这就是建设储蓄的真正意义了。其实现在也有许多同类的储蓄，叫做国债，但是在那一段红色历史中，中国以既无外债也无内债为豪，从现在来看，“建设储蓄”是打了国债的擦边球。

它的面额是几块钱，甚至只是一块钱。和建设储蓄遥相呼应的是每一家人家都有一个储蓄罐，“肥猪型”的最普遍。真是罪过啊，当年家家户户一年之内猪肉吃不到几块，肥猪储蓄罐倒是有一个，更罪过的是，不要说吃到的猪肉没有那么胖，人也没有这么胖的。只不过储蓄罐是更小的人民币单位：1 分、2 分……每天在储蓄管里存 1 分钱，是许多人的幸福生活，然后成为一张建设储蓄的存单，这一张储蓄存单，是幸福的升华。

歪打正着地在《福州地方志》上看到了一份全民储蓄的资料：“1957 年末，城乡储蓄余额已跃至 161.6 万元，占银行存款总额的 31.9%，成为一项稳定的信贷资金重要来源。1958 ~ 1961 年，开展全民节约储蓄运动，增设有奖储蓄种类，城乡储蓄又有较大幅度发展，1961 年末余额 306.3 万元。”再对照一下，真是不比不知道一比吓一跳：2010 年的全国储蓄总额 20 万亿元，除以 13 亿人，人均 15384.62 元。

很长一段时间里，中国人挣钱的目的可以区隔两个，一个目的是过日子，另外一个目的就是储蓄，而储蓄这一个目的，往往是通过节省下过日子的钱来实现的，省钱才是每家每户的硬道理，一个月三四十元工资的普通工人在省钱，一个月一二百元高工资的演员知识分子也在省钱，他们的区别只是省下来的钱的多少，省下来的钱，无一例外地储蓄。

当老百姓省钱的时候，银行犹如一块巨大的海绵，把老百姓的钱吸引到银行里，确切地说，银行不是海绵，国家才是海绵。至于银行，从知道有银行的一天起，知道银行是很端庄很厚重的，是从它的门上看出来的；知道银行是很和善很体贴人的，是从它有一排椅子有几副老花眼镜上看出来的；知道银行是不会欺负人不会糊弄人的，是从它要反反复复计算就看得出来。钱交给银行是最放心的。当老百姓在忙着省钱的时候，银行是在忙着为老百姓省时间。银行可以去剧场的后台给演员们卖建设储蓄，那当然是晚上的事情，可以想象，看到银行的人晚上等在后台，一定有演员将原本晚上吃夜宵的 2 块钱 3 块钱买了建设储蓄。银行也会去建筑工地，工人会感觉自己买的建设储蓄好像就是支援自己正在干活的建筑工地。当然银行还会去学校去里弄。当时还有一种与建设储蓄相像的零存整取，叫做贴花储蓄，最小面额 1 元，自己贴上去，每个月在里弄里都有买，显然也是银行的上门服务。

半个世纪过后，几块钱的建设储蓄是不会有了，老百姓出手大得可以，动辄十万百万的进进出出，老百姓挣钱的目的又加了一种：投资理财，投资理财真是要靠银行的。倘若说当年买建设储蓄，是老百姓通过银行为国家服务，那么如今的投资理财，老百姓是通过银行为自己设计明天。当年建筑工地上的小青工，如今当是耄耋老人，或许他们也有一笔不很多的钱需要理财，这是他们一生的积蓄，其中就有半个多世纪前买的 1 元 2 元建设储蓄的垫底。

飞越上海

外滩万国建筑，在它背后的石林，

在它对面的浦东陆家嘴建筑群，究竟谁是谁的舞台，

究竟是谁可以眺望谁，都无法确切找到三者之间的边缘，

每一次飞机大鸟般悠悠下降的时候，相信肯定不仅仅是一两个人才有不懈的爱好：俯瞰逐渐放大的路、车、人、楼，俯瞰委婉的河流流向公路边的炊烟，俯瞰城市的阡陌交通，纵横交错，不管是白昼还是黑夜，白昼有白昼的炫耀，黑夜有黑夜的闪亮，反正俯瞰是一种难以尽述的享受，就像很难形容看海到底是看到了什么一样。

飞越上海，看到的是历史与现实的衔接。外白渡桥、闸桥、四川路桥、乍浦路桥静卧着，但是它们的内心却蕴藏了四段翻江倒海的历史。如今，屋顶的国际品牌广告与之共存，透现出殊途同归的惺惺相惜。沿着闸桥或者外白渡桥略略向南，是当年尼克松俯瞰到的外滩万国建筑。其实这一个万国建筑和尼克松看到的、也就是人们在平面的视线中看到的万国建筑，是两个不同概念的万国

建筑。空中俯瞰的万国建筑，不再是单纯的万国建筑，在它背后的石林，在它对面的浦东陆家嘴建筑群，究竟谁是谁的舞台，究竟是谁可以眺望谁，都无法确切找到三者之间的边缘，只能说，这就是分属两个时代的建筑群落的对峙中的衔接。对峙是因为风格的明显差异，衔接是因为三者就像长江口的东海、长江、黄浦江三夹水一样浑然一体。时而可以听到79.25米高空传来海关大楼的悠扬钟声，这座高达九层的大钟楼，历经80年，迄今仍是亚洲第一、世界第三；时而可以看到提篮桥远洋宾馆旋转餐厅人影攒动，远洋宾馆的旋转餐厅和新锦江的旋转餐厅不约而同地落成在1988年；时而又能感受到468米东方明珠上的高倍望远镜正在扫描浦江对岸观光楼台情侣的卿卿我我；时而甚至还能被二十多岁的联谊大厦玻璃幕墙折射而来的阳光晃了一瞬间的眼神，它是上海最早为外资企业入住度身定制的B TO B商务楼，当然也就是上海的企业家、投资者与外商合作的桥头堡。不过它的历史使命非常之短暂，很快就被浦东的陆家嘴金融区彻底替代。600年前明代陆家的一片滩地，如今吸纳的外资银行资产总额超过200亿美元，平均每平方公里逾117亿美元。历史跨度超过100年的建筑群落，汇集在外滩，而这一切的交汇，在空中俯瞰，才是一次完整的成像。

飞越上海，那便是历史让位与现实和未来。上海科技馆，外高桥码头，磁浮列车，复兴岛……如果说，在陆家嘴可以看到的是“嘈嘈切切错杂弹，大珠小珠落玉盘”，那么在浦东伸向东海之滨，让人更多想起了著名的上海说唱绕口令《金陵塔》：金陵塔，塔金陵，金陵宝塔十三层，迭座宝塔造得真伟大，全是劳动人民汗血结晶品啊。上海科技馆的意义超越了科技本身，因为APEC第九次领导人非正式会议就在此举行，只有复兴岛“名副其实”，作为黄浦江两岸开发的重要部分，千呼万唤的复兴岛整体计划已经出台。

一个城市被俯瞰，是既需要有勇气也需要有底气的，而勇气就来自于底气——这个城市的每一个细节都不忌讳拍摄，而且还向空中的大鸟敞开因美丽而自豪的胸襟。一个城市建筑100年的努力、100年的智慧、100年的沧桑、100年

龙华古塔·龙华禅寺

龙华古塔为上海创建最早的一座古塔之一，相传建于三国吴赤乌(238-250)年间，至今已有一千七百余年的历史。现存的塔身和塔基均为宋太平兴国二年(977)所重建。

龙华禅寺作为上海历史最悠久的寺庙，有着相当优越的地理环境。龙华寺所在的龙华镇原来地属华亭。一条龙华港穿镇而过，东接黄浦江，西连漕河泾、蒲汇塘，成为龙华古镇的水上交通要道。方便快捷的交通，使得经济、工农业社会的发展和文化的交流发生深刻的变化。

这幅画作反映了70年代末人们逛龙华庙会的景象。

龍華古塔
龍華禪寺
癸巳初夏
紅情作

的传承，在俯瞰中，它们极富个性、且极富生命力地融合在一起。外滩和陆家嘴从属于政治、金融、文化；外高桥与世界经济息息相通；新建的大学校区证明了教育在这个城市的地位，龙华寺的香火是佛教徒的心灵皈依；国际卫星地球站则是大千世界，“我星我速”。还是来源于1971年的典故：尼克松访华时，中国还不具备卫星转播的技术能力，美国人在莘庄附近安装了两套卫星转播设备，并且就留在了中国，有一段时间，参观过那一套卫星转播设备的人都可以炫耀一番，因为它属于军事机密。如今许多人家阳台上的那一个“小面盆”，不就是卫星接收器？

飞越上海，几乎就在高尔夫球场和农家的炊烟里穿梭，有人不禁哼起了那首很经典的《又见炊烟》：又见炊烟升起，暮色笼罩大地，愿你变作彩霞，飞到我梦里；夕阳有诗情，黄昏有画意，诗情画意虽然美，我心里只有你。

狼狈和记忆都在里头

动迁的别离，对于居家来说，是一段历史的结束，

是一个尤怨了三四十年戛然间化为亲切的留恋。

2008年的时候，还是博客的时代。我写了一篇博文《20年前上海人过着狼狈不堪的日子》，发表后，近7万网民点击阅读，评论之热闹程度，出乎我的意料。我用了“狼狈”这样一个词，来解释当时上海人的生活。有人说怎么可能是狼狈呢，当时什么地方不是这样，甚至还远远不及呢。似乎是这样。作为一个上海人，我很清楚当年的上海人到底狼狈不堪在哪里，主要的还不是在物质上的普遍贫乏，而是上海人失去了几十年来形成的精神贵族的心理优势，上海人曾经觉得上海是最值得骄傲的所在，但是在彼时彼地，这样的骄傲像是手中的一把细砂，止不住地从指缝中流失，上海人曾经很偏执地排外，但是到了1980年代，几乎所有和上海相关的城市都普遍地奚落上海人，看不起上海人。狼狈

不堪就在其中。直至1990年代，狼狈才离上海人渐渐远去。所谓的狼狈，只有生于上海长于上海的上海人才能意会，也只有不再狼狈的人才会说自己曾经狼狈过。

20年后的今天，上海似乎是中国天堂的代名词，是时尚的风向标，是物质生活的金字塔。对，这一切都在上海，但是，我要说的是，这不是上海的全部，有些上海人，直至2006年刚刚摆脱狼狈不堪的生活。

著名摄影家陈海汶拍过一组照片，他让我猜一猜，这些照片拍摄的年代和地点，照片里尽是简陋、破旧、杂乱和落后。这是什么时候的上海，这是上海的哪一个角落？他这么问，我便知道这不是一个久远的年代，也不是一个偏僻的下只角，但是我无法判断。陈海汶告诉我，这些照片的拍摄时间是2002年之后，地点就在上海的市中心，南外滩。如果不是世博会，或许这个地方的简陋、破旧、杂乱和落后依然，倒马桶的还在倒马桶，吵相骂的还在吵相骂。

我还要说的是，如此的狼狈不堪在上海也不是最后的镜头。一个城市是立体的，也唯有立体，才是它的真实与生动。也是我们热爱它的理由。

摩纳哥蒙特卡洛世博会申办国的一锤定音，对于上海这座城市来说，是一段历史的开始；对于他们来说，是一段历史的结束；对于民俗来说，是一段档案的收藏；对于艺术来说，是一道景观的捕捉；对于居家来说，是一个尤怨了三四十年戛然间化为亲切的留恋。老屋终于进入了生命的倒计时，这很有点凤凰涅槃的悲壮和沧桑。

那凤凰，就是老屋了。光荣的凤凰。光荣的意思在于这肯定不是第一次光荣，上海苗江路上的富春坊、顺兴里，50年来没少戴过大红花；光荣的象征就是大红花，戴花要戴大红花，50年前第一次这么唱的时候，是大跃进大炼钢铁；40年前这么唱的时候，是老三届上山下乡；30年前这么唱的时候，是应征入伍；20年前这么唱的时候，是光荣退休……凡是戴大红花的事情，都是光荣的，同时也一定是要做出贡献甚至牺牲的。如今的大红花挂在车头，以前上山下乡的大红花，小小一朵，就别在左胸，当然没有大卡车，更没有专业水平的欢庆锣鼓，坐在黄鱼车上兜风，还有一组锣鼓，黄鱼车到了大弄堂，再进小弄堂，太狭窄了进不去，于是下了车，戴大红花的领头，锣鼓“家生”后随，再后面，便是三五小孩，唱起民谣：“惊咚惊咚惊咚哐，捺格老婆要回乡。”如今每家每户都戴大红花了。不同的是，以前每一次戴大红花，向往的是光荣的梦想，这一次戴大红花，体验的是动迁与生活。

生活创造历史，历史改变生活，被历史改变的是对生活的爱和恨。今天相送的场面似亲人远行，大有“感时花溅泪，恨别鸟惊心”的戚戚焉；此一别，各奔东西，再团聚，遥不可期。也是这么大的场面，仿佛就在昨天，却是为了邻里间的纠纷，还打了110报警；公用卫生间墙上的破烂，自来水费的摊派，隔壁打麻将的噪音……无一不成为纠纷甚至打斗的连环炸弹。大吵三六九，小吵天天有。爱与恨，怨与嗔，格格不入的矛盾、老死不相往来的隔阂、怒目相视的仇恨，曾经耿耿于怀几十年，而且还升格为家族仇恨绵延给下一代。就在签下动迁协议的一瞬间，似冰雪消融，相别一笑泯恩仇。

也包括住了一辈子的破房子，曾经住得没有颜面头都抬不起来，曾经四代同堂于一室，曾经女孩子连内衣都无处可换，曾经巴不得遭遇天火烧；但是离别前，恭恭敬敬地站在破房子前，就像恭恭敬敬地站立在一座圣像前，立此存照。多少年后给后辈痛说家史的时候，这破房子，不，这旧居，简直就是刘禹锡的《陋室铭》翻版：山不在高，有仙则名。水不在深，有龙则灵。可以和这旧居留影照相提并论、也是曾经双手捧过的，是毛泽东的像、自己的奖状和父母亲的遗像。就比如在老屋里再一次捧起奖状的老人，解放战争扛过枪，抗美援朝渡过江，复员分配去造船，一生住在“角廊厢”，50年前的部队立功喜报是老人最珍贵的文物收藏，或许这一份收藏将在老人新居客厅和旧居留影照举案齐眉。如果说，毛泽东的像、自己的奖状和父母的遗像，是要让未来记住历史，那么旧居留影的标准像，是要让历史告诉未来。其实这房子，还真是破旧得不能再破旧的房子，这矛盾，还真是只要居住着就永远无法消融的矛盾，但是一夜之间，当一段历史结束的时候，生活受到了颠覆，东边日出西边雨，道是无晴却有晴；原先暗藏着的美好、谦和、温馨，第一次、也是最后一次成为了这一片即将夷为平地的破房子的和声。

老房子是狭小的、局促的、紧迫的、但是与此相悖论的，是这里特有的市井式的闲哉悠哉。在烈日高照的阴头里，一张躺椅、一瓶茶、一支香烟、一只手机，早早进入了纳凉时刻，六点过后，在斜对面的小饭店来点炒螺蛳、冰啤酒。吃在小马路，买菜在小马路，洗澡在小马路，睡在小马路；天当房，地当床，一切都近在咫尺，唾手可得。白天没有熙熙攘攘，晚上没有霓虹眩目，毫无精神上的压迫和生活节奏的逼迫，连宠物狗都显得安分。这样的闲适，这样的松弛，一旦离开了狭小和局促的空间，一旦进入新居，就像《人证》中的那顶旧草帽，再也找不到了，因为闲适的市井气场没有了。

最舍不得市井气场消失的，肯定不是这片老屋的主人，是民俗学家、摄影家、小说家。王安忆曾经写道，不要看那个女人在弄堂里倒痰盂，晾衣裳，穿睡衣，一出弄堂，转个弯，就是一个像模像样的上海女人，抹了点口红，乘上轻轨去上班，胸口还别了三朵栀子花。一个女人拎了痰盂出门，当然不会开心，但是她不可能意识到，当她这个“行为艺术”一旦被摄入镜头，她已经不经意地成为了这一段市井文化的形象大使，一如剃头师傅三块钱剃只头，十块钱烫只头，一套剃头工具虽然老式，但是与老房子、老头子搭配，还真般配。这样的场景，10年过后，可能就绝迹了；但是这样的场景，哪怕是对于100年后的上海，都是极其重要的市井文化实录。老房子是应该推倒的，老生活点点滴滴的琐碎，成为了市井文化的记忆。

哪怕是一堆拆卸下来的门窗。它们曾经是实实在在的生活，如今当它们杂乱地堆砌在一起的时候，它们是一段历史；最终当它们被拾破烂的拣去之后，它们就是一堆烂木头。趁它们还在以老房子的名义注解历史的时候，用得上略经篡改的余光中的《乡愁》：记忆在里头，生活在外头；也或者可以这样：狼狈在里头，怀旧在外头。

这座城市送别了“克勒”

从来没有什么人可以重新营造老克勒的新气场；

新克勒只不过是人们忆旧上海时的一个念想，

而无法让这么一种念想成为气候。

在忆旧上海的时候，“老克勒”是一个挥之不去的重要话题，因为老克勒曾经是上海的一个城市元素。只要是谈到几十年前的上海，比如德大西菜红宝石奶油小方，尖头皮鞋蹦擦擦舞步，王开照相派克金笔，小开派头生活细节……老克勒话题必定也是随风潜入，这说明老克勒已经具有了符号意义，它专属于上海，专属于那么一个既有钱、又有文明修养，又对舶来生活方式驾轻就熟的群体。

于是人们进而常常在茶余饭后闲谈，当一代老克勒真正老去之后，在上海这一座老克勒的诞生地，是否还会有新克勒诞生。显然，老克勒给予了上海特殊的回味，有老克勒当年对世界文明时尚的倾力捕捉，有老克勒生活做派的胜人一筹，甚至也有老克勒在他们生活拮据时期对俗常生活的一丝不苟。他们身上不仅有物质的时尚，也有对某一种生活态度的精神守望。作为一种带有强烈上海印记的群落，老克勒似乎也应该有新克勒来传承。富人的后代称之为富二代，高官的后代称之为官二代，那么从老克勒到新克勒的一脉相承似乎也理所当然。

而且上海的都市化生活，似乎也为新克勒预留了坐席，需要他们继续扮演或者承担老克勒的城市生活角色。大凡富有绅士儒雅风度、有相应的文化背景、讲究生活品位和情趣、也担当了与文化时尚匹配的社会文化角色，这样的中年男性，是最容易被寄望于引领新克勒群落的。这样的男人最好是上海人，如果不是祖籍上海，也一定是生活于比邻上海的都市，往返于上海和某些大城市之际，熟稔上海的生活方式，被上海的市民文化广泛认同。

也许林栋甫先生是众望所归的新克勒重要人物之一。他的生活细节中有诸多老克勒的痕迹；他是用烟斗的，曾经有媒体评选十大烟斗男，他荣膺首选，理由就在于他像一个上海滩的男人，虽然林栋甫谢绝了这个奖，但是不得不说这恰恰是他很“克勒”的做派，他说烟斗是生活用具，无法想象可以作为一个奖来评选。林栋甫还是一个“衬衫男”，衬衫一天一换；林栋甫也是一个“红酒男”，尤其是他对红酒的特殊癖好：必须是软木塞……这些癖好无不说明了他的与老克勒相似的生活做派。

也许袁岳也应该名列其中。他不是上海人，但是凭着他以儒雅的风格运作商场，凭着他在“头脑风暴”中展示的海派风格，将他列入新克勒的候选似乎也不为过。某酒厂请他代言石库门黄酒，看中的应该就是他的新克勒的范儿。

当然不应该忽略周立波。因为在公众人物中，他是最高调地强调他的新克勒身份的，他的“头势”，是在刻意地向老克勒的小分头靠拢，他的“腔调”是在有意显示老克勒的做派。虽然他的“腔调”近来也频遭诟病，人们更多地认为他更像是小滑头而不是老克勒，但是至少周立波本人是有意无意地表明他是老克勒的精神传承者。

或者还应该有徐元章，这一位如今已经淡出人们视线的画家曾经风生水起，一度居住在宝庆路 3 号花园别墅，并且将在别墅举办时尚和老派相结合的个人派对，诸多媒体争相采访，似乎他是最天然的老克勒传人。

还会有更多的公众人物，也会有更多更多的非公众人物，被认为或者自认为是老克勒的传承者；但是另外一个事实是，从来没有什么人可以重新营造老克勒的新气场；新克勒只不过是人们忆旧上海时的一个念想，而无法让这么一种念想成为气候。

因为这一座城市已经送别了老克勒，这座城市也已经失去了当年老克勒生存的气场和物场。

老克勒是这座城市美丽的意外，而这一段美丽的意外，恰恰又是和老克勒经历的最苦涩的年代有关。他们年少时代快乐过、享受过、修炼过，几乎是上海城市生活的独享者，因为普通工人大众根本没有能力享受。直至“文革”到来，老克勒真正过上了苦日子，钱没有了，尊严没有了，优越没有了，享受更没有了……这一个享受群体理当分崩瓦解。或许也可以上升为上海的城市精神，正是在这种时候，老克勒还在坚守自己的生活方式，事实上，“老克勒”的称号正是在这种时候悄悄蔓延开来，他们在生活艰难的时候，还在追求生活情调，他们在生活落魄的时候还显示着远胜于别人的品位优越，以至于他们的政治身份是低落的，但是他们的生活格调，是很多人的心仪，是苍白社会中的彩色，Colour（克勒）就是如此而来。

改革开放之后，老克勒在依旧贫穷的社会生活中，立刻显示出了他们高于他人的生活品位、情调和经济能力，显示出了他们的生活本质，成为了事实上普通大众的时尚生活、品质生活的楷模，“老克勒”的称呼，不仅是上海的城市记忆，也是上海时尚生活的领跑者之一。

这一段历史可以说明的是，老克勒在社会的意外中诞生，如今则是在社会正常中淡出。老克勒产生的时代，他们的生活品质可以高于常人，如今白领的生活情调都完全可以和世界时尚同步，不需要“克勒”族引领。老克勒本身是因为社会苍白方显示他们的彩色，当社会彩色时，他们已经不再有Colour之优，那一个年代没有了，老克勒的特殊身份没有了，他们存在的理由也不存在了。至于像绅士风度的男人，他们可以非常绅士，也可以生活非常有品位，但是他们也就是绅士，已经不再具有老克勒的本质。所以老克勒是上海一段时尚历史和社会历史的绝唱，上海这一座城市诞生了他们，也是上海这一座城市送别了他们。

做一个稍稍夸张的比喻，老克勒是上海这一座城市曾经的恐龙，他们会一直闪现在人们的记忆里，却不会有真实的后代。

海

制

造

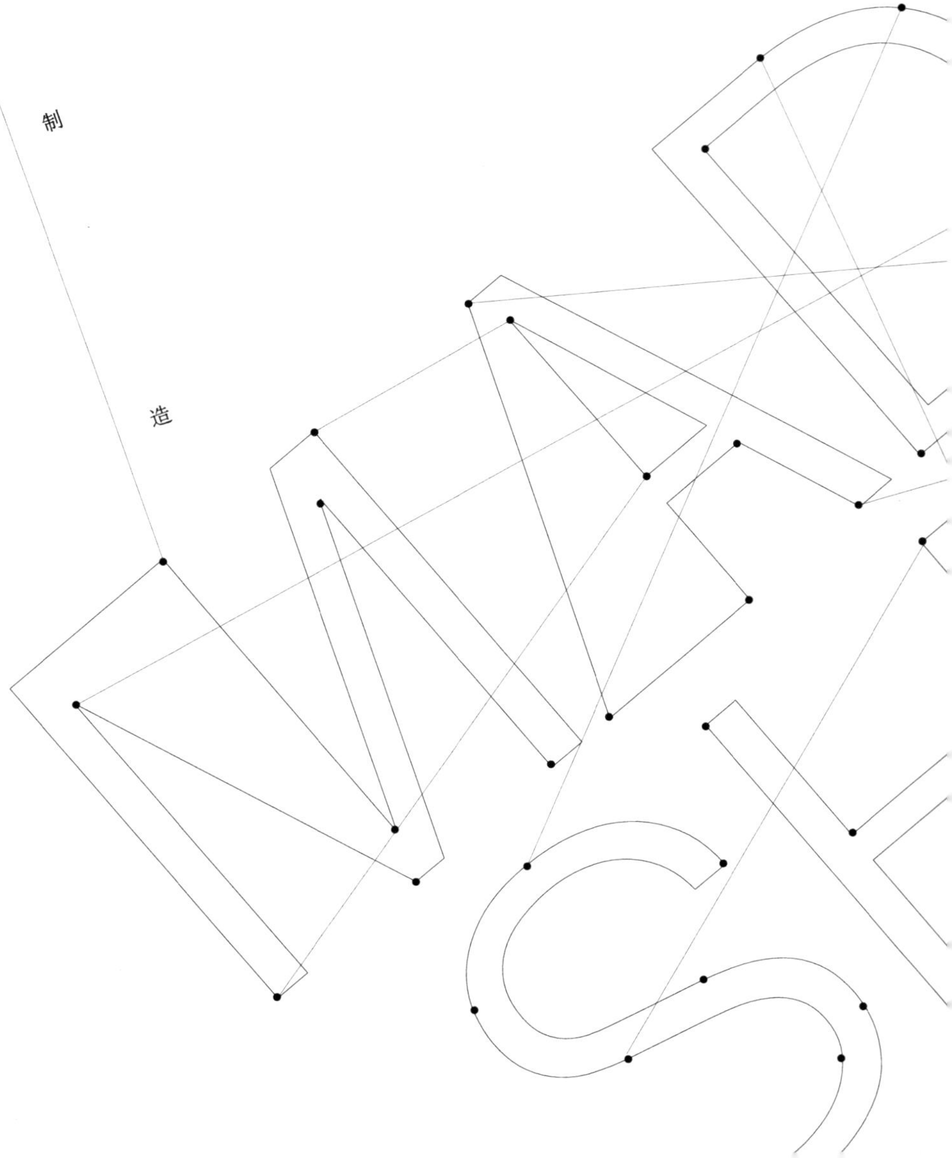

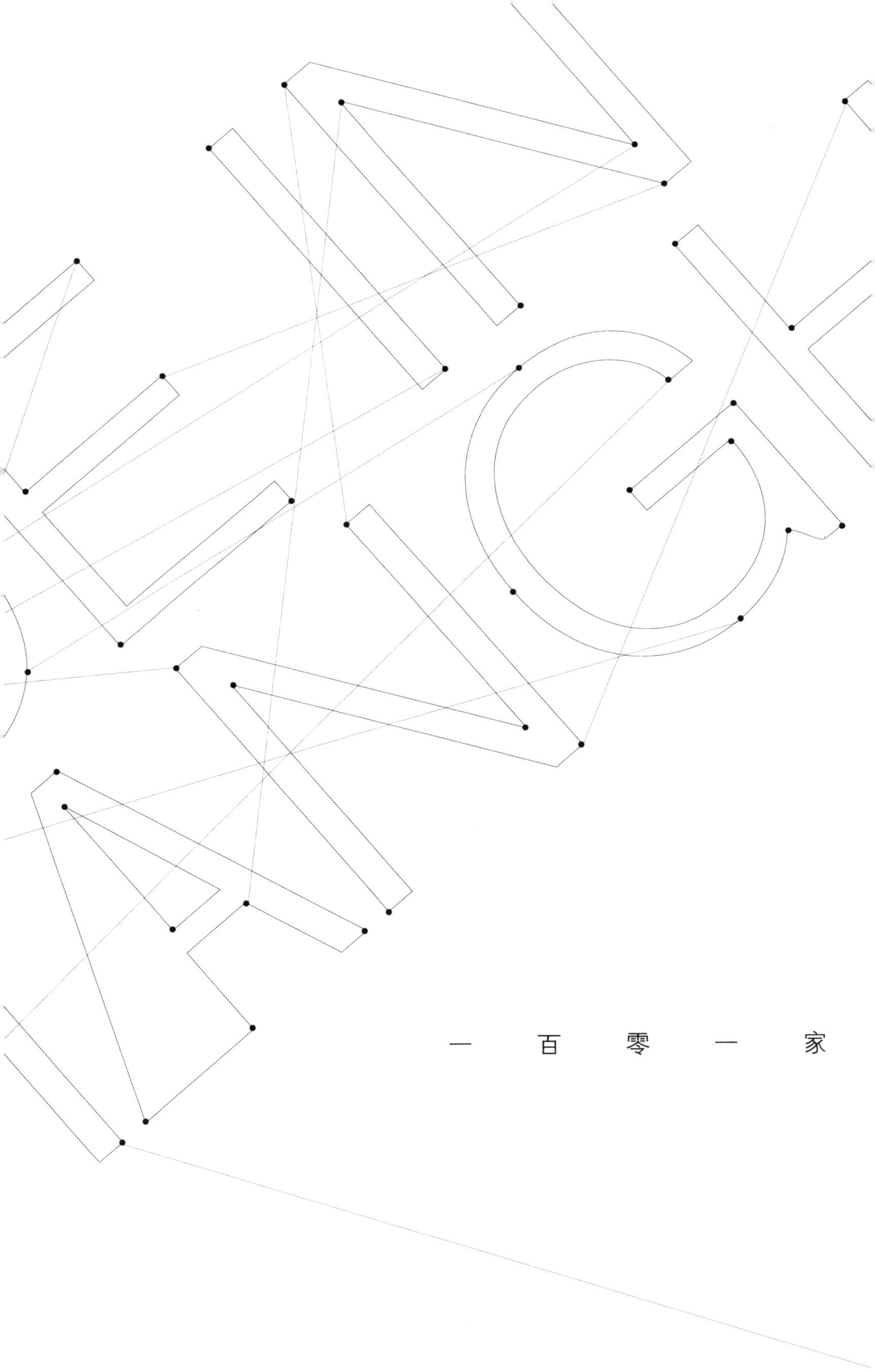

一百零一家

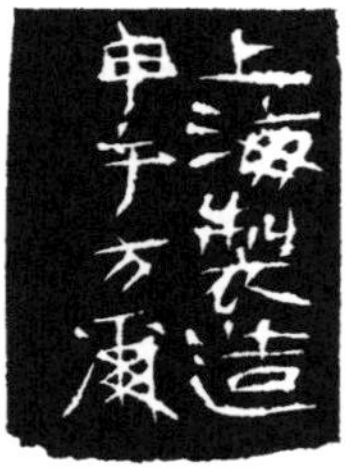
上海製造

绒线衫上的花样年华

1983年上海电视台拍摄《冯秋萍绒线钩针编结法》

系列讲座40讲，同步发行教材150万册。

上海女人没有不知道冯秋萍的。

有位网友认定我不是上海人，而且我的妻子也在被怀疑之列。理由在于我一不小心将自己的外地人身份暴露了出来。我在一篇博客中写到了上海女人打扮自己善于多快好省，衣裳多，翻花头快，穿得样子好，还省钱；比如结绒线，看着她们兜里好几团颜色不一的烂绒线，都是旧绒线衫拆下来的，但是要不了几天，烂绒线团就变成了一件花绒线衫，这花样还是女人们自我设计、并且互相拷贝的。网友说，上海这一百年里就没有人穿过绒线衫，都是穿羊毛衫羊绒衫，一百年来上海女人也根本不会结绒线，结绒线都是外地尤其是乡下女人的事情。

我给妻子看网友的评论以及由此引起的口水大战，妻子说你应该在博客上贴几张自己以前穿绒线衫的照片上去，那一件棒针衫还是我给你结的，只不过十几年前的事情，现在看看是像乡下人，那时候还是很时髦的；或者你去拍几张绒线店的照片，证明一下上海现在都还有人买绒线结绒线。其实我知道，那一件棒针衫至今还珍藏在箱底，而且在什么抽屉里，一定还保留着至少十几根粗细不一、长短参差的绒线针，竹子做的。不仅仅是我，相信几十年来的上海男男女女的感情传递，绒线衫一定是少不了的。按照当下的理念，绒线衫还有许多的寓意，爱情需要穿针引线，需要编织，需要温馨——绒线衫都齐全了。这么美好而实惠的信物，善于多快好省的上海女人当然不会袖手旁观，早就DIY了。

在淮海路也有好多家卖绒线的店，妇女用品商店是肯定的。在它的对面，有一家很大的百货商店，有名牌绒线的专柜，当然还会有牙刷牙膏香肥皂，木拖板压福帽，钮扣针线阳伞书包，百货商店就是日常生活最细小的需要。卖的软百货很杂，却有个气派的店名：麒麟百货商店。千万别以为淮海路仅仅就是布满情调与小资，清一色最高档的消费与消遣，日用百货吃喝拉撒，也一直是老百姓更直截了当的人间烟火。上海女人是食人间烟火的女人，只是这么些年来，“上海女人”在当作一个品牌被传播的时候，她的所谓优雅、格调，在被失当的放大，而上海女人俗常生活的本身，则经过滤色镜的处理变得朦朦胧胧。好像上海女人每天早上都在睏懒觉，下午都在打麻将，晚上都在孵咖啡馆泡舞厅看电影，旗袍高跟皮鞋，至于结绒线似乎就应该是乡下女人贫瘠潦倒、低声下气的生活。上海女人真不是这样，也不是这样想的；贤妻良母才是上海女人的底色。而且上海女人善于将结绒线看作是一个贤妻良母的本领，而后便提升为休闲和品位。张曼玉在《花样年华》里换了二十三套旗袍，而一个上海女人的绒线衫，结了拆拆了结，一生也是在绒线衫的花样年华中悠然流逝。虽然结绒线再怎么说都是一种辛苦，但是从来没听上海女人埋怨结的，倒是常常可以看到她们为自己的杰作沾沾自喜，每一件绒线衫都是虚荣心的一次满足。要是一个普通的女人不会结绒线，那倒是惭愧的。所以当年“麒麟”的绒线远近闻名。

这位网友还不知道的是，上海女人不仅会结绒线，而且时势造英雄，绒线造巾帼，上海还涌现过一位绒线编织大师冯秋萍。

冯秋萍可谓和上海最著名的绒线店“恒源祥”有鱼水之缘。诞生于1927年的恒源祥是贵族名媛小姐们的最爱。上世纪三四十年代的恒源祥极尽了上海女人的美丽和娇媚。这里有风靡上海滩的号称软黄金恒源祥毛线，还有编织大师冯秋萍坐店授艺，著名电影演员周璇、秦怡、王丹凤都是她的客人，那些时髦的太太小姐更是将她围成一团，她成为喜爱编织的人们心目中的偶像。曾经有过一本杂志，封面照片就是冯秋萍在手把手教秦怡结绒线。

有一组简单的数字很能说明冯秋萍的影响之大之深之久远。1934年，冯秋萍开办了“秋萍编结学校”、“良友编结社”，长达5年；而后在“上海广播电台”授教编结技艺，受聘为好几家绒线厂商的编织顾问，创作设计了大量造型别致、针法新颖的服装，出版专著三十余本，形成一股独特风格的绒线服饰时尚，由此促进初期国产绒线厂商事业的迅猛发达。解放后，应邀在上海人民广播电台执教编结技艺，1983 年上海电视台拍摄《冯秋萍绒线钩针编结法》系列讲座 40 讲，同步发行教材 150 万册。上海女人没有不知道冯秋萍的。

这就是上海女人的“女为悦己者勤”。绒线衫不仅是给自己结的，也是给老公和孩子结的。老公和孩子身上的绒线衫一定是在不断地拆拆结结的，如果哪个男人或者孩子绒线衫的袖口破了还可以抽出一段毛线，那么人家不会说那个男人或者孩子怎么怎么，而是说那个男人的女人或者那个孩子的母亲怎么怎么。所以会现代女红也是上海女人的规矩，也是上海女人的清高。以前孩子们拍照都是脱了外套穿了绒线衫拍的，甚至家里的杯垫和无线电的披巾都是一针针钩出来的（用的是不锈钢钩针），那是上海女人为自己留下的艺术人生。羊毛羊绒衫只是近 20 年左右撑起了世面。

如今确实很少人穿绒线衫了，“麒麟百货商店”也销声匿迹。但是在淮海路旁边的小路上，仍旧有恒源祥这样的绒线店。老年妇女将结绒线当作防老年痴呆的手指保健操。年轻的女人，又将结绒线看作了时尚的轮回和女人的情趣。年轻女人结绒线也是结了拆拆了结，只是一直在起头，始终看不到一件完整的绒线衫在她们手中收口。即使如此，绒线和编结在上海女人中仍然有独特的魅力，可以称得上是上海最昂贵的绒线编织社，曾经开设在淮海路伊势丹的楼上。

玉佛寺外两条路

进玉佛寺的时候，是从江宁路的玉佛寺素斋进去的，

走出来是在安远路；一下子就有了联想……

按照上只角下只角的标准，普陀区当然是上海的下只角了，连普陀区的人都默认。有一次去普陀区做演讲，台下有普陀区的党政要员，我要将普陀区做引子。我一开始就说到了调侃普陀的一句俗语：普陀普陀，又破又大。这句话用普通话读一点也没有感觉，要用上海话来讲：普陀普陀（陀，沪语读作度），又破

又大（大，沪语也读作度）……当然我会把话题转过来，否则台下的普陀区党政要员不开心的。我说到了第一个工人新村曹杨新村，也说到了长风公园的银锄湖铁臂山，还说到了普陀近年来的变化，而后说到了玉佛寺。玉佛寺在普陀区，玉佛寺香火很旺；香火旺的寺院不止玉佛寺一家，还有龙华寺、静安寺……俗人岂敢以香火妄论寺院？不过玉佛寺在上海有一个其他寺院无法替代的位置——玉佛寺地处普陀区。玉佛寺是上海所有寺院中，唯一一座与所在区的取名浑然一体的寺院，普陀的名字，不就是来自于佛教圣地普陀山？玉佛寺坐落在普陀区那就是天意了。从又破又大兜到玉佛寺在普陀，党政要员鼓掌在先。

我不是一个佛教徒，也不是其他教的教徒，一直坚守着没有任何信仰的生活，不过我一直深信佛教和寺院是博大精深的文化，这一种深信包含了敬重和敬畏，并且，还有一种和寺院息息相关的感悟，恰恰产生在玉佛寺里。

“长亭外，古道边，芳草碧连天，晚风扶柳笛声残，夕阳山外山”，当年被电影《城南旧事》渲染到了极致。这样的意境，现在是不可遇不可求了，哪怕是在长亭外古道边，也是车马喧嚣取代了晚风拂柳，更何况是在上海的闹市中心，只有红绿灯下和地铁进口的匆匆脚步，夕阳是看不到了。但是有一天，在一个特别的境地，恍然感受到了晚风拂柳。这就是在《送别》词作者李叔同弘一法师的图书馆里。

因为要查一点李叔同的资料，先是在网上检索，网络毕竟是一个动感文化，和李叔同的宁静文化还是有距离的。有朋友提醒说，何不去弘一图书馆？就在玉佛寺里面，不必到长亭外古道边的，就在闹市中心。虽然印象中是知道弘一图书馆的，还知道 1942 年弘一法师圆寂后，丰子恺、夏丏尊、叶圣陶等文化名人发起成立了弘一纪念会图书馆，1966 年之后停办，到了 2000 年，在玉佛寺现任方丈觉醒的倡导下得以恢复，并且更名为弘一图书馆，但是因为一直没有去过而印象淡薄了。

于是就有了在玉佛寺弘一图书馆“晚风拂柳”的感受。虽然图书馆是在玉佛寺里面，而且也就是玉佛寺的一部分，但是弘一图书馆是公共图书馆，而且 365

天天天开放。一份资料介绍说，它已经和上海图书馆结为合作共建单位；300 平方米对于一个图书馆来说算不上大，但是它的 2 万多册图书，尤其是十余种珍本大藏经，具有特殊的价值，当然还有弘一法师的诸多手稿和文化名人的捐赠都是馆藏珍品。后来我问了些朋友是否淡忘了弘一图书馆，惭愧的还真不是我一个人，从来没有在弘一图书馆里感受《送别》意境的，也真不是我一个人。因为图书馆内读者不多，所以查完了资料不舍得疾疾而走，便有心多坐一会。图书馆本来就是安静的所在，面对李叔同的铜像，因为有了肃然起敬，心也静了下来；没有任何的公示，自己就把手机调到了振动，不愿意因为自己的杂音吵扰了弘一法师。在这样的图书馆书香中，就这么随意翻翻、走走、看看，不知道是否可以用享受来形容。

不远处传来了钢琴声，还没有马上反应过来，就有了童声在合唱，竟然是《送别》：长亭外，古道边，芳草碧连天，晚风扶柳笛声残，夕阳山外山……以为是图书馆的背景音乐，但是不像，因为有停顿，依稀还有人在教唱，琴声歌声并不是吵闹的那种，倒是非常的相配。随着声音寻去，是隔壁的一所小学，大约是学校合唱团。在弘一图书馆听到《送别》，这是巧？是幸？还是缘？不知道那所小学是否因为与弘一图书馆比邻，而把《送别》作为学校合唱团的主打歌曲。

玉佛寺在“文革”时期当然也受到巨大冲击，所幸两尊玉佛和许多珍贵文物都完好无损，是上海唯一完整保存下来的佛教寺院。曾经听僧人回忆说，当时红卫兵要冲击两尊玉佛，众僧人无助中生智，在两尊玉佛外搭起两块木板，贴上毛泽东画像，写上“伟大领袖毛主席万岁”的红色革命口号，红卫兵忌惮会背上破坏伟大领袖宝像之罪，于是悻悻而退。不管此传说是真实还是传言，玉佛寺确实保全了下来。

进玉佛寺的时候，是从江宁路的玉佛寺素斋进去的，走出来是在安远路；一下子就有了联想：两条路的路名都是静谧的感觉，而且，江宁路的“宁”和安远路的“远”，连在一起，恰是“宁静而致远”。这两条路和玉佛寺和弘一图书馆，在不经意间，也是有缘了。再进一层，玉佛寺身处江宁路和安远路交接，两条路又在普陀区延展，冥冥中有点禅意。

由此去查了两条路的路名由来：江宁路，是在1900年由公共租界工部局修筑，曾以英国洋枪队首领戈登名字命名，安远路在租界时期的路名是槟榔路。显然两条路的旧路名完全没有宁静致远的格调，也怪不得旧路名，因为玉佛寺1882年建成时，先在张华浜建茅蓬，后于沪郊江湾车站附近建寺，1918年，可成法师在槟榔路（今安远路）建新寺，10年方成，即今天的玉佛禅寺南院所在地。戈登路改名为江宁路，是在1943年，汪精卫政府接收上海公共租界，将其以江苏省地名改名为江宁路；槟榔路则改名为安远路。应该感谢当年为江宁路、安远路起名的人，虽然都是地名，但是没有用“打虎山路”、“怒江路”……虽然也都是地名，总是和禅寺的格调不太一样。

爱神花园

当小青年用蘸了洗洁精的擦布为少女石像擦去身上的青苔、
尤其是在少女乳房上摩挲的时候，
他控制不住的是自己少男的心。

爱神花园，一个浪漫且洋派的名字，也就是这些年又重新这么称呼它，在此之前，人们都已经忘记它、也不在意它叫什么名字，1950年代以来它只是一个文化单位的所在地。当然房子是好房子，有花园，有草坪，有葡萄架，有喷水池，有裸体少女石像，至今还完美无损，曾经被美誉为彼得堡，因为圣彼得堡的皇家花园就是以喷泉著称于世。

这一个文化单位就是上海作家协会，在巨鹿路上。《收获》、《上海文学》、《萌芽》，还有曾经的《海上文坛》，都在此。上海作家协会并不是爱神花园的主人，它没有产权证，只有房票本，是需要缴房租的房客。主人是谁？主人是国家。这是公房，不是私产。类似于爱神花园这样属于国家财产的高级花园别墅，在上海可能不下百幢，差不多都成为了文化单位的办公地点。

1977 年，“文革”结束的第二年，当全社会还极其封闭懵懂的时候，几个年轻人，在爱神花园的花棚里发现了宝贝，一具裸体的少女大理石像完好地掩藏着，2 米多高，将近 1 吨重。“文革”期间，作家协会的年轻人，将她掩藏在花棚里，使少女免受了红色的打砸抢洗礼。毕竟是文化单位的年轻人，思想解放得更早，虽然他们也不知道这具少女石像叫什么名字，他们就叫她希腊少女，他们决心让希腊少女重见天日。毕竟是 1 吨重的少女石像，要吊到喷水池中央 1 米多高的石台上，并非易事。少女的一截小手指在那一天碰掉了，这是唯一的遗憾。

有一个小青年参与了让少女石像重见天日的劳动，用得上“怦然心动”来形容自己。耸立的不仅是少女石像，更有少女的乳房，像桃子般凸显并且微微上翘，这是小青年有生以来第一次近距离接触这么“黄色”的东西，甚至就不敢仔细端详。由于已经被掩藏在花棚 10 年之久，少女全身布满了青苔；当小青年用蘸了洗洁精的擦布为少女石像擦去身上的青苔、尤其是在少女乳房上摩挲的时候，他控制不住的是自己少男的心。

后来，人们知道了这一尊少女石像的来历，也知道了爱神花园的来历——是号称煤炭大王、火柴大王的刘鸿生的弟弟、也是全方位参与兄长事业并且在火柴业独树一帜的刘吉生的私宅，爱神花园的得名，就是来自于花园中的少女石像，神话中的希腊公主普绪赫，因为美丽无比而引起维纳斯的嫉妒，在历经重重磨难后，普绪赫与丘比特终于结为恩爱夫妻。普绪赫石像是爱神花园的设计者乌达克特意从意大利请人度身定制而送给刘吉生的礼物，它也是上海乃至全国的唯一。

普绪赫石像立南面北，隔开走道，便是爱神花园的主楼。“文革”末代时期著名杂志《朝霞》也在此办公直至终结，有一篇很出名的文章《走出彼得堡》发表于 1975 年的《朝霞》，署名“任犊”，意在说明“文革”前是身处脱离群众的彼得堡，要想表现工农兵，就要走出彼得堡，也有说，这篇文章是针对当时上海一个犯了生活错误的著名工人作家而写的。

“文革”之后，间或会有爱神花园主人的子孙后代回国省亲，来到了他们要叫做祖父或者曾祖父当年添置的房产。他们会轻声低语：爷爷奶奶住的是这一间，谁谁住的是那一间；朝南住的是主人，朝北住的是佣人，间间相通门门相关。后辈无不肃然起敬。在衣着上他们没有什么特别的身份显示，但是他们的每一个举手投足，很自在地散发出来自于大人家的气息；他们在走廊上刻意放轻脚步，是不想影响两侧房间里的几家杂志工作人员的办公，很自在地散发出了他们的儒雅之道，其中的某一间，或许就是他们中的一个幼年时的房间。

洋房里的苏州评弹

一座有年份的欧美风格楼宇，即使不是欧美设计师设计，仍然会很自然地被称作洋房，有花园的当是花园洋房。在这么一座著名的花园洋房里，假如要设计一个沙龙活动，或许更多人会想到是派对，周末派对、月末派对，似乎洋房和派对就是天作之合；假如要想象一下最适合在洋房里的吹拉弹唱，或许更多人会想到钢琴、小提琴这样的西洋乐器，仿佛这样的乐器更能够表现出洋房的温馨和浪漫。当很多人仅仅这么想、而没有更多联想的时候，恰恰说明很多人对上海的了解还停留在表面甚至误解之中。

一个周末晚上，陕西南路235号卢湾图书馆的会心楼的沙龙活动，恰似“会心”二字，会心的是满室雅韵。一对被誉为“最佳黄金搭档”的评弹名家吴迪君、赵丽芳夫妇演绎着旧上海黄金荣杜月笙传奇故事，二十几位文化界听众就在几尺开外品茗倾听；用不着任何扩音电声，琵琶三弦时而悠扬时而急促，演员的表情手势尽收眼底；听众则是忽而屏息忽而朗朗发笑。有一句名言叫做“距离产生美”，本意是只有在相隔了一定的距离才会产生美，在会心楼听书，是相反意义上的“距离产生美”——零距离产生的是最美，会心楼这么一个不很大的空间，对于听书来说，实在是一个太好的动感地带。唐朝大诗人白居易曾经写下了《琵琶行》，撇开诗中的世态沉沦，却是有着许多和评弹相近的声色犬马——琵琶声起时，似乎就感受到了些许“琵琶行”的意境：大弦嘈嘈如急雨，小弦切切如私语，嘈嘈切切错杂弹，大珠小珠落玉盘……这么一种效果，电视是完全不具备的，连书场都难以达到零距离的互动效果。

在这一个半小时里，显得安闲。每个月最后一个星期五，卢湾区图书馆都会有一场评弹艺术欣赏会，取名“会心雅韵”；“会心”既得名于会心楼，也暗合评弹艺术需要的你心我心，为具有丰富历史底蕴的会心楼，更增添了一份幽雅的文化气息。

更加精妙的是在卢湾图书馆这么一座闻名的洋房里会心。

凭着对评弹魅力的粗粗知晓，我感觉到这是一个很独到、又很大胆、更是很有慧眼的创意。卢湾区图书馆的厚重历史，应是很多人都熟知的，它的前身明复图书馆，为留美归国人士集资创办，1929年由建筑师刘敦桢等设计，它又是中国民主促进会的“一大会址”，馆内的一棵水杉，据说是上海种植的第一棵水杉。它是国产的却又分明是欧美风格，它是一个专用的图书馆却又分明像是私家别院的感觉。这一切错落的因素，好像是给几十年后的“会心雅韵”留下了神来之笔。许多只是通过电影电视剧了解上海的人，会误以为洋房里的一切活动都应该是洋的，事实上，洋房的旧主大多来自于江浙一带，对吴文化有着铭心刻骨的热爱，在喜好西方文化的同时，也在洋房里给吴文化留有足够大的空间，而在吴文化中又是对评弹情有独钟。

评弹并不是上海的本土戏曲，上海的本土戏曲是沪剧，江浙一带的吴文化戏曲还有越剧、宁波滩簧等等，但是真正适合在洋房里或者演出或者沙龙活动的，是评弹。比起其他地方戏曲来，评弹可谓“静戏曲”，且是“座戏曲”，它闹中取静，静中取雅，自从落脚上海之后，评弹在上海就是一门登堂入室的重要戏曲，上海的文化名人乃至有着深厚上海底气的人家，向来把听书当作生活的一部分。评弹的静、评弹的雅，既可以和石库门紧密镶嵌，又和庭院深深的洋房形成天然的般配。

确实，评弹已经是一门不年轻的戏曲，甚至可以说，评弹已经不是年轻人的戏曲，年轻人在欣赏评弹之前，几乎本能地选择了回避，叫一个年轻人去书场听书一定是极其困难极其痛苦的事情，以至于年轻人无法感受到评弹的魅力。倒是这么一个文化沙龙不经意地吸引了年轻的文化人，那一天就有几位三十不到的记者，本来是和朋友一起来“轧闹猛”的，想呆刻把钟就开溜的，后来他们不仅从头听到尾，听得最扎劲、笑得最开心的恰恰就是他们几位——卢湾图书馆的文化历史底蕴和这么一座闹中取静的建筑成了他们听书的引路人。

蝶来蝶去

淮海路就是会有一些特质，

在这么几百米的街道上徘徊和发酵。

走到了那里，就想到了老话“始作俑者，其无后乎”。那里就是在淮海路“太平洋”的正对面，原来有一家照相馆“蝶来”。

蝶来的始作俑者意义在于，在冰封了十几年后，上海第一家恢复婚纱摄影的就是蝶来照相馆。在这之前，结婚倒也是要拍照的，男的穿了中山装女的是小方领两用衫或者是中西式棉袄，排排坐地拍一张半身合影，至多新娘手持一束塑料花表示喜庆，一袭婚纱含情脉脉是不可能的啦。那时候的照相馆是有橱窗的，刚刚恢复结婚照的时候，橱窗里面摆了几张放大的婚纱摄影照片，至今还想得起来橱窗外街人围观橱窗结婚照的热闹，简直橱窗里是真人的造型，也好像是隔壁邻居新娘子进门总要窥视一下。

如今从太平洋到百盛这一段淮海路，有一天我突发兴趣一家一家数了过去，大大小小的婚纱摄影有九家，有旗舰店，也有分号，但是蝶来已经不存在了，大有“待到山花烂漫时，她在从中笑”的悲壮，当然那只是有“蝶来”情结的人才会有瞬间的思绪似蝴蝶飞去；假如当年“蝶来”名字的由来者、影星胡蝶和徐来九泉有知，黯然神伤自然更多一份。

九家婚纱摄影不算少，淮海路不仅仅因为是商业街占了多少新人的商机，淮海路就是会有一些特质，在这么几百米的街道上徘徊和发酵。如果你既稍稍知晓以前的淮海路，又大略熟悉现在的淮海路，会发现淮海路没有变化的是它的情调。即使在最贫穷的年代，淮海路也有四家照相馆，蝶来是其中的一家。还有三家是青鸟、百乐、人民。去拍照的一定不全是淮海路的居民，但是只有到淮海路去拍照才有意思。而且还可以继续穿凿附会地去想，所谓的情调，是女人可以看得见自己的地方、并且可以打理和欣赏自己的地方。淮海路就是这样一条路，上好的理发店里是有镜子的，服装店是有试衣镜的，饭店的洗手间是有化妆镜的，照相馆足以巧目盼兮了。镜子里照出来的是情调的深深浅浅。再加上“蝶来”这么一个有情有调的名字，要无情无调都难，于是蝴蝶飞呀飞，直至如今淮海路婚纱摄影独多是一样的道理。

初期的婚纱摄影是同一个格局，大玻璃橱窗，一对对新人便是活体模特，会有些人张望，还会对活体模特的长相线条指指点点，当然张望的人基本上是早就过了拍婚纱摄影年纪的中年妇女。她们或许就是在蝶来拍的结婚照，那时候还是着色的，婚纱也就是照相馆提供的几件“万人衫”。她们或许还想起来小时候的梦想——这个梦想我都有过：曾经有一个男同学，他的一张照片在蝶来的橱窗里陈列过，放得老大，所有的男女同学都成为了他的粉丝，并且心中就有了不敢说出去的梦想；当然这样的梦想不仅没有实现，而且也早就像深藏在储藏室里的一张旧报纸；只是到了无梦的天命时代，有个年轻的同事偶尔看到我二十几年前一张证件照，夸了声，老师啊，那时候你很帅的。我质问：那时候你为什么不这样说？年轻同事说，那时候我还没有出生呢。这已经不是第一个人这么对我说，但是那时候连我自己都没有这么自言自语。那张证件照，我记得清清楚楚，就是在蝶来拍的。

因为蝶来，我特意到它的原址所在，UNIQLO，优衣库，旁边是新世界广场，很是开阔，像是敞开了衣襟。我用手机摄下了蝶来的今生，不经意捕捉到的，竟是蝶来，一只悠然飞来的蝴蝶——在对面太平洋的广告屏上，男子网坛之冠德约科维奇比赛间隙发现一只蝴蝶飞进场内，他用网球拍充当扇子，轻轻将蝴蝶“扇”走，真有趣，他的胸前广告赞助恰恰是 UNIQLO。

蝶来倒也是真还在。南京路的“王开”已经转为私企，原来的“王开”人马改弦更张为“蝶来”。

妇女用品

**1962 年，38 岁的王丹凤拍《女理发师》时，
有一组镜头是沿着妇女商店橱窗走过，拍电影的时候封路封店，
许多人在对马路拉长头颈围观了一天。**

那是什么时候？一个小男孩被她的妈妈牵了手，从妇女用品商店出来，恰被一个同学看见，于是第二天在班级里小男孩就成为了笑柄：怪吧？他昨天在妇女商店！好像妇女商店是女子浴室女厕所一样。那是什么时候？四五十年前。那是谁？还用问！当一个男孩子为自己跟了母亲去了妇女商店而赧然，说明那一个社会环境人性的褊狭，但是也恰恰是在那个环境，妇女用品商店在上海亭亭玉立，从 1956 年开始，它是淮海路的重要标识，简称妇女商店；叫一部三轮车到妇女商店，那三轮车夫是绝不会踏到大马路（南京路）去的，犹如现在的出租司机认识新天地一样。

一条马路的情调不是靠一两家商家就可以支撑得起来的，但是一条有情调的马路必然是有一两家商家作为风向标的，像一个美人，必然有其最动人之处。这么多年来，提到淮海路，要提到它的（小资）情调，和它的情调的独特，细细想来，淮海路真正的独一无二的（小资）情调，都和女性有关，“古今”是一家，还有一家当然是妇女用品商店了，淮海路的情，是被她们调出来的。妇女商店店有名气，橱窗也有名气；1962 年，38 岁的王丹凤拍《女理发师》时，有一组镜头是沿着妇女商店橱窗走过，拍电影的时候封路封店，许多人在对马路拉长头颈围观了一天；《女理发师》开映后，这一个一两分钟的镜头，成为了围观者长久的记忆。

据说还是在 1950 年代，当时的全国妇联主席邓颖超提出妇女能顶半边天，妇女同志也要有自己的商店，于是在首都北京古都西安和魔都上海三个城市分别开了三家妇女用品商店；几年之后北京和西安的妇女用品商店开不下去了，只有上海的妇女用品商店生意很好，到了 1990 年代，还是全国级别的名特优商店。某一次商委开会，说到了三个城市妇女用品商店的同兴不同衰，我想到了三个城市女人的地位，在 1950 年代，北京西安的女人社会地位低经济地位低，没有自己的钱，所以自己的店形同虚设，唯有上海，女人的社会地位经济地位高，即便是家庭妇女也完全可能掌管一家之经济，所以上海的妇女用品商店一直开到现在。

妇女商店直至现在，仍旧是一家女式的店而不是女性的店，买的是女式的衣包鞋之类，所有的商品在别的商店都有，甚至有一段时间，为了批判资产阶级的生活作风，它的店名加了两个字：劳动妇女用品商店，但是也不知道应该佩服谁，妇女商店一直开到了现在，以至于说到淮海路就不可能忘记妇女商店。大约是二十年前，著名作家陈村搬到了离妇女商店很近很近的雁荡路，有朋友问他为什么会搬到此地，不愧是幽默大师，陈村说，我就是妇女用品啊。恐怕陈村有所不知，他这么随随便便一句，却已经被无名氏盗用为网上的经典段子在叫卖，唯一被改掉的是陈村的名字。

以前一直觉得妇女商店有一个先天不足，别看它的店招牌竖在廊檐上很长很气派，但是店门面是一间一间不相通，中间隔着几扇门，9 层高的培文公寓是这一段淮海路的最高建筑，曾经是孔祥熙的私产，也是唯一有电梯的，那老式电梯和楼道，与《花样年华》中一模一样。这倒给了乘不着电梯的小男孩许多梦想，小男孩向往长大了就做一个开电梯的，可以天天乘电梯，后来长大了，知道一个女同学就住在妇女商店楼上，向往着得到女同学的邀请，向往着做她的男朋友，就可以天天乘电梯了，后来始终未能圆梦。

后来又是很久很久之后，小男孩都已经是四五十岁的年纪，要去看一个朋友，住在培文公寓；他像梁朝伟般地走进公寓，电梯下来了，依然还是老式的铰链门拉开，他看到了一张依稀向往的脸，当然不是张曼玉，是当年公寓里的女同学，现在公寓里的电梯工。女同学还住在楼上，她对他说：我每天上下班不出楼的。

长波浪，浪打浪

"沪江"在淮海路也算是高档，而且还有一个里程碑的发式创造，那就是长波浪，对于女人来讲，长波浪比牛顿定律更重要。

显然，她是一个熟客，每一次三轮车过来，总归是两角，就像现在老坐出租去同一个地方的人，连经过几个红绿灯都烂熟于心。她刚推开门，便有伙计迎上来，一口苏北口音的上海话：王太太来啦？女人浅浅一笑，手里的手绢下意识地抿了抿嘴角——很长一段时间，女人出门手里总是一方手绢。伙计知道王太太的来意：王太太先坐一歇，老板正好有一个客人，一歇歇就好了。于是王太太就坐定，在眼前的大镜子前捋了捋头发。也就是一歇歇的辰光，从二楼有人送客下来，伙计到马路上叫了部三轮车送客。于是主人跟王太太打招呼，照例也是苏北口音，而且更加浓重，女人则是地道的吴侬软语；被叫做老板的男人对王太太说，刚刚的客人是"伯杨"唉——他说的是电影明星白杨，苏北话的"白"听上去就是"伯"，老板继续说，"伯杨"每一趟到对面电影局开好会总归要来的。哦，是哦？王太太矜持的余光瞟了瞟门外三轮车上的女人。

虽然已经垂垂老矣，但是说起自己五六十年前可以和白杨这样的电影明星同在沪江美发店烫头发做头发，老太满是皱纹的脸上依旧是风韵年华的笑容。所谓的老板，是当年沪江的掌门人蔡可江，上海四大特级大师之一；这样的掌门人被叫做老板，不过沪江倒也真是他开的。1946 年开在茂名路上，不敢称店，谦称"沪江女子烫发美容室"，倒是也引领了几十年后工作室、形象设计室的称谓；不过美容美发，实实在在就是时髦和等级。凡是做头发生意的，最低的级别叫做剃头挑子，那是流动生意；稍好一点做剃头摊，正正经经开了店的才是理发店，美发店哪里是可以自说自话挂牌的？只有白杨秦怡王丹凤这样的明星成为熟客，发才算是美了起来。

二十年前的1993年春节前，沪江的美誉度达到了登峰造极，烫头发的女人从三楼排队排下来一直排到茂名路，足足有三百米长。王太太的孙女烫好头发回到家里已经是晚上11点钟；王太太苦笑着摇摇头：格还叫烫头发啊？像跑单帮了；孙女问了个奇怪的问题：今天有人说我们烫头发的店不是沪江，因为招牌上写的不是沪江，是三户三工；王太太笑了：真是洋盘啊，人家沪江一直就是这样写的，沪和江两个字的三点水写得老开的；格辰光，啥人叫三户三工要被人家当乡下人看不起的；王太太又开始回味当年叫蔡老板做头发的辰光。

有一段时间上海女人生活上有一个悖论，上海女人大多不愿意嫁给苏北籍的男人，而苏北籍的男人也极力掩饰自己的苏北口音；但是女人们，尤其是有身价的女人们，去了上好的理发店，点名要找的理发师傅一定就是苏北籍的，因为苏北籍剃头师傅都是家传手艺，头发吹得牢，不走样；苏北籍的师傅在理发店里，他的家乡话反而成为了主流语言和标志性的招牌，一点都不必掩饰；即使是电影明星来，一个是国语，一个是苏北话，还真蛮好听的。还有有些身价的女人，平时对苏北人颇有微词，但是和理发师言来语去一点隔阂也没有。电影《做头》里面，爱妮（关之琳）失落却无奈，只得借“做头发”来享受生活的精致，沉湎于昔日的荣耀，与年轻理发师阿华形成一种有情无性，颇为暧昧的依赖关系。这个情节不会很普遍，却也正是来自于女客人和剃头师傅的熟稔。虚构的电影和真实的生活不经意间交汇在一起，

沪江在淮海路也算是高档，而且还有一个里程碑的发式创造，那就是长波浪，对于女人来讲，长波浪比牛顿定律更重要。于是沪江的时尚地位不可动摇。发明长波浪的原因，要感谢“国民党女特务”和“资本家的太太小姐”。1950年代之后，大陆电影中凡有国民党女特务和太太小姐角色的，大多是妖艳的打扮，

当时的电影局也在淮海路，和沪江斜对面，导演和演员会为了一个反面女角色到沪江去体验，长波浪就是这么一波一浪而来。事实上，电影中女特务和太太小姐的形象正代表了女性的时尚追求。后来经常有人拿着外国电影画报叫师傅照着女主角的发型做头发。穷而追求时髦的女人，橱窗外面张望半天，回到家里拿起烫发火钳，在一把青丝上作自我形象设计，常常免不了“啊哟”一声，因为火钳烫到了头皮。

就是这么经典的一家，说不清楚什么时候开始淡出了记忆，至少电影明星去了什么什么的发型形象设计，不会去沪江了，苏北籍的理发师也算不上绝技，进了任何一家美发厅，客人、发型师和洗发妹一条龙，讲的都是南腔北调的普通话。但是沪江名气依旧，是否搬家了？于是从网上找到了沪江的电话，打过去，对方说，打错了；再从网上百度：沪江美发厅于2001年歇业。原来沪江是古今内衣的邻居，现在沪江是古今的一部分。再也没有把“沪江”说成“三户三工”的洋盘了。

最奇怪的是名字

那时候的淮海路叫做林森路，也只有那么一两家还在原来的地方，还在延续着近70年前的生意，连店名都原封不动。

淮海路上有一店家，无论是它的历史还是店名还是卖的东西，对于淮海路尚且特别，对于上海对于全国，当然是又特又别了。看过一份近70年以前的淮海路店名地图——那时候的淮海路叫做林森路，也只有那么一两家还在原来的地方，还在延续着近70年前的生意，连店名都原封不动，那就是古今胸罩店了。尤其在联想到很长一段时间里，作为一家专销的店，古今在上海乃至全国独此一家。用得上《便衣警察》里面的那首歌来形容：几度风雨几度春秋，风霜雪雨搏激流。

70 年前，古今就在国泰电影院的对面开张了，店名还是当年俄国小老板起的。至今无从知道为什么要叫古今而不是叫娜塔莎之类。其实中国古代女性的内衣是围兜，这在许多古装片里都看得到，但是古今不卖围兜的；这一个“古”字不知其所，却一直延续下来，倒也是找不到比“古今”更合适的名字。在十年动乱时候，淮海路所有商店都改成了响彻云霄的名字，连淮海路也叫做反修大道，唯独古今，除了彻底关闭，古今一直是古今。为此好奇了好几年，后来终于领悟，没有改名是因为无法改名，鞋帽店可以叫做工农兵鞋帽店，布店可以叫做亚非拉布店，食品店可以叫做红旗食品店，但是假如古今也这么叫，竟觉得更加滑稽兮兮。若不信，可以在心里读读看。名字没有改，但是按照当年妇女不爱红装爱武装的风貌，古今店名字体用的是魏碑体，就是那种专门用来奋笔疾书大幅标语的字体，刚劲得像钢铁浇铸出来一般，没有半点曲线和弧度，仿佛是五金店招牌。不过这样硬邦邦的字体终究没有坚持多久，而还原到连每一个字的横折和弯钩都极其柔顺。

古今的存在曾经是一种勇气。有一段时间，男人也知道陪着女人兜马路了，甚至也知道陪着女人买内衣了，但是男人们都止步在店门口，而且还齐刷刷地背朝里、脸朝外，抽烟的便作抽烟状，不抽烟的看报纸。其实古今并没有“男宾止步”的告示，但是民风刮过来的时候，谁也挡不住的；有个男人说，在其他商店的内衣专柜可以很自若，其他商店里也有古今专柜的，也很自若，却至今没有到过古今的店里。也所以，有关古今的任何事情，辐射力都超强。15 年前，苏州大学的形体女教师郝如莎的名字和古今相提并论，16 万的形象代言人年薪，还有在古今沿街橱窗内的真人秀，还有那一句“古今胸罩，一戴添娇”的广告语，舆论褒贬，宛如昨天。当年 24 岁的郝如莎或许已经为人妻为人母，大概之后没有继续为古今代言，因为后来就没有什么她的消息了。

虽然比基尼表演不再稀奇，什么商店的门口都会看得见，但是古今依旧还是略带羞涩，最初是古今时装公司，后来叫胸罩店，如今更加文雅，叫做内衣商店。二十几年前去广州第一次看到一个特别委婉的名称，文胸。在女性必需品的名称上，可以看出社会对女性的态度。

“古今”这一个店名，从写《上海女人》以来，我都以为贯穿了这一家店的全部历史。直至最近，有一位女性网友在微博上说，她很喜欢我的文章，尤其是关于上海、关于淮海路的；不过在她的记忆里，古今的店名“文革”时不叫古今，那时候她还小，不懂内衣胸罩，只是跟着母亲经常路过那一家店，还进去过。所以，她记住了那一个极其具有当年时代特色的店名：三八。

这里有旋木

陌生的一男一女，买两张门票进公园了，

一刻钟功夫肯定就走到三个出口处中的一个，

是否需要发展关系和感情，也就在出口处有一个基本了断。

雁荡路的复兴公园已经有了八十多年的历史，原本是法国人的私人花园，至今还保留了浓郁的法国味道。

复兴公园“钱柜”，有女声在唱王菲的《旋木》，倒还有点王菲的味道的，瞬间有了恍惚，宛若骑在了木马上，旋转旋转。未待唱毕，年轻的歌者唯恐这刹那间的记忆闪回稍纵即逝，对同道说：想起来了，这里以前是上海最有名的“电马”，小时候，我爷爷一直带我来的。排队啊，比香港迪斯尼还长。是《旋木》把她引入了童年的电马。许多已经深藏的记忆，凭着偶然的牵连而被激活；所以，复兴公园的“钱柜”假如添加一个扩展名“旋转的木马”，当会有更多的人点唱《旋木》。

电马一直叫惯了，其实电马是木头做的，会转，是旋转的木马，只是电动的而已。可见旋木之初，电动游艺机还是稀罕，不像如今迪斯尼玩物的雅称，强盗船，过山车，没有一个是带电的。当年全上海就是独此一家，又恰逢独生子女们呱呱坠地，排起队来看着里面的人骑马至少要看个把小时，骑上去就是 3 分钟。

上海半淞名园

半淞园系沪上名园之一，位于沪南车站之前（今南车站路），半淞园路花园港西。1918年由姚伯鸿将沈家花园扩建而成，园名取自杜甫《戏题王宰画山水图歌》诗中句子"剪取吴淞半江水"。落成于戊午春，当时傅屯艮有记之，节录数句于次，词云"左右清流映带，东西树竹交加。却从淡雅胜繁华，毕竟园名无价。爱明本非吾土，味庄知更谁家。一时春月秋花，都付半淞亭榭"。"八一三"淞沪战事爆发，半淞园毁于炮火。

此画作表现了半淞园当时悠逸的情景。

滬上名園之
半淞園
壬辰年寒
冬吉日
紅倩作

某一个星期天下午虽然阳光明媚，电马却发生故障，还是会有老人小孩坚持着等待，那一定是说不明白的孩子。虽然仅仅是一圈圈的旋转，但是感觉上有丝丝情感也在转动，好多电影中会有骑电马的场景，常常与分手和别离的茫然有关。后来其他游乐场木马越来越多，复兴公园“电马”到底什么时候摇身一变为唱“旋木”的场所，谁也说不清楚。

如今爱唱《旋木》的人，大抵是当年爱骑旋木的人；他们的父母当年没有《旋木》可唱，却也喜欢复兴公园，那是喜欢夏夜里复兴公园的草坪，当年更是一大胜景。夏天的一个晚上，我站在草坪的边缘，极力搜寻当年乘风凉的快意。人在忆旧的时候是最善良的，把曾经的尴尬、窘迫都过滤得干干净净，留下来的几乎是童话般的传奇。一张被单布或是一张塑料纸可以铺在草坪上当一家人的草席了，有蚊子叮，有蚂蚁爬到了身上，还有争吵，争吵的原因是为了你碰到了我或者我碰到了你。几十米外的公园门口外，看着一幢高楼打地基，看着它一层层造起来，造到了 20 层，最后是被它看着乘风凉。听说叫雁荡大厦，在香港报纸上做了广告，要 10 万港币一套，要 10 个万元户的钱凑起来才买得起一套。

如今的草坪上是断没有人纳凉了，不必倾听，也会有秋虫和蟾蜍的窸窸窣窣传入耳中。只有公园的两个门附近，是两个热闹的去处，除了雁荡路口的“钱柜”，再就是靠近皋兰路的“PARK97”了。就像琢磨过钱柜的名字一样，我也想过“PARK97”的意思，应该是 1997 年开张的，而且就开在公园里面，公园就是 PARK，所以它是一个很通俗的店名，当然也不能更加通俗地叫它“公园 97”。但愿这个自说自话的猜想还正猜对了。

是否会有初识的恋人在公园里徘徊，是否有相亲的双方在此逗留？很长久的一段时间，公园最适合相亲，初次相识，说不定也就是一次性的见面，把成本降到最低，却又是很容易进入角色的场景；很多介绍人干脆在公园门口泛黄的路灯下完成了介绍工作，顺便省下了两张公园门票，找个还有事的托词，撂下了陌生的一男一女，买两张门票进公园了。公园总算是光线暗淡，不易被人发现；然后顺着公园的石板路走，不管什么方向，一刻钟功夫肯定就走到三个出口处中的一个——这个前法式私人花园小有小的好处，是否需要发展关系和感情，也就在出口处有一个基本了断。情感的道路虽然漫长，但是紧要之处就是那么几步。

从巴黎到巴黎

不管是巴黎邨还是巴厘邨，

都在不经意中暗合了淮海路

与生俱来的洋派和如今时尚的风情。

路过的时候，常常就在辨认那一条狭长的通向地下室的通道应该在什么方位，明明知道这里早就是一个店面。在淮海路伊势丹的正对面，曾经有一家咖啡厅，极其有名，扮演过前卫和时尚的角色，就在狭长通道下的地下室，叫做巴黎咖啡厅。

像一个望族出生的女人，她身上穿戴的每一个细节都不是刻意的，却是浑然天成，好像只有如此搭配算得上是唯一的选择。巴黎咖啡厅不是一个刻意的店名，只是取名于它斜对面的一条弄堂巴黎邨，而巴黎邨的取名有说是来自当年的法租界，也有说是巴厘邨，不管是巴黎邨还是巴厘邨，都在不经意中暗合了淮海路与生俱来的洋派和如今时尚的风情。梧桐树本是本地的植物，也偏偏美称法国梧桐，恰恰对着巴黎咖啡厅出口处的就是一棵梧桐树，巴黎咖啡厅就只能生于兹长于兹，拐个弯落脚都不伦不类。

不要以为这仅仅是一个有洋派名字的咖啡馆厅，在这个地下室里，诞生了若干时尚的事件和被时尚追逐的人物。无名者的艺术沙龙，是这个地下室的人气所在。至今还有些许五六十岁的人津津有味说起当年自己在巴黎咖啡厅的意气风发，朗读自己文章，争辩艺术主张，文艺青年真的很文艺，“愤青”这一个词汇就产生在那一个年代；当然也一定夹带着在女文艺青年面前使小计，说大话。虽然及不上塞纳河边的同名咖啡厅诞生的影响世界的艺术事件，但是在时尚还没有成为本地的常用名词之前，中国的时尚事件就在这个地下室里萌动——如果到了朱大可的笔下，那就是“中国时尚在这个地下室受精”。那时候还没有新天地和旧仓库，时尚还没有获得份额。巴黎咖啡厅在这个时候，倒是显示出了咖啡厅的沙龙品质。虽然咖啡是劣质的，就分清咖和奶咖两种，盛器是钢化玻璃杯，如果还要深化记忆的话，钢化玻璃杯里的调匙，那时候叫做钢种调羹，总是镂了个洞，即便偷了回去也是舀不了汤的。硬件很差，但是咖啡和咖啡因的意义是一样的。在塞纳河边的巴黎咖啡厅和在淮海路的巴黎咖啡厅之间，涌动着时尚的暗流。算是两个巴黎的契合。

如今路过的时候，甚至还能感觉得到辣得几乎要流泪的香烟烟雾还在弥散，一见其大，它的上面是淮海电影院；二见其人气足。虽然有空调，但是地下室的排气能力极其低下，每一次都是在几乎要窒息的时候，新鲜的空气灌了进来，如同吸氧一样的贪婪，但是要不了五分钟，烟又变成了雾，又渐渐将人逼向窒息。这样乌烟瘴气的环境里，男男女女混杂，多是愤青、文青之类，很少成双作对谈恋爱的男女，那时候谈恋爱的男女更喜欢去吃一碗小馄饨或者来一客生煎馒头。在巴黎咖啡厅的斜对面有一家很不错的人家，用了一条弄堂的名字做店名：“春光”。

1993年，淮海路改造，在巴黎咖啡厅的对面华亭伊势丹竖起来了，但是巴黎咖啡厅消失了，至今还不清楚，那个足以汇聚愤青和文青的地下室派了什么用场。华亭伊势丹正式进驻上海锦江国际购物中心在淮海路刚刚造好的新楼，原先这块地方是周边居民晒太阳的地方，转眼成为上海人的时尚场所。华亭伊势丹想来是可以长治久安的了，结果到了2008年，华亭伊势丹退出了淮海路，两年之后，一家电器城接手，再两年，电器城也撤手走了。只是那一幢楼还在，雕栏玉砌应犹在，只是朱颜改。巴黎咖啡厅的感觉是谁也感觉不到了。

弄堂口的味蕾系统

有辰光看到光明邨玻璃房里堆了老高的熟食鸭翅膀，
外面又是排长队的人，我会想到另外一只歌的歌词：
我知道，我一直有双隐形的翅膀，带我飞给我希望。

上海人的早饭似乎已经成了怀旧的经典教科书，许多人都已经背得出来，只是每一个上海人在泡饭的大背景下，在大饼油条粢饭糕的大浪漫下，又有着属于他个人的特殊记忆。对于我来说，我童年的早饭记忆，连接着两个场景，一个是现实主义的场景，家里的晒台上，那是吃泡饭的所在，另一个是浪漫主义的场景，弄堂口的光明邨点心店，那是可能梦见到自己在吃面吃点心的地方。有意思的是，从晒台俯身看下去就是光明邨的后门，如果风向有意，还会有光明邨的香味道，微微升到四楼的晒台，如果我恰好是在"咸菜过过泡饭"，这一缕似有非有的香实在是害人——两大碗的泡饭已经落肚，却感到还可以吃两大碗，当然我的早饭份额只有两大碗。

光明邨的熟食现在像是老有名了。礼拜六礼拜日，排队总归是老长老长，到了节日里更加了，有人会从大杨浦开了车子过来，不讲排队的辛苦，拿停车费算进去，真不便宜。光明邨旁边是条弄堂，也叫光明邨，弄堂不长，排队就顺了弄堂排进去，差不多就排到了弄堂笃底人家门口了。据讲光明邨的鸭翅膀蛮灵的，翅膀到了光明邨，真是插翅难逃了。

卖熟食的店交关，就是光明邨生意最好，名气也最响。有人弄不懂，到别地方去买了点熟食，弄清爽了，有交关人家的白斩鸡酱鸭卖相差不多，吃到下头是连刀块，光明邨的生活就是清爽。

有人也问到我，侬老早住了光明邨弄堂，侬讲是啥原因呢？我讲，我勿认得伊拉，不是做广告，光明邨排队除了味道好，还有是伊"风水好"——伊拉排队不是现在，老里老早就排队了，至少有三十年，伊门口一直是排队。老早也是卖熟食？老早不卖熟食，不过侬要晓得，老早勿叫熟食，叫熟小菜或者熟菜。

光明邨最早的人气是肉馒头菜馒头，真的，三十多年前头光明邨的馒头名气老响。排队从开门排到打烊。那辰光是叫光明邨点心店，还不是现在的大酒店。精白粉菜馒头肉馒头豆沙馒头，5分一只，半两粮票。有人客来的辰光，大人给我5角，半斤粮票，去买十只馒头，一般是五只菜馒头五只肉馒头；人客吃勿脱，就是阿拉吃。所以买馒头是一桩开心额事体。排队排上去，人虽然小，口气勿好小："五菜五肉"，人家一听就晓得是一直吃的朋友，实际上面孔就不像。有辰光排队排上去，一笼馒头卖光了，只好等，里头是菜馒头的麻油味道飘出来，外头是西北风吹进去，人就立了风味当中。

除了馒头，堂堂淮海路上的光明邨，照样也是煎油条的，倒是也没见有多少的油腻，很奇怪，也是很少有的是，光明邨只有油条却没有与油条天作之合的大饼，当年没怎么细想，如今回想起来都不知所以然。或许油条比大饼高级，符合了登堂入室的资格？大饼通常是只能出没于弄堂口的大饼摊，大饼炉是有烟的，在贫穷年代，不怕煎油条的油气，却怕烘大饼的烟气。

要是某一日的早上，泡饭统统吃光还不够，倒是运道来了，可以去买一只馒头，还可以走进去吃一碗阳春面，不，吃一碗辣酱面，那才是奢侈。其实家里泡饭吃光的可能性，具有不可能性。我吃过大饼油条粢饭糕，也在店里面吃过面，但是从来没有在早上走进点心店吃过一碗面。早上可以到点心店吃一碗面的人，不是等闲之辈了，要有钱，还要有闲，吃一碗面，从排队买筹码，到坐了位子上等，吃好面差不多要一刻钟了，当年早上有闲的人是不读书的人、不工作的人，那么就是小开之类了，也就是如今被津津乐道的老克勒了。通常买单只肉馒头的时候，馒头下面还会衬一小张油纸，拿着就不会很烫手。店员不必拿了油纸去衬馒头，是用铝合金夹子夹起馒头在一叠油纸上一沾，便沾起一张油纸。顺便一说，油纸只是一张薄薄的牛皮纸，与如今小资女人用在脸上的油纸没有任何关系。上学路上咬一个馒头，如果又遇上一个同学，显摆也真是蛮显的，只是显摆的心理比起对这一只馒头凶悍的食欲来，实在不堪一击，在还没有遇到同路的同学之前，馒头已经到了胃里。

因为更寻常的时候，这一顿早饭，和光明邨乃至所有的点心店大饼摊没有任何关系，就是两大碗泡饭，加上隔夜的青菜和菜露，还有酱菜榨菜之类。除了大冬天，在晒台上吃早饭，在晒台上完成一天的第一个流程，是我少年时代的偏好。还是站着吃，是否有点像如今的鸡尾酒会派对？那时候连个鸡屁股都吃不上的。在晒台上吃早饭的好处在于，目空一切，想入非非。到了冬天，西北风是吃不下去的，但是利用西北风来强制冷却火火烫的泡饭，已经属于贫穷时代的本能行为。

光明邨的光阴很快，排队买馒头的时节过去没多久，新时代的排队又拉起一个浪头。现在80后小朋友们小辰光有可能来过，是他们阿爷阿娘外公外婆领得来的，就为了一只“一口鲜”。想得起来哦？是豆腐衣包起来，里面有肉丝金针菇等等，面拖油炸的。基本上是大人带了小朋友排队，买一只，大人不吃小人吃。一口鲜味道不错，不过踢踏得来，地上油渍一天世界，当初还没有环保意识，所以一口鲜的排队一点勿输给现在的光明邨熟食。

再后头倒是清爽了，开过麦当劳，还开过真丝面料店。光明邨为了早饭的排队就此告别。当然，其他地方的点心店也没有了排队。到了熟食时代，光明邨像是台湾歌手黄小琥，又红起来了，“爱没那么简单”，一记头就唱到了“排队没那么简单”。有辰光看到光明邨玻璃房里堆了老高的鸭翅膀，我会想到另外一只歌的歌词：我知道，我一直有双隐形的翅膀，带我飞给我希望。想得太远了。我常想到的，还是肉馒头下衬着的那张油纸。馒头吃下去了，香味道还留在油纸上。

边门的风

男人背着身在弄堂小便池小个便，身后便是男男女女熟视无睹地进进出出，没有什么女人要故意地把头扭向另一边，谁都没有觉得有什么不妥。

有时尚青年约请在连卡佛地下室的餐厅吃饭，饭店的店名说不清楚，只说是某某赌王的四姨太开的，这么一传说，就增加了色彩和趣味，好像在那里可以遇见四姨太，又好像四姨太和赵四小姐又有什么缘故似的。

同去者也有孤陋寡闻的，不知连卡佛的地理方位。我几乎是很本能地告知，就在八仙桥啊。因为在我的上海地理记忆中，八仙桥是一个类似于童话中的小狗小猫一样的太容易触及的对象。但是我的解释反而模糊了本来很清晰连卡佛地理方位的时尚青年：八仙桥？是在提篮桥附近吧！连卡佛在淮海路，对面有东方美莎。我想到了一个成语：啼笑皆非；这个地方原来就叫做八仙桥，离提篮桥远着呢。历史上这里大约应该有河的，所以就有桥，当然别再考问为什么要叫八仙桥了。时尚常常将历史无情地裁为两截：一截赠老，一截还自己，一二十年前的事情，就像是先秦两汉一样的遥远，当下的流行，又把时尚的落伍者拴在一二十年前的树桩上。唯有那一首《八仙桥》的上海话游戏童谣，还在流传，凡念到“八”，须抿紧双唇，吸气爆破音——从前有个老八八（老伯伯），乘八路电车，到八仙桥，买八宝饭，用了八十八块八角八……

假如现在淮海路和龙门路之间还是一桥相隔，一定是美不胜收，但是如今或活着的人都不曾看到过，很多年来，它只是一个地名，要说到著名，那么一定就是这座假想桥畔的嵩山电影院了，它和连卡佛恰恰是前世今生的关系。在上海的电影院里，嵩山自然是排不上号的，但是那一幢西班牙建筑 1990 年代拆毁时已经有了七十多年的历史，跟大世界外形很是接近；从建筑的本身，它是不输给连卡佛的。

实在淮海路一直非常错落有致，即使是它的贫富差别，也是在不为人知中强烈的涌动。当年的嵩山电影院一带没有煤气，没有抽水马桶，没有独用的浴缸，倒是有个菜场——凡是有菜场的地方都是生活条件落后的。在嵩山看电影，如果坐在靠近边门的位子，边门外就是一条弹格路的小弄堂，能够体会得到西北风的强力渗透，还能听到弄堂里的相骂。电影散场，从边门出来，假使是个男性，通常会在弄堂的小便池小个便。时尚青年以为是厕所，不是啊，是一个露天的、贴墙的小便池，它主要是给居民使用的。男人背对弄堂小便，身后便是男男女女熟视无睹地进进出出，没有什么女人要故意地把头扭向另一边，谁都没有觉得有什么不妥——后来知道，这就是存在决定意识。

后来我还从这条弹格路小弄堂里揣摸出了栀子花、白兰花和上海、上海女人的关系。在这样弄堂里过日子的女人，早上会提着便壶在小便池旁边洗刷，在家里换件内衣都只有躲在房门背后；也是这样的女人，从弹格路的弄堂里出来，一转弯那就是像王安忆所写的，是一个标准的上海女人，以前叫做上海大小姐，有点嗲丽丽。在弄堂口，有一个老妪沙哑的低声叫卖悠扬着：栀子花、白兰花，一角洋钿买三朵。从弄堂里走出来的女人，挑一朵最鲜嫩的，别在衬衫钮扣上，去上班，去走亲戚了。栀子花和白兰花极淡的清香，将这条逼仄的弄堂的汗臭驱散得无影无踪。上海女人喜欢栀子花和白兰花是有这个原因的。

如今的淮海路照样还有栀子花、白兰花，但是在连卡佛的门口，是没有的，因为进这个店购物的女人，家里一定不会汗臭了还无法洗澡，而连卡佛不需要栀子花、白兰花，也是会有清香的。原来的那条弹格路弄堂的小便池，连同嵩山电影院，一起消逝了。而在那个原址的地下室，“四姨太”经营的茶餐厅生意人气惊人。不再有边门，也就不必猜想门外风大不大，正在发生什么。

再后来没多久，远不如嵩山电影院的长久，香港老资格的高档百货连卡佛打烊了。美美从常熟路淮海路搬了过来，原来连卡佛的对面邻居东方美莎，焕然一新“无限度”。

廊檐旧梦

它比外滩的情人墙典雅得多，假如说外滩的情人墙是凑热闹的，

那么茂名路的廊檐是讲味道的。

假如，锦江饭店外围茂名路一排精致的小店是一条廊檐——不是假如，原本就是廊檐，只是现在成就了廊房。至少也已经有了近 30 年的历史。几乎没有人想得起来。但是茂名路的廊檐在当年是很出名的，它和它的主楼群锦江饭店有着相同的厚重。

既然没有什么人熟识，也就不必怀旧了。只是不妨在脑子里将如今的廊房商铺想象成廊檐，甚至懂电脑的可以做一个茂名路的廊檐三维图，虚拟地想象一下如今的茂名路廊檐是什么味道。

还用说吗？它比外滩的情人墙典雅得多，假如说外滩的情人墙是凑热闹的，那么茂名路的廊檐是讲味道的。方形的柱子一根接着一根，柱子的背面常常是一对接着一对情人了。廊檐不独茂名路专有，金陵路便有，广州好像还不少，但是那些廊檐同时也是人行道，局促而又川流不息，唯有茂名路，人行道和廊檐并行，而马路对面，没有一家商铺，人也就疏朗，再加上梧桐树形成第三道屏障，避光，避人还避雨，这便是茂名路廊檐的味道了。所以廊檐下的爱情谈起来，显得从容和雅致。虽然还是有人偏偏不走人行道，欢喜在廊檐轧闹猛，不过倒也是不经意地维护了谈情说爱最起码的羞涩。根本不用什么刻意的宣传，茂名路廊檐已经是年轻男女的必经之地，当然也是时尚报刊隔三岔五的封面话题。我小时候曾经好奇过、穿行过，但是当我也到了想在廊檐下谈恋爱的时候，廊檐已经变成了廊房商铺。

这么好的地方仅仅是谈谈恋爱还真是亏了。可以拍拍新婚写真，既有宁馨，又有动感，既有廊檐的旧时气派，又有对马路花园饭店的都市情调。当然电影电视剧的导演也一定所见略同，假如《上海滩》中周润发和赵雅芝在茂名路的廊檐下演一场生离死别戏，定当更加缠绵，也不至于很长时候《上海滩》有一处软肋一直被历史学家数落，那就是《上海滩》没有一处旧上海的实景。

假如茂名路廊檐还在，那座蛮著名的“打电话的少女”雕像就不至于数度失踪，因为少女就在廊檐尽头的斜对面，虽然很多的情侣会沉浸在呢喃之中，但是打电话的少女毕竟在视线里，众目不睽睽，毕竟有众目，情侣们权当是做了义务的保安。

假如茂名路廊檐还在，躲雨也算是一景。躲雨常常无奈，常常挤兑在商店门口，茂名路的廊檐很是宽厚，地坪还高出几十公分，再多的人也容得下，裤腿也不会溅到雨水，倏忽间躲雨也躲得雅致，观礼台算不上，观雨台倒也贴切；看到雨中有不穿雨披的骑车人像落汤鸡一样飞去，还被路中央的汽车溅了一身雨水，不免窃喜；时而有一列外宾车队疾疾开过，车头上那一面外国国旗似曾相识，却怎么也说不上来到底是哪国国旗。

当然，廊檐早就变成了廊房商铺，大约是上海最早的时尚店家了，一时间最让年轻男女怦然心动当数“梦咖”，全透明的玻璃橱窗，成为围观的热点。里面的人在喝咖啡，外面的人在看橱窗里的人喝咖啡，即便是路过的恋爱男女，也会情不自禁地看一眼，因为它不是普通男女消费得起的地方；于是，“梦咖”二字，对里面和外面的人有了不同的解释，喝咖啡的人，是因咖啡而梦；看人家喝咖啡的人，是因梦而咖啡。

天生一对

国内的哈根达斯店环境最好的是以前上海淮海路
华亭伊势丹商场对面的那家，
黄昏时分坐在二楼靠窗的位置看着华灯初下的淮海路，
感觉甚好，

1990年代某一天，在淮海路伊势丹对面也看到这么一个德语或是差不多的什么语商标的时候，我几乎笑出声来，如果不是在这里看到了它的店家，关公战秦琼的战火还将延续。最早看到它是在南京东路海伦宾馆附近一个屋顶广告上，仅一长排朱红色外语字母，没有任何中文解释，其中两个a连拼，上面还要加个符号；我略略知道些德语；凭着德国有奔驰有蔡司有西门子，我判断它是一个家用电器工业产品，我甚至就这样地告知别人，别人居然也相信了，因为我懂德语啊。直至淮海路成都路口开出了这个店家，店名仍是一串朱红字母，有人教育我，这是世界上最好吃的、也是最贵的冰淇淋，是美国的；我不理解为什么会是德语商标，教育者从容不迫作答，是美籍德国人开的。那么这个冰淇淋是从美国空运过来的？因为曾经上海周边地区的冰砖，是上海的冷藏车开过去的；没想到这个问题问倒了教育者：大概，可能……现在想起来，两个人都是笨，怎么可能！

于是蹑手蹑脚地进去消费了一次。除了蛋筒是一个有形的概念，其他的冰淇淋都是一些成语式的名字和英语，“天生一对”之类，与冰砖彻底脱离了干系。我偏偏还不想问，只是从价格上来确定自己的取舍，最终点了两份七八十元的，大约属于中档；服侍生端上来，是一个冰淇淋拼盘，有洋酒在冰淇淋上流淌。一匙入口，假如突遭灾难，在冰淇淋问题上就无憾了，但是伤病求药愈加困难了，因为在此之前的多少年中，这家店卖吃的，却从来不供应堂吃，因为是家药店，是蓬莱药房，解放前就叫蓬莱，现在想起来都是一个极其匹配的店名，吃药说到底是长生求仙，那就是蓬莱仙阁。商店有时候像人，出名靠自己，但是命运不由自己掌握；多少年的老店，排门板油漆一漆，店名一换，就算是转世了。

好在这个街角一直与吃有关，药房先变形为酒楼，酒楼之后就是这一串朱红的德语，汉语翻译为哈根达斯，不是德语，是和德语相近的丹麦语。后来看到它的一个广告语：要爱一个女人，就请她吃哈根达斯，感觉像是有药的效用，男人口袋里的钱被发酵为自己求之不得的品位、时尚、文化，花出去了还谢店家；至此，靠一块冰砖而砸开女人的心扉成为了历史。于是每一次走过，总是窥视般地瞟一眼店里入座的对对男女：没有白请吧？仅仅是那些心心相印、花好月圆式的冰淇淋名字，就足以有美梦成真勇气。在淮海路和成都路的转弯角，大约是催生了不少爱情故事的。后来在身兼才女美女的周怡倩的一篇文章里，我看到了“哈式爱情”的另一个版本，是否就在这家店里？一对感情已经勉强的男女相视而坐，为讨吉祥，男人为女孩子点了一份“天生一对”；女孩子外语好，顺便看了看“天生一对”的原文，知道两人的感情走到了尽头，因为那段外语直译的话，就是，一分为二。不过也依然是一个很有情调的分手故事。

两三年之后，这个街角店面又换东家了，一直换到了终于和吃无关，倒是不再换了。有点疑惑为什么这个店面会频频变化，细细一想它如今的店家，又几乎要笑出来了：动感地带。

如今还能够说得上淮海中路成都南路口的那一家哈根达斯的人很少很少，因为那个时候，没什么人去经历过，如今经历哈根达斯的人却没有经历那一个年代。偶然，在网上看到了一篇回忆文章，片断如下：国内的哈根达斯店环境最好的是以前上海淮海路华亭伊势丹商场对面的那家，黄昏时分坐在二楼靠窗的位置看着华灯初下的淮海路，感觉甚好，可惜上次去上海的时候发现好像搬家了。

尖头皮鞋在奇美

历经风雨沧桑，淮海路几乎一直顽强地时髦着，

以前觉得这是它的底气，后来又觉得也是它的勇气。

说不上是什么缘由，反正王老太从杂乱的橱里翻出了老古董级别时髦物件，一只皮鞋楦头，当然是有点向时尚的孙女展示一番的意思：木制的鞋头模型，拖出一根金属弹簧，弹簧的终端是一个小木球。孙女虽然有二三十双皮鞋，平时也会用纸团塞在鞋头，不让皮鞋走样，但是还是第一次见识几十年前的楦头，感觉到了它的实用和它应该有的价值。这种楦头，王老太老早有好几副，鞋身当中弹簧一撑，皮鞋惬气（很）挺刮；后来不用了，就剩下来几只楦头。孙女将楦头翻过来，有小小的几个字样：奇美皮鞋。

名字有点土，还不是一点点土，好像是女孩子起了一个“美娟”之类的名字，但是这个名字也恰与“美娟”式的名字有着相似的文化人文背景。很久很久以前 1950 年，劳动人民还在穿自己纳鞋底的布鞋，“奇美皮鞋店”在淮海路开业了，作为鞋店，奇美还不是淮海路的独养女儿：一条马路和一个人一样，别奢谈品位多么高尚，先得亮一亮自己品位的家底。在翻阅淮海路资料的时候，会有一种强烈的感慨，历经风雨沧桑，淮海路几乎一直顽强地时髦着，以前觉得这是它的底气，后来又觉得也是它的勇气。

奇美是一家皮鞋店，也是皮鞋的一个商标。在当下年轻的时尚记忆里，固然不应该会有“奇美”的档案，但是中国所有的时尚至今都在享受“奇美”的经典杰作。奇美皮鞋当年的杰作就是“狭、扁、翘”，这三个孤零零存在的时候，简直是枯燥的工艺术语，但是将一双皮鞋做得又狭又扁又翘，该是如何的式样？尖头皮鞋啊！中国大陆尖头皮鞋的发祥地，正是奇美。但是奇美偏偏用“狭、扁、翘”来掩饰，而不是直呼其尖头皮鞋，仿佛女孩子要束胸一样的羞答答。假如略知五六十年代的人文环境，也就知晓奇美的良苦用心了。现在很多人都在赞美淮海路的情调，很多人都在羡慕上海女人生活中有一条淮海路可以闲逛，以为这是淮海路和上海女人之间的情人般的天作之合，但是很少有人想，淮海路和上海女人，为了打扮也是使出了浑身解数，用外柔内刚的心思，不动声色而又顽强地坚持着时髦，不愿轻易地降低时髦的标准。于是也可以说，淮海路和上海女人是经历了风雨才见到了彩虹。所谓美是一种追求，真不是轻飘飘的空口白话。后来，尖头皮鞋还是销声匿迹了，取代它的是一款极其大众化、也极其紧俏的猪皮模压皮鞋，七块六角五分一双，简称七六五，当然这已经是泛上海的流行了。即使在这样的时候，上海人还依旧委婉地保持了风尚的洋派，因为七六五的式样叫作“荷兰式”，有那么一点点狭一点点扁一点点翘。其实天知道荷兰人是不是穿过这样式样的皮鞋。

王老太当年也是时髦的年纪，有过自己脚下的尖峰时刻。她目睹奇美开在淮海路上，而后搬到了马路对面的国泰公寓，而后 50 年的奇美让位于 100 年的劳力士。但是王老太还惦念着。她要给孙女看一样东西，一只鞋盒，打开来，是一双奇美的尖头皮鞋，四五十年前的旧式。尖头皮鞋在公众场合消失之后，王老太悄悄地把它封存在床底；等到尖头皮鞋再一次成为时尚的时候，王老太对孙女说，我已经年纪大了，不能再穿了。王老太微颤的手背上，都已经布满了老年斑。

开往地铁的春天

公泰版的“上海说唱”有一样是被巴黎春天版的

“花腔女高音”沿袭了下来，就是一缕香气，

当然不会再是糖炒栗子，是巴黎春天店内的咖啡座。

在上海地铁还只有1号线的时候，它是在1995年4月10日通车试运营的，陕西南路淮海路口的巴黎春天地铁出口，是最浑然天成的，地铁出口就嵌在巴黎春天的边门，从马路上看，它是在店里面，在店里看，它是在门外边，以至于从这个地铁口匆匆上来的人，走过巴黎春天厚重的边门，脚步的频率就慢了下来。它的对面百盛地铁口的人流，都像是赶火车飞机一样。

在冬日梧桐树叶落尽的时候，可以看到巴黎春天的外貌，落成的时候，被看作是淮海路最最洋气的新建筑，米黄的外表，还有些许浮雕，细细看，至今不失雍容，而且很少有这样的店家，它的店招牌很小，不仔细看，还以为是没有店名，倒是应了真有钱的人不愿露富的潜规则。走进里面，便看明白了它的派头，上二楼，心情好的时候甚至不愿坐电梯，而是想走走它的楼梯，大概并排着走十个人还显得宽敞有余。与它的前世公泰果品店相比，一个似上海说唱，一个如花腔女高音，反差十万八千里，却各有各的名气，也各有各的名堂。远近独此一家的新长发糖炒栗子一边炒一边卖，那一股香气随着西北风可以刮到老远。至于糖炒栗子的糖是什么糖，从小时候知道有糖炒栗子，到公泰永别，没几个人说得出来，但是公泰版的“上海说唱”有一样是被巴黎春天版的“花腔女高音”沿袭了下来，就是一缕香气，当然不会再是糖炒栗子，是巴黎春天店内的咖啡座。

有一段时间，和朋友聊聊天谈谈事情，巴黎春天的咖啡座算是很惬意的。交通方便，地面地下四通八达，又是在淮海路有招牌意义的店，还雅致，还有不同风格的两个咖啡座，都是在边角处，二楼咖啡座看得见淮海路的人来人往，聊天也就多了即兴的话题，假如朋友也是有点阅历的，就会说起在呼呼北风中排队买糖炒栗子的往事；三楼咖啡座安居一隅，谈事谈情似乎更容易思想集中，当然也就是似乎，咖啡座与商场间是一个玻璃的隔挡，隔着玻璃，影影绰绰的女人身影在摇曳，从她们不紧不慢的鞋跟与地板的撞击声中，可以想象日子过得算是闲适，大凡眼睛一亮忍不住斜视的时候，几乎可以断定她就是上海女人，而且随后马上可以得到肯定的印证——从玻璃的隔挡外飘进来轻轻的、窸窸窣窣的上海话。

两个咖啡座都很是疏朗，这是许多人喜欢它的理由，一定也是它后来不再存在的理由。后来人们就去了巴黎春天旁边的星巴克，照样还是可以从地铁的季风书园出来，拿着几本书，恍惚间便觉得是一袋冒热气的糖炒栗子——这个地带几十年前的著名时尚。男女联袂的时尚，总是手里拿着些什么。

东湖路的门牌号

倘若说去北京，不到长城非好汉，

那么在上海，不看立体电影就是阿乡。

淮海中路 1110 号是什么场所？大家眼睛一定巴登巴登的，好像做平面几何题时总觉得出题目的人少给一个已知条件；于是再问：东湖路 7 号是什么地方？大公馆啊，淮海中路 1110 号就是东湖路 7 号。因为大公馆就在这两条路的相交口，而淮海路大约也像是贵妇人有太多太多的翡翠玛瑙，对大公馆的路名所属也不计较。

还是在小布什担任美国总统的时候，大公馆，某晚，门口来了五六个年轻的外国人，倒也不进来，正有点奇怪，便有一个老人进门顺着楼梯去了二楼。老布什，美国前总统。等到众人反应过来时，老先生已经上楼了，惟有随从守候楼梯口。据说老布什每一次到上海，都会到大公馆与朋友小聚；早在 1972 年，中美联合公报的不少谈判讨论就是在这里进行，而后便有了布什作为美国驻中国特别联络处主任的身份。这个比老布什小一岁、如今被命名为“大公馆”的所在，一直是老布什的钟情。他倒也是“老克勒”了。

既然是7号，那么便应该有1号，找不到的，东湖路的第一个门牌号码就是7号；大概7号原来是一道门，现在将大门迁到和淮海路的相交处了。东湖路仅几百米的长度且纤细，从来没有公交车，但是偏偏有几个门牌号码深入人心：东湖路9号，紧贴着大公馆的，是一个消逝的时尚地带，东湖电影院；1960年代，它一年到头只放一部立体电影《魔术师的奇遇》，如今也就是3D了。倘若说去北京，不到长城非好汉，那么在上海，不看立体电影就是阿乡。还有东湖路70号，东湖宾馆，机关事务局所辖，曾经数次成为最高级别的案件专案组秘密办公地。

立体电影一时时髦，基本上就是当年唯一去东湖路的理由了，东湖宾馆是不可能去的，大公馆外围尽是黑漆漆的竹篱笆。所以，如若说南京路是全国的南京路，淮海路是上海人的淮海路，那么这个意义上的淮海路，到襄阳路的服装市场也就戛然而止。看一下路人，真是很奇怪的，再拥挤的人潮，过了襄阳路，就散散淡淡，继续向西百来公尺的东湖路口，好像不再是淮海路一样。即使上海人也有不少是将此地当作淮海路闹市的终端，至今不知道大公馆小公馆的。其实，这才是另一个淮海路的开始。以前上海有“上只角”和“下只角”之分，东湖路以西的淮海路，算是上只角了。舆论一向贬斥城市的上下角之分，但是后来有人做了一个另类的划分。下只角是人多店少的地方，中只角是人多店多的地方，上只角是人少店少的地方，而且上只角还有花园洋房，有街心花园、街边花园。果然，大公馆就是花园洋房，而在东湖路富民路口，有三角花园，是一个三角形的花园，而不是三角恋爱的花园，当然谈恋爱的人是不少，由于三角花园地处五岔路，所以谈着谈着就迷失了方向。

晚来风急

淮海路的“十一”灯彩在那一年从原来的长龙灯改为天桥灯，
不过那时候的天桥灯是竹竿扎起来的，
而不是后来很长一段时间不锈钢的。

虽然有谚语说，十月还有小阳春，虽然说“十一”的时候常常地挨上了温暖的太阳，穿汗衫都会出汗，但这往往是“十一”的白天，而不是“十一”的夜里。大凡“十一”时节，白天东南风拂面，甚至忍不住还要开空调，到了晚上七八点钟，疾疾地东北风吹来，两只手交叉着紧抱胸前，还是止不住地打了个寒噤。在一年之中的三大节日里，春节和劳动节的晚上温度是高是低并不关紧，不下雨就行，唯有“十一”，不仅白天天晴很重要，而且晚上的温度更重要。

因为“十一”的晚上人通常都在室外，看灯、看焰火。

从出生一直到不惑之后，曾经在淮海路居住了四十几年，可以这么说，是一个“十一”灯和火几十年如一年的亲历者，对“十一”夜的温度，比住在其他路段的人有更多的体会。淮海路四楼的晒台，近距离直面东北方向人民广场的焰火发射区，自从有“十一”焰火开始，一直是一个天然的焰火观景台，观景位置之绝佳，简直可以和从东方明珠看黄浦江焰火较劲。于是，每一年的“十一”焰火，这个独用的晒台，就是一个公益的观景台，远亲会挑“十一”从乡下到上海来，不为别的，就为了可以看焰火；近邻会来，因为近邻家里看不到焰火，要好的同学会受邀而来，甚至隔壁弄堂也会有人慕名而来。十来个平方的晒台上，常常会有十来张陌生的面孔。你会高兴吗？不很高兴，因为“外来人员”毫不客气地占据了前排最佳位置，叽叽喳喳，喋喋不休，作为主人却只有在后排加塞的份，偏偏你还不能有任何不快的表示。这一份不高兴其实一直在和一份得意隐隐约约地抵消，所谓得意，那就是拥有焰火观景台的得意，甚至也可以说是一份虚荣。

最佳位置我是可以发扬风格的，最佳气候我是无能为力的。朝北的晒台，怎抵它晚来风急。东北风迎面而来，一阵紧一阵，一阵冷一阵，虽然已经备足了罩衫，用不着一小时，人跑掉一半。也有东南风的日子，却也不完美，因为烟火的降落伞便朝着越来越远的相反方向飘去，全然没有了降落伞顺东北风而来的企盼与擦肩而过的失落。于是“十一”夜的东南风抑或东北风，一直是无法平和的心头之忧；甚至就很有科幻地想象过，给东北风加温，让降落伞逆风；当降落伞从头顶疾疾掠过而不肯降下来的时候，用竹竿挑挑不到，那么就用过弹弓，对着降落伞发射子弹，但是没有一次成功过——与只识弯弓射大雕的成吉思汗比也不能比。

如果说得天独厚的平台是用来看焰火的，那么住在淮海路，不管是不是看灯，看灯总是“十一”话题。今年看灯人多啊，今年看灯人少啊，说起来是有一种淮海路主人翁的快意的；而且住在淮海路的人看灯不用着急，等到十一点过后，看灯人群散去，交通管制已经撤销，淮海路空空如也，于是便出去走走，或者骑了自行车去兜兜风。应该是 1971 年的“十一”之后的几天，淮海路突然大放灯彩，而且交通管制，按照成熟的政治经验，正逢周恩来陪同埃塞尔比亚皇帝到上海，于是就站在路边等啊等，秋风冷飕飕照样等，一直等到十一点多，车队疾驶而过，有人说看到了总理，有人说看到了塞拉西一世皇帝，有人说插国旗的车是空车……唯一可以确认的是，淮海路的“十一”灯彩在那一年从原来的长龙灯改为天桥灯，不过那时候的天桥灯是竹竿扎起来的，而不是后来很长一段时间不锈钢的。

在 1989 年“十一”之前，这样的得意一直绵延着。后来人民广场的焰火天幕被楼宇削去一个角，再削去一个角，直至没有了天幕，再也没有人来看焰火了。站在晒台上，听得到远处飘来焰火的噼里啪啦，要推断一下，是浦东的世纪公园？是锦江乐园？是江湾五角场？是虹桥？但一定不是人民广场。

自从搬离了淮海路之后，不再是“十一”灯火的直接亲历者，不经意间，少了一份不是炫耀的炫耀和不是埋怨的埋怨。离国家焰火似乎越来越远，但是零零星星的焰火此起彼伏——这已经是“私家”焰火了，很近距离的，一串火苗升天，头顶一片梅兰竹菊，也不必牵挂东南风还是东北风。一阵近近远远的热闹之后，隐约看见有东西夜色中飘落在阳台，推门一看，竟是一个小小的降落伞，那一个竹竿没有挑到过、弹弓没有射落过的降落伞。

淮海路的英雄情结

城市需要时尚，需要情调，也需要英雄，

也需要英雄情结在城市的马路上穿行，

在城市人的心里链接。

走进淮海路这一扇最独特的铁门，《海港》的著名唱段就涌了上来：进这楼房，常想起当年景象……我并没有什么特殊的经历，只是这一个地方让人肃然起敬。武警消防嵩山中队，更多人习惯称它消防队，一如更早的年代人们称它救火会。它是淮海路的唯一。

因为参加一次活动，相隔了几十年我又一次跨进消防队大门。上一次来还是红领巾，参加学校的少先队活动，这一次已经是过了天命之年的“老前辈”。宛若眼前的儿时记忆，催生了我两个“以至于”。因为小时候参观过消防战士的营房，看到消防战士极其敏捷的动作，还有有棱角的被子和始终有序的鞋帽衣服的位置，以至于几十年来我一直以动作敏捷著称，临睡前的衣服鞋子的摆放竟然也是几十年如一日的准军事化。第二个“以至于”来源于儿时对英雄情结的崇拜，以至于看见消防战士一张张年轻的脸，我对他们竟然改变不了几十年前的称呼：解放军叔叔。好像自己还是和一帮子同学扒着消防队的铁门，争看消防战士的训练，又十分期待警铃突然响起，消防车出动，一帮子同学跟着消防车飞跑。在城市男孩子的心目中，最能够近距离仰慕的英雄和英雄情结，也许就是消防战士了。这一份记忆，在相隔几十年后再一次跨入消防队时，焕然如新。

淮海路的消防队，也真就是淮海路的英雄情结所在。不仅是说它需要承担的任务，从救火到救灾救难，甚至包括捅马蜂窝这样的百姓琐事都是消防队的职责，更是说，它与淮海路的共存。这一个百年历史的救火会，见证了淮海路的风风雨雨，经历了身处淮海路脸不改色心不跳的心路。那一天，我对消防战士说，看到淮海路的你们，想到了南京路上的赵大大，想到了两者间的异同。如果说，好八连当年身处南京路的一项重要任务是要抵制南京路上的香花毒草，那么，如今淮海路的消防队，从物理意义上，几乎被世界顶级奢侈品专卖店包围，虽然它们不属于普通人，不属于消防战士，但是它们不再是香花毒草，是这一个城市生活的一部分，它们有名有姓地横亘在消防队的周围。消防战士也会有自己的时尚理念时尚知识，不用登上瞭望塔，他们也熟稔周遭发生的变化。要不是有强大的心力，面对周遭看得见进不去的奢侈品商店，真是一种痛苦。这种心力，和好八连无异，可谓英雄情结。所以在人文意义上，淮海路消防队是淮海路的一座特殊雕塑，向周遭散发着英雄的气节。

很多不熟悉淮海路消防队的人常常发问，消防队会搬走吗？因为看上去这一段的淮海路已经是顶级品牌的同义词。那实在是不理解消防队在淮海路的分量。以“铁打的营盘流水的兵”来做形容，一条淮海路，尤其是在八仙桥，多多少少商家盛衰轮回，新桃旧符，恰是流水的兵，唯有消防队一直根植于此，名副其实是铁打的营盘了。这一座百年历史的消防营地本身就是具有雕塑意义的定力。若干年后，今天的消防战士或许已经退役，他们也会有自己的恋爱自己的妻，也许也会在淮海路经过，他们一定还在消防队门前驻足。

英雄情结诞生在沙场。在楼宇林立的都市，在和平而物质涌动的生活中，英雄难觅，英雄情结一不小心也就会被人淡忘。就在淮海路望亭路口，LV、杰尼亚的对面、阿玛尼一侧，有这么一所消防营地，红漆大门，猛然间会有警铃大作，或许是火灾，或许是水势，或许是抢险，或许是救人；或许只是一场虚惊，或许是注定的悲歌一曲……很多消防战士，一次次出警，也许直至退役，仍旧是普通的战士，与荣誉擦肩而过，也许有立功受奖的，也许当某一位战士成为英雄的时候，却不幸身残甚至告别生命，他们身上的英雄情结完全相同。这何尝不是一座城市的灵魂？城市需要时尚，需要情调，也需要英雄，也需要英雄情结在城市的马路上穿行，在城市人的心里链接。

第一代换客

追求利益的最大值，或者追求喜爱的最高值，

而这恰恰就是上海人在旧货商店找到的乐趣，

既满足喜新厌旧的生活本能，也符合精打细算的生活原则。

如今“淮国旧”，已经成为了怀旧的专属之地，实际上它的全称不如简称来得有意境：“淮海国营旧货商店”，也有说是“国营淮海旧货商店”，不管是淮海在前还是国营在前，都像一杯白开水淡而无味，文革后改名为“淮海日用品调剂商店”，太过于直白，反而是“淮国旧”，或者就像以前另外一个称呼“旧货商店”，更加与淮海路贴切。所有对淮海路的怀旧，乃至对上海的怀旧，都不敢对淮国旧视而不见。即使淮国旧的旧址早已经灰飞烟灭，稍有点年纪的上海人路过淮海路南北高架的路口，偶然就冒出了那一幢截断了重庆路的房子，进门是手表，当中是服装，而后是一件件红木家生（家具），家生上都写着白粉字：或者是“XX元寄售”，表明是待价而沽，或者是“XX元，已售”，表明已经有买主买下，付了定金准备踏部黄鱼车来带走。再往里走，已经接近淮国旧的后门，便是一排自行车，要是有中意的，推了车出了后门，在长乐路上试骑一圈……

不就是旧货商店？不就是一家收旧货的店或者说是卖旧货的店？当这么想的时候，那就是误解了旧货商店的意义，那就是没有看懂上海男人在旧货商店里的乐趣，那就更加无法理解除了淮国旧以外，还有一批很著名的旧货商店，也是上

海男人必去的地方，这些地方还都是在市中心的大马路上。南京西路电视台斜对面有一家“南国旧”，陕西路也有一家，还有许多马路都有旧货商店，每一家旧货商店都是有自己的特色的，只是在名气上不如淮国旧这么响。

名气有高低，风气都一样。全国之内也就是上海有如此众多的旧货商店，还这么有名气。其他地方有收旧货的，有收破烂的，却没有旧货商店，即使有过，也不会像上海的旧货商店开得比外地的新货商店还要出名。可能有许多地方新货都非常贫瘠，哪里还开得出旧货商店？

淮国旧的男人乐趣，就是如今“换客”的乐趣，上海男人当时实际上就是充当了第一代换客，只不过没有人做过“换客”的理论归纳罢了。“换客”的要义，是将自己的东西与别人的东西不断交换，或者追求利益的最大值，或者追求喜爱的最高值，而这恰恰就是上海人在旧货商店找到的乐趣，既满足喜新厌旧的生活本能，也符合精打细算的生活原则。有一个男人穿得来山青水绿，金笔调了好几支，他对自己有个奇怪的自我约束：一支金笔只对一个女人写过情书，也算是会白相。

旧货商店里有劳力士手表，那是有人来卖的，也是有人来买的；卖主或许是要钱化为他用，比如要买一堂红木家生，也可能是想换一个手表，奥米加也不错。手表、金笔、打火机、衣裳、眼镜、脚踏车，男人的面子工程，可以通过旧货商店的换手，始终处于不断翻新的阶段。因为事关面子工程，所以男人们去旧货商店一点不塌台，从旧货商店买来什么还会沾沾自喜甚至炫耀一番。在旧货商店，一些男人在买进卖出，更多的男人一去就是大半天，挤在柜台前，是在轧闹猛、领市面，心里可就在想，我可以卖掉什么买进什么，还可以赚进多少。说上海男人会白相，不仅仅是会吃喝玩乐会讨女人喜欢，也在于他们善于白相花样经，就像上海女人喜欢结绒线也是善于翻花样一样。

弥漫了“换客”情调的旧货商店，“文革”时期倒是一天也没有关门过，而且还伴随着“文革”的高潮而掀起了新的高潮，进入了新的“换客”时代：原先挤在柜台前轧闹猛的人摇身一变成为了买客，“文革”前有滋有味的换客退位为单纯的卖客，还有一些卖客，“文革”前日子好过得不得了，或者也就是谨小慎微地过日子，根本就不需要和人家换来换去的，但是到了“文革”必须去做卖客，才可以渡过生活难关。

一位老医生，40 年过后仍旧记得当年去淮国旧的一天又一天。他说如今要他再哭一次，是绝对哭不出来了，但是当年他是强装着笑容走进淮国旧的。老先生“文革”时期没有收入，靠变卖还没有被抄家抄走的东西过日子。那一次他要卖掉自己的红木写字台。即使是在“文革”时期，淮国旧依旧保持了上门估价的做派，估价师对老先生说，物事是好物事（东西是好东西），不过侬晓得格，现在红木家生没啥人要，不值铜钿，外加又是写字台，不实惠，顶多也就是 80 块洋钿。老先生为自己的写字台辩护：格只写字台老好格。估价师叹了口气，像是赞同：写字台更加卖不出价钱，不实惠，摆了屋里厢占地方没用场。

寄售之后，老先生天天跑淮国旧。真是被估价师说对了，写字台卖不掉，人家寄售的红木大橱红木床都纷纷“已售”，写字台还在。老先生很失望，因为家里还等着写字台的钱。差不多有两个多礼拜，营业员向老先生建议再便宜八块十块；老先生说再等一个礼拜？第二天老先生再去，突然写字台没有了，他以为是卖不掉搬到了旁边，也没有。他问营业员，营业员笑了：卖脱了呀，倒也真是碰到一个识货格，奈么侬放心勒！是格是格，老先生回答。

老先生突然胃痉挛了。

这一段的淮国旧历史很容易被人忽略，它是许多上海人的伤心之地。当然有伤心的人必定就有开心的人。工人阶级老王，“文革”的时候，就曾经在淮国旧看中一只三门红木大橱，150 元，回家后和老婆商量来商量去，一夜天没睡着，咬咬牙，拼拼凑凑把红木大橱买回来了；后来留给了小王，当小王搬场的时候，人家都难以相信他的家里还有这么一宝，而且只要 150 元。有个年轻的邻居拍了拍小王的肩胛，当然他不可以叫他小王的：老王，侬会白相，红木大橱也有格。

旧书店的书内外

店主的品位和眼光决定了旧书店的口碑和人气。

如果不是和两位好友同往，我大约是不会独行的。福建南路上单开间的门面，一家旧书店。杨柏伟和沈琦华约我去会会开旧书店的小武和小朱。我都不知道是否应该称其老板，不在于店的大小，在于旧书店向来是懂书的人所开，懂书的人称其为老板反而有点失敬。

店堂就是书房了，书架也是最简单、“得书率”最高的那种，并且塞得已经够满了。不像有些书屋，书是咖啡的点缀，这里面时尚小资的感觉是一点也没有的。主人倒也是有铁观音招待，不过就是站着品茗了，一开间的书店是没有办法讲究品位的。看到旧书，并且其中还有些许书脊上有某某单位图书馆的贴条，我会想到将近 30 年前，我在作家协会资料室的工作，曾经对书库里面所有书了然于心，比对现在家里那些书的确切位置更加熟悉。很多时候，会一整天一整天泡在书库里，想看什么书，就会在某一个书架上翻到某一本书，而真正的趣味是，在你翻书的同时，意想不到地看到了很多有趣的书。无心插柳是泡书库的最大享受了。不过也正是这么一段随时随地可以翻书的经历，后来我很少买书，也不常去书店，潜意识里是将作家协会十几万册的图书当做了自己的藏书。直至走进这么一家旧书店，30 年的记忆涌动为亲切。

我还在怀旧，杨柏伟已经在淘旧。这时候我才明白他身段如此好、身手如此敏捷的原因，是淘旧书淘出来的，也感受到“书痴”的称号是真价实货，谁也无法浪得虚名。且让我扒几句杨柏伟的微博：很久没有这样过瘾地蹲上蹲下、动手动脚觅旧书了。看到有旧书好淘，真像老虫跌进米缸里，邪气快活！有一本 1974 年上海书画社出版的《书法刻印·批林批孔专辑》32 页的散页，当时篆刻大师竟然是用简体字治印，内容则是“批林批孔”“儒家法家”……翻书的一瞬间，心里回到了那一个年代；很想知道，那些“革命之印”如今流落在哪里。旧书旧在书也旧在历史。沈琦华胖了点，就由杨柏伟代为蹲点了。半天过后，两个人钞票都掉成旧书，既是欣喜觅到好书，也是有点肉麻钞票。

淘旧怀旧在旧书店里各有所得。我问小武小朱，更喜欢内行读者还是外行读者？当然是内行人，只有内行才会翻到有价值的书，只有内行才会和店主为了某一本旧书会心一笑，这就是知音的感觉了。这时候想想开旧书店是男人的一件开心的事情，一房间的书，可以当做藏书，随时翻翻看看，也可以向内行读者略略一晒，得意是一定的，却又显得很谦恭，来淘旧书的人都是功夫很深。当然不必担心旧书店会被淘空，因为店主也在收旧书，店主的品位和眼光决定了旧书店的口碑和人气。

出得旧书店，才看到门楣上的店名："新文化服务社"，似乎少了点书香之气，所以俗称"136 旧书店"，136 是它的门牌号码，再一想，旧书店做的倒真是服务。一开间的门面，没有一点点的花哨，有点像郑板桥所言：室雅何须大。当然，如果再大一点，也更好。

过数日，杨柏伟兄和胖弟又去福建南路 136 号，给我发了个短信，在书店里翻到了我的一本旧作，我自嘲了一下：不管什么价钱，给我拿下。

雷米及其女主人

上海客厅文化的本质是女主人文化，

女主人的品味决定了客厅的格调。

一时间有点说不清楚"雷米"的属性。

像是一个客厅，沿街角有窗，常有宾朋流连，有茶有咖啡有琴有书，书还往往是与上海有关，有作者签名。还有，更重要的，是有女主人。上海客厅文化的本质是女主人文化，女主人的品味决定了客厅的格调。女主人不一般，这是所有去过的人一致感觉，是一种有磁性的热情，是一种有修养的细致，是一种有洞察的笑容，是一种不计较的款待。这样的女主人，口碑好是自然的。去过，是因为有女主人；也是因为有女主人，去过的人会再去。没多少时间，去过的人多了起来，小圈子加了一圈又加了一圈。

这就不像是客厅了，更像是沙龙，或者说是一个客厅化了的沙龙。确实隔三差五会有一些沙龙活动。循着女主人的习性，那一定是文化沙龙的。有过读书沙龙，有过上海忆旧的沙龙，有过文化活动的策划。上下两层既可以同一个主题，也可以是三五成群。某次，女中音歌唱家王维倩要举办新的跨界演唱会，再次邀我客串主持，我们讨论演唱会的地点，就在雷米二楼。襄阳路永康路坐西北朝东南的街角。阳台外墙上方，看得见老式公用电缆圈着，初看似乎杂乱，再看倒是有一点老式上海的场景贯通；因为路不宽，五六米之下有汽车的前后，自行车的往来，也有老少的话语，尽在耳目之中。我和王维倩从下午屋里的斜阳直至阳台外的路灯亮起，讨论演唱会的细枝末叶，很是顺畅，间或面对面做些笔记，间或俯身阳台，聊聊上海的市井。想起来有一个词汇叫做“氛围”，那时候氛围真是贴切。这一个老式上海的氛围，自然有茶有水果，自然有女主人的亲自款待。间歇还听得楼下有客人来闲坐，是文化圈的朋友；又有客人来，还是文化圈的朋友。路人若是稍稍留神，很有名的文化人来了一位又一位。当然与文化圈不相干的人也常来，与女主人不相识的人也常来，本地人外地人，本国人外国人。

这就不像是沙龙了，更像是咖啡馆，或者是有沙龙风格的咖啡馆。雷米就是咖啡馆。有朋友形容它“黄墙红瓦片，屋檐蜘蛛线，十字街头咖啡馆，重现上海滩。”如今的永康路，法租界时期就是雷米路。不要轻看了这条小马路，当年地下党的秘书处机关就是在这条小马路上遭到国民党破坏，这段历史，与《潜伏》情节相似，还被写进了《一号机密》里。雷米是咖啡馆，远近悦来，但是更多了文化沙龙的气氛，甚至就像是文化沙龙，让咖啡馆在时尚休闲之外，起了一点点重温上海阅读城市的文化功能。

沙龙在当下不少，常有沙龙汇聚了众多文化名人，有不小的社会影响。沙龙常有，客厅式的沙龙也常有，但是这一个客厅式的沙龙有女主人，并且女主人也成为沙龙的一个理由，并不很多。雷米被文化圈朋友喜欢，恰是和雷米的女主人有关。这位女主人，名叫米兰。我相信，这个名字是这个上海女人特别喜欢的名字。

上海制造

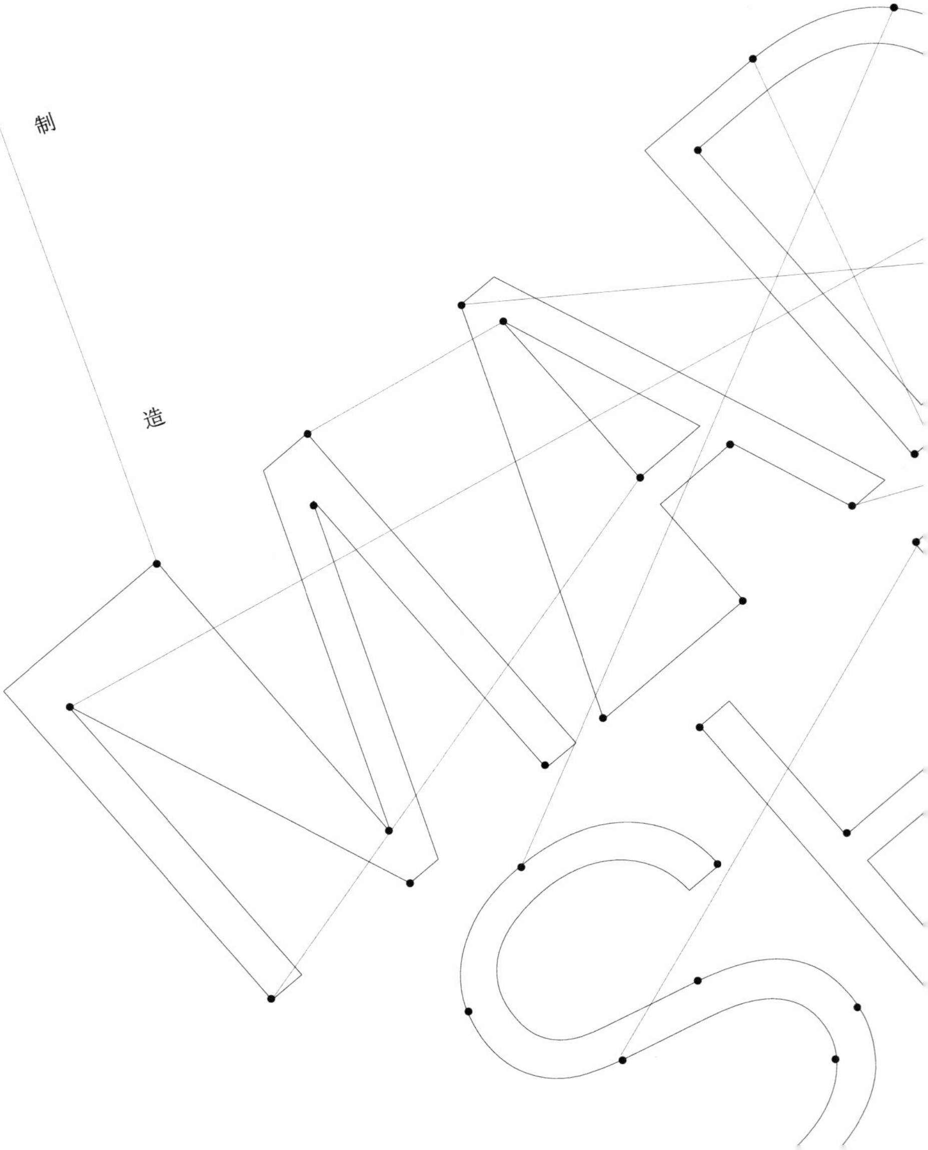

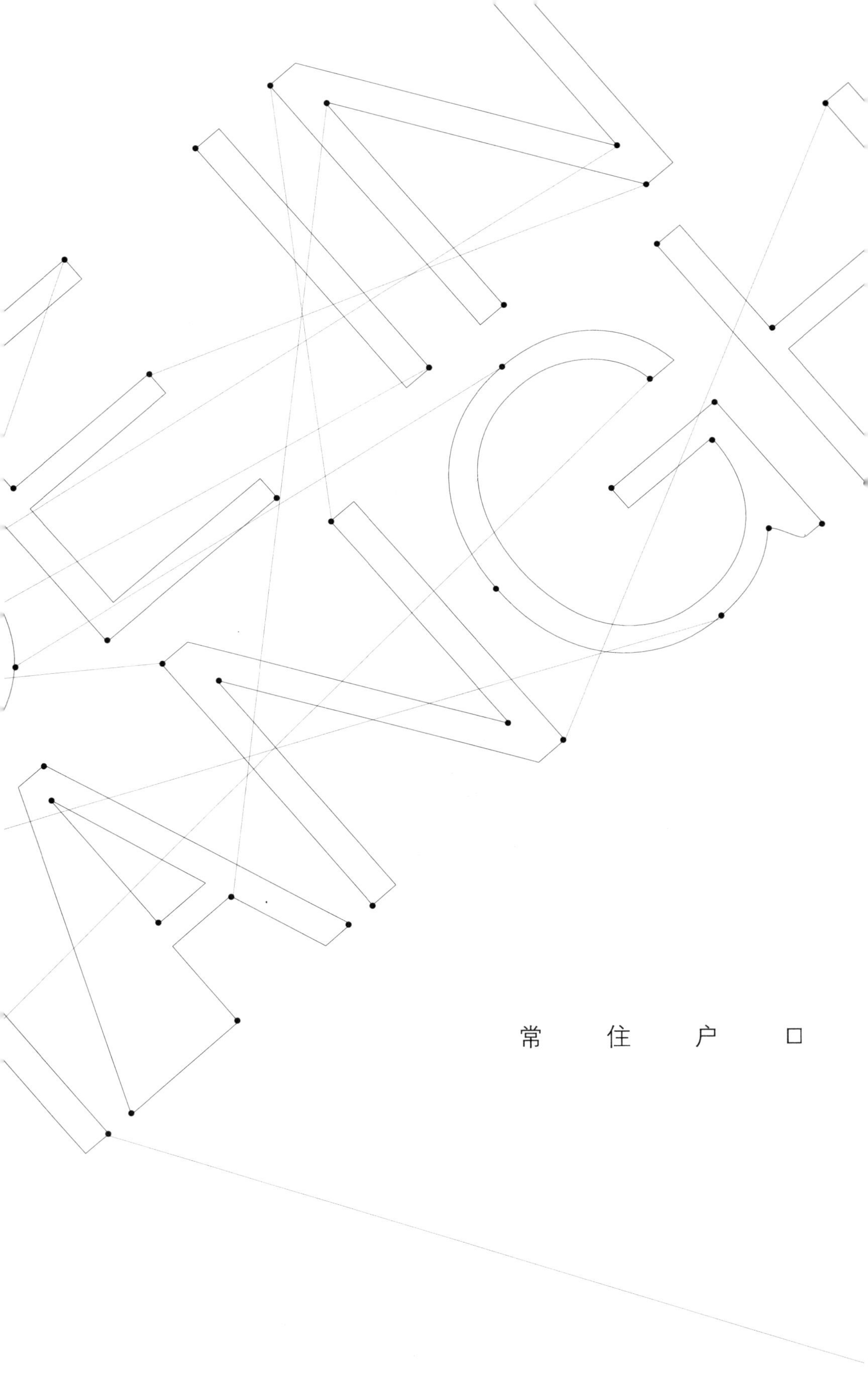

常　住　户　口

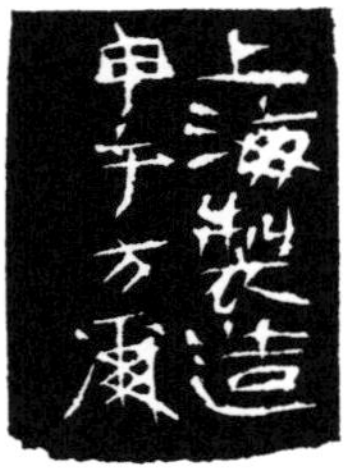
上海製造

石库门后门的细节

曾经有人探究，上海女人的肤色为什么这么细腻润白，

有人很直白地回答，是喝牛奶喝出来的。

在某一幢洋房的后门，触摸得到的是旧漆的木门，看得到的是门口的杂乱和无序，想象得到的是洋房前人的安逸，检索得到的是洋房前人的富庶。有一个传说，似一封无形的密札，就塞在木门上的那一个又当作信箱、又当作牛奶箱的小木箱上。当然小木箱上有一把满是锈迹的铁皮锁。

有一个穷学生和洋房的千金小姐恋爱了，虽然是偷偷地幽会，还是被千金小姐的父母亲洞察私情。千金小姐的父亲以断绝父女关系相逼；千金小姐既有父父子子的家教，又有自由恋爱的热烈，两边的情意都断绝不了。倒是两个爱她的人都比她残酷。穷学生对千金小姐说，你回去吧，回到你的洋房里去吧，你的父亲会给你牛奶洗澡。后来千金小姐真回去了，回去之后是否真用牛奶洗澡，一直传说不一。

洋房有后门，便有前门，发展到石库门，前后门更是普遍的格局。前后门是上海的特色，前门朝南，是主人的进出，后门向北，给佣人做通道。当年的营造师有两点怎么也没有想到，第一点没想到，“文革”开始“走后门”之风大兴，出典就在上海的民居，因为前门是正大光明、正正当当走进去的，如果主人去走了自家的后门，必定是有见不得人的事情；第二点没想到，渐渐地，前后门没有了主仆之分，因为大多是租赁房，“文革”之后，还涌入了劳动人民，七十二家房客挤在一幢楼里过日子，洋房也不例外，独用厨房卫生间变成六七家人家合用，当年主人的居住条件，比当年的仆人还差。

只是有一个细节，很多人家保持着过往的前后门传统，信箱、牛奶箱还是钉在后门门上，后来人家多了，门上钉不下了，做一点延伸，钉在了后门一侧的外墙上。很多上海人都有这个记忆，每一门户的后门外七上八下的都是小木箱。虽然弄堂房子这一排的后门对面就是后一排房子的前门，但是约定俗成一般，小木箱基本上按在后门外，送报送牛奶也很有规律。木箱上写了毛笔字，哪一楼、哪一姓。上了锁后，会交一把钥匙给送报的送牛奶的，还真不会搞错。

假如千金小姐的父亲会给女儿牛奶洗澡，那也一定是在千金小姐的家里还是一家人独居洋房的时候，要是在1949年之后，不要说劳动人民来轧闹猛了，而且，千金小姐的父亲也买不起、更买不到足以倒在浴缸里洗澡的牛奶了。

牛奶的地位是高的，即使是在洋房里。绫罗绸缎，金银首饰，是值钱的，但是似乎牛奶有着某一种尊严和神秘，占据了更高的地位，而尊严和神秘中，似乎还有一种超物质的成分。

牛奶是从乡下来的，但是牛奶只有到了城市之后，成为了城市的一部分之后，它的超物质成分才会显现。上海应该是最早将牛奶作为城市元素的城市。曾经有人探究，上海女人的肤色为什么这么细腻润白，有人很直白地回答，是喝牛奶喝出来的，这很像是调侃而不是传说，但是如果看一看化妆品的广告，美白的成分还真都与牛奶有关；甚至有诸多的化妆品护肤品，还就是以牛奶命名，由此上海女人的绝佳肤色真应该是与牛奶有关。此中的牛奶当然不仅仅是美白，更重要的是营养。直至1990年代之前，牛奶在上海一直是上海女人的奢侈，同时也是憧憬和向往。订牛奶的人家，断不会让牛奶瓶的瓶底还留一二毫升的牛奶，一定是用水荡一荡，派了两种用场中的一种用场，或者就倒在牛奶锅里，或者当作最好的肥料浇在一小盆花上。

传说归传说，真实归真实。有一个真实的人，绝对称得上是所有女人的楷模，一生中也有一段有关牛奶的传说，她就是宋美龄。宋美龄喜欢喝牛奶，早在美国和上海居住期间，宋美龄就视牛奶为补品；因为她发现牛奶具有含脂肪低、颗粒小而容易被人体吸收的特点。为了保持自己纤细的腰肢永远不会变得臃肿，于是她就从所有补品中选择了牛奶。有一段时间，宋美龄几乎每天三餐之前都要饮一小碗牛奶。当然这不是传说。算得上传说的，恰恰也是宋美龄是否有牛奶浴

上海石库门

石库门生活是上海人挥之不去的情结。石库门的样式脱胎于中国传统三合院，砖木结构，由三上三下的楼房组成，采用联排式。后来发展成二上二下、一上一下楼房。最早创建于英租界，后流行于华界、南市及近郊一带。这幅作品描绘的是上海八十年代的街景。

TUNGFACHANG
文化
用品
公司

石庫門情懷

的喜好，之所以有这样的传说，因为宋美龄的肤色极好，即使在过了百岁，还是有着和她年龄不相称的白皙，还有就是她的106岁的长寿。确实有一位耄耋时髦外婆也说，她一生从不间断的营养，就是每天一瓶牛奶。

1970年代初，因为经济过剩危机，美国人将成桶成桶的牛奶倒入太平洋；也在差不多的时候，上海送奶车由手推车改为脚踏三轮车，也就是俗称的“黄鱼车”，脚踏肯定比手推省力，但是没有多久，黄鱼车被弃用，改用专门的脚踏送奶车。两种车的区别在于，黄鱼车的骑车人在前面，牛奶在身后；专用脚踏送奶车的牛奶在骑车人的前面。为什么要这么改变送奶车的车箱位置？因为当车箱在骑车人背后的时候，牛奶被人家偷走了一点都不知道。专用送奶车，所有的牛奶都在送奶工的视野之内，除非是抢，偷是偷不掉了。

要送的牛奶，一瓶瓶，一瓶瓶，放进了后门门上的牛奶箱，换走的是主人隔夜放在牛奶箱里的空瓶，然后锁上。

牛奶箱也就是清晨时分叫做牛奶箱，几小时后，它就是报箱、信箱。

在寄信年代，信几乎是唯一的通讯方式，上山下乡年代，家书抵万金，儿女来信抵万金，万金就在小木箱里。当然也会有情书。如果你知道会有情书来，你首先要若无其事地去掌管那一把小木箱的钥匙，去看一下那一封给你的、没有具体来信地址姓名，只写了“内详”两个字的信来了没有。这是青春期的悸动。小木箱里的牛奶，证明了这一家人家的经济，小木箱里的信札经历过你的曾经。

挂在洋房后门的小木箱，收藏了多多少少封无形的密札？收藏了多多少少个阴晴圆缺的故事？收藏了多多少少个与牛奶有关的传说？答案就在这一个终年被日晒雨淋的小木箱里。

在写这篇文章的时候，我去查了上海和牛奶的关系，太有意思了，我给自己补了牛奶的一课，像是乡下人补吃了牛奶一样——

传说中最早出现在我国的奶牛是400多年前由欧洲早期传教士和殖民者在东

南亚引种杂交后流入云南边境的。最早的牧牛场于1644年在北京西华山建立，那一年明朝灭亡。

1923年，我国最早的牛奶业同业工会“上海牛奶业同业会”在上海成立，次年我国最早的“政府乳业管理部门”——上海公共租界成立的“食品牛乳市场科”（1945年改名为“上海乳肉管理所”），也成立在上海。1928年前后，中国奶业出现第一个投资高潮。“西湖炼乳公司”共养牛四百余头，是当时我国最早最大的奶牛场。

1937年南京沦陷前夕，在重庆，宋美龄从成都要了一头奶牛留在身边，这头奶牛每天产奶40公斤，她给自己家留了4磅，另给孔祥熙、于右任等国民政府要员2到4磅，其他的都分给贫困孩子和孤儿喝。

1949年，全国奶类年产量为21.7万吨，平均每人每年为0.40公斤，每天平均为1.1克。从1949年到1978年的29年间我国奶类产量的年递增率为5.3%，当时的奶消费依然主要集中于北京和沿海的少数几个大城市中为数不多的优裕家庭和某些特殊人群。

1976年到1983年，牛奶供应日趋紧张，全国各地大城市都实行照顾卡等限制制度，例如上海规定新生婴儿照顾供应牛奶1瓶至1周岁，癌症患者、胃出血“+++”（俗称“三个加”，典型症状是，大便像柏油一样墨墨黑）及需吃流质病人，凭病史卡和医生证明照顾供应半年。

门当户对的上海男女

上海这一座城市的风情，

培养了上海女人的风情，风情是迷情药，

上海男人好的就是这一口。

“Made in shanghai”是购物的标准，也不妨说，是上海男人娶妻的标准。

上海制造的女人就是上海女人。每一个地方都会制造本地的女人，但是没有一个地方制造的女人，会像上海女人一样，首先会被上海男人视作娶妻的首选，同时又是其他很多地方的男人、尤其是成功男人的臆想对象，以娶一个上海女人为妻作为自己婚姻虚荣的大有人在。

上海男人将上海女人作为结婚对象的首选，地域文化的同质感当然是重要原因。更要紧的是，上海女人，就如同上海制造的轻工产品，她的有口皆碑，不是来自于肤浅的自夸，而是来自于她的品质，这一份品质又包含了她的内涵、外表、风格、属性……中国传统文化中女人的最高境界——上得了厅堂，下得了厨房，在上海女人身上得到了几近完美的统一。这种传统文化落实到当下的上海女人身上，是风情和贤惠的兼具。风情的女人比比皆是，贤惠的女人也应有尽有，唯独风情贤惠兼具的女人，就是上海女人，“上海制造”一点不为过。

上海这一座城市的风情，培养了上海女人的风情，开埠百年，历经西风东渐，上海女人的女人味油然而生，“适宜”，“作”“嗲”，滋生于上海，闻名于全国，是风情，或者说就是后来的小资情调。哪怕只是一个石库门里走出来的女孩子，每天都还会做一些倒马桶之类的家务，但是出了弄堂一转身，风情小资立刻展现无余。风情是迷情药，上海男人好的就是这一口。

只是更多时候，风情可远观而不可亵玩——玩不起啊。女人不会陪着男人喝咖啡那是没味道，要是女人天天孵咖啡馆，时时玩情调，风情弥漫，对男人不管不顾，这样的女人，不是普通男人的老婆。幸好上海女人除了风情，还有贤惠。上海女人的贤惠来自于上海这座城市的“规矩多”，江浙一带人家最重的是规矩，并且是有文化、有文明的规矩，对女人不求三从四德，而求做好一个女主人，女当家，要旺夫……这是上海做女人的规矩，也可以说是风范。上海女人便是在这样的风范教育中学会了有文化的贤惠，又将贤惠和风情互相交融，定型为“上海制造”。“上海制造”的女人为人妻，富裕日子可以过得雍容典雅，贫穷日子照样不失尊严。半小时前还在家里做家务，半小时后已经勾了男人的手臂去出席某一场应酬，脑子里一瞬间还掠过一丝女当家的课题：明天要买什么菜；不见得是倾国倾城之貌，却是骨子散发出来温婉适宜；不见得是一身品牌炫耀，却是打扮得一点看不出打扮的痕迹。

这样的妻子，以前有句话叫做“打着灯笼也难找”，事实上，曾经有许多地方的男人都以娶上海女人为荣。《上海的早晨》中的老板徐义德娶了个三姨太林婉芝，就是上海的高中毕业生；撇开小老婆的历史现象，资本家是有审美价值的。即使是《激情燃烧的岁月》中的土八路，也是如此热衷上海式的小资女人。对于上海男人来说不必打灯笼，风情贤惠兼具的女人就在身边，自己的女同学，自己邻家的女孩，自己的女同事，平日里也已经领略了她的风情和善解人意，当然是自己娶妻的首选。这并不是高低贵贱的不同，实在就是身处同一个地域文化便有认同感。有些事情，在这个地域是美德，是习惯，换到另一个地方却不再美，不习惯，甚至受不了。地域文化的迥异，决定了两个地域的男女亲密有间。上海男人也有喜欢其他地域女人的，不过高开低走的多于长治久安。上海男人承受不起女人给自己洗脚，承受不起女人的浓妆艳抹，承受不起女人隐约的霸气，承受不起女人狡黠中的土气……而上海女人更多的婚姻归宿也是上海男人，因为双方同为独一无二的“上海制造”。不见得是最完美的，一定是最合适的。门当户对。

或许有人会以为这是夸张，上海男人与上海女人也不至于是永恒的天作之合，事实上，如今上海男人结婚的对象未必是上海女人，也未必上海女人才会情投意合，上海女人的婚姻对象也绝非上海男人专属。那是当然，所谓上海男人与上海女人的婚姻，本质上是地域文化的相同。如果文化相通，文明相同，地域便会淡化，但是这是不可能的，北京人婚姻最大的比值，仍旧是北京男人和北京女人，山东、广东、安徽、黑龙江……概莫如此。问题却又来了：为什么上海男人和上海女人的婚姻，会带出一个“上海制造”的问题，会更加让人有兴趣呢？

那就想一想，中国有多少地方会有“Made in Shanghai”这样有煽动性？

常住户口

一个“的”字表明了上海女人不仅仅是地域性的女人。

穿了睡衣满街跑的女人是上海的女人，

但是还没有达到上海女人的境界。

要去大学做一个关于都市化与女性的讲座。因为写了《上海女人》，于是就断断续续做了些专题讲座。有趣的是所有的讲座主办者在邀请的时候，都省略了许多论文式的主题，直截了当地要求我讲讲“上海女人”，我自己都常常好笑，未经任何表决选举和认可，我怎么就成了上海女人的发言人？再转而一想，邀请者没有错，我没有错，听讲座者也没有错，在“上海女人”四个字上，大家有一种心照不宣的默契。所谓“上海女人”，是一个符号，它的内涵一定是上海这一座城市和这一座城市的女人文化特质的互动，而这么一句文绉绉的话，返璞归真、最实在的表达，还真比不过“上海女人”四个字。

在大学里讲上海女人是有危险的，我心里想明白的。大学和别的地方最大的不同，是学生来自各个地方，重点大学有一半学生来自上海以外的地域，一旦分寸把握不好，很会遭到非上海籍学生的群起而攻之，上海籍学生因为和非上海籍的学生是同学，也不会帮衬开讲人。在别的地方，可以将上海女人讲得花好桃好，在大学里这么讲是挖一个坑自己跳进去；但是又不能离开上海女人的主题。“上海女人”也有走得不顺的时候。

幸好。我差不多是用绕口令的方式，讲述了上海女人和上海“的”女人的关系。因为“上海女人”代表了都市化的进程，所以上海的女人不一定是上海女人，上海女人也不一定是上海的女人，一个“的”字表明了上海女人不仅仅是地域性的女人。我对大学生们说，所谓上海女人，应该是接受了海派文化和上海都市化进程的熏陶浸润、又推动提升了海派文化和上海都市化进程的女人。穿了睡衣满街跑的女人是上海的女人，但是还没有达到上海女人的境界；已故演员李媛媛不是上海的女人，她的影视形象是十足的上海女人。我知道那天有不少非上海籍女大学生在听讲座，将来她们中间肯定会有人工作在上海，恋爱在上海，结婚在上海，她们不是上海的女人，在很长的一段时间里，她们说起上海话来是硬邦邦的，她们在上海总有不认得的路，但是很有可能成为上海女人，她们将是上海都市文化的在线者，而上海的女人，肯定有下线的。我这么说一定不是为了讨好那一天听讲座的非上海籍女大学生，因为上海籍女大学生和她们的外地女同学，都没有把我推进坑里去。

多年前的那一首校园歌曲《同桌的你》，照样可以用来解释上海的女人和上海女人的关系。“谁把你的长发盘起，谁给你做的嫁衣？”这一个“谁”是谁？当然是将来携手步入婚姻殿堂的男人，但是也可以象征某一座城市，这一座城市可能比那一个男人更重要地决定了这一个女人一生的许多因缘，甚至包括决定了她的姻缘。

我很少将上海人和外地人作比较，而是习惯将上海籍和非上海籍作对应。“外地人”事实上是一种歧视的称呼，“非上海籍”才是人口文化的内核。做一个上海人，什么最重要，什么是依据？户籍才是根本。要做一个有户口的上海人，谈何容易。

1950 年代中期之前，上海没有严格控制户籍，城市外来人员都能获得上海户籍；从 1958 年到 1988 年，由于大量城市人口出生，上海收紧了对外来人员的户籍开放度。户籍开始“指标控制”，每年新增指标不到一万人，主要给予上海急需引进的人才、归国华侨、大学毕业生等，这 30 年间，上海人口自然增长基本来自于上海本地人口；1980 年代末期，上海城市人口进入负增长，城市对人才需求量增加，户籍指标与企业的投资规模、所在行业等开始关联。1994 年上海开始了户籍改革，实施蓝印户口制度，所谓的蓝印户口是指在上海市投资、购买商品住宅或者被上海市单位聘用的外省市来沪人员，在具备一定条件下，可经公安机关批准登记加盖蓝色印章，以示户籍关系的户口凭证。这是上海对外来常住人口首次实行的户口松动政策。

服饰品牌斯尔丽拥有者、上海斯尔丽服饰有限公司董事长邵联勤是当年上海蓝印户口第一人。1996 年，他花了 170 万元买下浦东金杨新村的两套商品房后，由浙江人变成“上海人”，然后在上海买地开厂，成就了日后的斯尔丽之梦。蓝印户口制度在制造了“购房移民潮”的同时，在当时也促进了上海最早一轮房地产市场的开发。因为按照原先的政策，没有该市户口就不能买地皮。蓝印户口制度 2002 年被取消，但这一政策缓解了上海当时的“卖房难”。

1949 年上海的人口是 600 万，1995 年刚刚开始实施蓝印户口的时候，也只有将近 1400 万，这之后南腔北调的上海人终于膨化了。天南地北的人乘了几个钟头的飞机，空降到虹桥机场，就是上海人了——因为有上海户口了，非上海籍转入了上海籍。

曾经有一句童谣：“1958 年，侬娘养出侬只小瘌痢”，为什么是 1958 年呢？因为大跃进刚刚开始，政府号召贤良母做光荣妈妈（生十个孩子），人口泛滥始于此时。那时候又是贫穷落后加上不卫生，家长管不过来孩子，小孩夏天多长热疮，上海话俗称痢痢头，于是“侬娘养出侬只小瘌痢”成为孩子们互相讥笑的童谣。其实满弄堂奔跑的“小瘌痢”时代，上海人口也只不过 1000 万而已。

别小看“小瘌痢”，他们是上海的原住民。曾经有社会学家认为，所谓文化地域意义上的上海人，应该截止于 1950 年代已经在上海生活以及由他们生下的后代，才是上海的“原住民”，除此之外，都是外来人口。所谓新上海人，从文化地域角度分析，和原住民肯定是有差别的，而且以后仍将有差别。上海人、外地人、上海“的”人、新上海人，互相融入，互相排斥，好像是长江口三夹水，黄色的长江、青灰色的黄浦江、绿色的东海，一起在流，却流不到一起，一直要流到太平洋才是完全无界。地域文化的玄妙在此。

某个夏日，在萨莉亚餐厅，目睹了一个上海的女人秀。来了几个白领模样的小女子，在餐厅墙角转角落座，其中一个小女子一袭白裙，远远看去，尤为瞩目。落座后白裙女抽烟了，抽烟只关乎健康无关是非，动作也真优雅。许是空调不足，白裙女要脱下吊带衫的外套，她是在抽烟，该是怎么脱呢？她没有放下香烟，而是叼了香烟脱外套的，之前的优雅，一下子也被叼走了。再顺着白裙女从头看到底，又看出了破绽，白裙女居然是盘腿而坐。远远的看听不到白裙女她们的说话，但是有人据此推断，白裙女一定不是上海女人，上海女人不会盘腿坐；善于并且喜欢盘腿，应该是北方人，炕上就是盘腿的。上海“的”女人，可以是上海的原住民，也可以是入了上海户籍的外来客。

附录一段上海人口演变记录——

《上海地方志》记载了 1949 年之后上海市常住人口演变，数据都是来自全国人口普查，当是权威准确的：1953 年 620.44 万人；1964 年 1081.7 万人；1982 年 1185.97 万人；1990 年 1334.19 万人，1995 年 1373.58 万人。2012 年上海的总人口达到近 2400 万，其中沪籍人口 1400 万。至于外来人口，1988 年是 106 万，2012 年将近 900 万。

上海人活法

所谓上海人，是经历了上海昨天活法的人，

而不是乘几个小时飞机空运到上海的人。

每一个地方都有每一个地方的活法，一方水土养一方人的“一方水土”就是活法。按照这么一种活法的普遍化原则，上海人的活法似乎也就是上海这一个地方的活法，就像是以前的地方粮票，也或者是当下的地方交通卡，有了它就可以在这一个城市畅通。如果仅仅是这样，那么上海也就不是上海了。比起任何一个地方，上海人的活法是最要紧的事情，要紧就要紧在，在上海要简单地活下去是最容易的，即使是乞丐在上海性价比也不低，但是在上海要活得好是最最难的事情。在上海，从大老板到小瘪三，这其中的社会层次到底有多少层，谁都数不清楚；上海本身的百年变化，又是常常变得回去路也不认得，于是上海人的活法，

上海邮政总局

上海邮政总局位于苏州河北面，四川路桥口。设计者为新怡和洋行建筑师、英国人思金生，由余洪记营造厂施工。主楼高四层，转角处塔楼实高八层，另有一层地下室，外观具有古典主义风格，是二十世纪二十年代远东第一流邮政建筑物，人们习惯称四川路邮局，1924年投入使用，也是上海人当时拍电报的邮政局之一。

这幅作品画的是邮政总局以前的场景，桥上有行人和老式电车通过。

上海郵政總局
庚寅年深秋日
武紅倩作

很可能是最需要隐忍、最需要想象、最需要努力、最需要抠门、最需要斤斤计较、最需要艺术……

正好读到了作家沈嘉禄《上海人活法》一书。它不是浅显的工具书教科书，没有像时尚地图一样带领你速成一个上海人，游荡在时尚圈内，自己觉得上海味道很熟，别人还是不把他当作上海人——所谓上海人，是经历了上海昨天活法的人，而不是乘几个小时飞机空运到上海的人。沈嘉禄娓娓道来的，正是上海人的昨天的活法和今天正在想好好活着天天向上的千方百计。

上海人的活法是上海人的心计，似乎很精神，实在又是很物质，因为上海人的心计千变万化，总是依托于自己的居住环境。“螺蛳壳里做道场”是多年来上海人的居住环境，恰又是上海人的活法原则。小时候听长辈这么说的时候，并不知道道场是什么，还以为是“稻场”，想想这一个螺蛳壳也真是蛮“结棍”的，及至知道了“道场”的意思，就明白了上海人活法的最厉害之处，是在最狭小的物质空间里要演绎最深奥的精神生活。张艺谋拍的《一个也不能少》，说的是读书的孩子一个也不能少，在上海人的活法里，始终也坚持着“一个也不能少”，那是城市生活的享受元素一个也不能少。沈嘉禄本人就是“一个也不能少”的亲历者，他有过拍照片洗印照片的爱好，那一架照相机在二十多年前花了他整整四个月的工资；他还有过弹吉他的爱好，应该是在夏日里的弄堂口，一帮子小青年被称作是“路灯下的宝贝”，在弹琴中憧憬谈情，琴与琴之间当有水平上落，当有互不买账，于是一条弄堂一条弄堂地PK过去，胜者为王，琴胜当也情圣。当然那时候还没有PK这个词，而是叫作“斩琴”，很形象的。除了吉他、小提琴、手风琴，当然还有微小的笛子口琴之类，常常会在某一个阁楼或者老虎窗里飘出些许声响；钢琴几乎没有，因为螺蛳壳里放不下。

但是很有可能，当某一家人家终于从螺蛳壳里搬了出来，搬进了新买的房子，看热闹的人一阵惊叹：简直是古彩戏法，从螺蛳壳里搬出来一张红木大床，搬出来一只红木大橱……是祖上留下来的，也可能是几十年前淘旧货淘来的。“上海人活法”不简单哪！

公交车上的辣身舞

20年前公交车上，平均每平方米有30只脚，脚是踮着的芭蕾舞，胸是贴着的辣身舞，脸与脸之间一口口热气哈出来的是贴面舞。

南京路是很风光的马路，但是南京路也是一条交通要道，有一部20路无轨电车从南京东路外滩开到静安寺，还有一部27路一直要开到杨树浦。全国人民都知道南京路人多，但是上海人知道，南京路的公交车人更多，因为人多就多在上下班的高峰，那时候还没有地铁，这一个那时候，超过20年了。

每一天早上必将发生的事情，当然每天黄昏也必将发生。高雅的说法是候车，现实的说法是轧汽车，像轧钢铁一样。20年前的等车人，有许多“合并同类项”可以提取。等车人服装几乎都是蓝灰色的中山装，这个款式，在国际上被称为毛服装，因为是毛泽东会见外国人的常年款式；许多人还戴帽子，想想在国际饭店下面，西北风呼啸，站十几分钟等车，帽子也就是男人取暖的必须，有八角帽、鸭舌帽、绒线帽之类；人们的表情是冷漠甚至略带敌意的，不怀敌意就轧不上去。公交车一定是脱班了，强壮的人拉着车门顺势向前小奔，再体验一个成语的意思：捷足先登。

南京路上的公交车尚且拥挤到如此这般，别的马路就不必说了。很像如今的民工春运潮。当年上海人上班的路上单程两个小时，外加转三次车，属于家常便饭，都不好意思说自己路远的。有人作过统计，在上下班时刻，公交车上平均每平方米有30只脚，脚是踮着的芭蕾舞，胸是贴着的辣身舞，脸与脸之间一口口哈出来的热气在徘徊贴面舞，甚至就吹进了耳朵，痒兮兮而苦于手不能揉一揉，因为手垂在下面提不上来的；假如遇上一个吃过大蒜韭菜的家伙，而且还长长的同路，那就活该闻大蒜韭菜味儿。比起现在地铁的“贴邮票”式拥挤，有过之无不及，只是那时候的人耐挤，只要两只脚踏上去，屁股露在车门外，没有关系，自有纠察把你推进去的。

公交车的车型改革和线路改革如此应运而生。比如大站车，有些站停有些站不停，一如当下地铁的实验，还比如“大篷车”，几乎没有座位，可以挤上去更多乘客，它的诨名来自于一部印度电影的片名：只有顶篷没有位子。

公交车就是这么拥挤，三个车门两个卖票员，肯定是管不过来的，逃票变成了和随地吐痰同样随便的事情。为了 4 分钱 5 分钱，要有诀窍和门槛，混过卖票员，当然还一路心跳，好不容易靠站要下车了，猛然发现站下有七八个人戴上了红袖章，堵住三个车门——那是公交公司的纠察查票，抓住要罚的。还好发现得及时，再多乘一站，下车，再往回走一站路。回到家里，天色倍加暗了，还一脸双重的得意，因为省了 4 分钱，还逃脱了查票。

现在有逃票，当年也有。现在车上有小偷，当年也有。只不过现在的逃票和小偷都是操各地方言，当年的逃票和小偷都是本土人。也就是在 20 路无轨电车上，有一个星期天的下午，在南京路陕西北路口的平安电影院站，上来一个男青年行窃，真是触霉头，失手被抓。更加触霉头的是，这一个男青年是一个惯偷，刚刚刑满释放不到半年，那一天他和新交的女朋友到平安电影院看电影，位子坐定，一看手表还有 20 分钟，他手就痒了，对女朋友说要“出一泡屎”（上个洗手间），出门就上了 20 路；没想到这一下无轨电车就开远了。男青年被扭送到派出所，女朋友还在电影院等他“出一泡屎”回来。当然怪男青年自己，如果还要怪的话，那就要怪当年的马路太顺畅。那时候车是挤的，但路是不堵的，如果不是手气不好，20 分钟足以到公交车上去做一把，还要回到电影院和女朋友卿卿我我一起看电影呢。

没有月饼票的中秋

顾客都是假的，营业员也是上级公司派下来的干部——能够被拍到照片里面去的荣誉当然就被干部们独享了。

有一张老照片拍了中秋节食品店买月饼的情形，有小记者就请我鉴定详解，我不懂珠宝书画文物，却擅长定夺二三十年前的社会生活。

20年前也有中秋节，20年前月饼也是中秋节的主旋律，但是20年的民风渐变，将中秋节包装成两个很不相像的节日。

这应该是淮海路上的长春食品店，“文革”时改名红旗食品店，“文革”后又改回原名沿袭至今；长春食品店很狭长，店外正好是公交车站，凭着公交车正靠站上下车，我判断这就是长春了。

杏花楼的月饼一直是上海人的最爱和骄傲，20年前的价格大约是2角—6角一个，2角的是百果，4角的是金腿，椰蓉是当时的极品月饼，每只6角。一盒月饼8个，加起来也就是三四块钱。不过那时候的月饼都是散装装盒的，装的也仅仅是纸盒，一个盒子的价钱应该就是一毛钱，如果只是自己吃，不装盒，又可以便宜一点。因为是散装，所以营业员就要拿个盘把月饼一个一个夹起来，然后回到柜台“笃算盘”，每一盒月饼的价钱是不一样的，又要一只只地装盒，而且月饼当时是很紧俏的时令食品，所以买月饼一定是排队的，而且要排很长的时间；常常好不容易排到了，“豆沙”卖光了，又要临时重新排列组合，尽量做到价廉物美。

别看着月饼很充足，顾客也是热闹又井然有序的样子，这样的场景是经过加工的艺术新闻照，社会主义新生活的假新闻当年很多很普及，而且也不把它当做假新闻，真正的买月饼盛况和当年小菜场的吵闹也相差不多。因为当时月饼是中秋节的形象大使，极其紧俏，供不应求，但是借用中秋节宣传人民生活富足也早已是惯例，所以这样的假新闻照片就诞生了。店堂灯火通明，顾客都是假的，营业员也是上级公司派下来的干部——能够被拍到照片里面去的荣誉当然就被干部们独享了，所以“假营业员”的穿戴当然也考究得多，穿的都是百褶裙，这也是当年的流行。所有人中，只有店门外面的围观倒是真的，那时候凡是有摄像机照相机的地方就有围观。

如果说还有什么是真的，那就是当时的月饼都是自己出钱买，绝无月饼礼券。有送月饼的，送的对象仅仅限于自己的父母亲和爷爷奶奶外公外婆这样的血缘上辈，从来没想到过可以当作礼品送外人的；自己也会买几只喜欢的，那就不必装盒了，将送月饼上升到送月饼票，以嫦娥奔月明明白白的名义，行使不明不白的沟通，是如今吹不走的中秋风气。喜欢月饼的人不多，拒绝月饼票的人没有；但是从钱包里掏钱买月饼人还是有。

西短时代

这样的凉鞋前端是两条交叉的带子，脚后跟再加一条，与男人的关系，几乎像胸罩与女人的关系一样。

看到这张照片，我说这就是 20 年前的南京东路，在中百一店的东面，是现在的中百一店新楼的地方，但是立刻有人不同意，认为这是一条南北向的路，更像是西藏路。他这么一说，我也找不到反驳的依据，恰好有第三者站出来说，这肯定是南京东路，因为有钟为证，照片右上方的墙面上有一个钟，钟是一个形象，在钟的下端，是百年老店亨达利。这么一论证，南京东路也就被确认了。

在步行街诞生之前，南京东路是名副其实的远东第一街，第一街的最初内涵，当是四大公司领衔，渐渐地，远东第一街的内涵，更是因为人潮涌动而无与伦比。80 年代以南京路为代表的上海形象，也只剩下人流如潮唯一的骄傲了，如潮的人流中，多半又是外地人在流连忘返，这多少有点落寞贵族的味道。人行道是加宽的，已经将原先自行车慢车道吞噬，护栏外就是公交车的快车道了。即便如此，挪动脚步在南京路还是极其缓慢，假如当时有一个三寸金莲的老妪要走一遭南京路，只要有人搀扶，步幅和步频不见得会输给大脚。许多时候，兜半天南京路的商店，是消耗在了南京路上的寸步难移中。

而且南京路向来没有行道树。真要佩服七月流火的光天化日之下，还有那么多人会有那么高的徜徉南京路的热情，其实那时候商店的空调都还不曾有，只有头顶上的吊扇呼呼呼地猛转。于是当时的男人基本上都是“短裤党”——西装短裤也算是当时的流行，简称西短。西短比原来的没膝短裤要短得多，几乎像平脚裤一样的短，所以若是平脚裤稍长，就会长出外面的西短。那时候的男人也真有资格穿西短：没有啤酒肚，没有大象腿，脑满肠肥绝无可能，躯干细而长，健康得不得了。与西短交相辉映的是脚上的凉鞋，凉鞋前端是两条交叉的带子，脚后跟再加一条，当年这样的凉鞋与男人的关系，几乎像胸罩与女人的关系一样。当年还很少 T 恤，大都是白色短袖衬衫，质地当然是涤棉的，也叫做“的确凉”，其实一点不凉。

男人身边的女人，有穿百褶裙的，有穿一步裙的，有穿连衫裙的，色彩不俗，可以看出上海女人与生俱来穿衣服的意境；当然也有很雷同的地方：所有的裙子下摆都长及膝盖，领口的“淹没度”很高，领口之上便是颈脖，绝无低胸的、吊带式的、无肩无袖的，也绝无超短裙和热裤，女人的曼妙身材一概藏而不露。不知当年照片中的年轻女人看到自己的当年，是否会感叹生不逢时？

汏浴回家邂逅了9寸电视机

时势造英雄，时势也造荒谬。在荒谬的社会里心理荒谬，按照“负负得正”的定律，倒是不荒谬了。

某次，电视台约我参加一个谈话节目，主题是 9 寸电视机时代。我逗了下编导：做这样的谈话节目最好有实物，也就是有一台当年的 9 寸电视机；编导说，他有当年的纪录片；我说纪录片没有视觉冲击力的，就是要有一台真实的 9 寸电视机，“飞跃”“凯歌”都行；编导哈哈一笑，当年的 9 寸哪里去弄啊，没有人会留着的。我跟他说，你错了，有人留着；谁？就是我。编导简直要跳起来：你有 9 寸电视机！做节目的时候，我将那一台 9 寸“凯歌 4D4”带到了录像棚，所有的青年朋友们简直像是欣赏出土文物一样目瞪口呆。编导问我，这台电视机还能看吗？我略带狡黠地挑衅他，只要你现在还能发射无线的电视信号而不是闭路信号，并且还有5频道、8频道、20频道，我就能把它开出来。后来这档节目还获得了电视台领导的嘉许，编导说，亮点就在于真实的9寸电视机把观众带回到了1970年代。

距今38年前的1975年初冬，经过了淮海中路电影局对面的“新歌无线电商店”——到了80年代，这家商店改名电视机商店，如今早已“香消玉殒”，在它的旧址是一家工商银行。至于当年的电影局所在地淮海中路796号，也已经由世界奢侈品牌集团历峰商业集团接管，造就了上海顶级奢逸生活地标——“淮海路796”。

经过新歌的时候，看到了商店橱窗外人头比往常多，还在议论：9寸电视机跌价了，橱窗里的9寸新标价300元，足足下跌了60元。

虽然国产电视机问世于1958年，但是没什么人买得起，只是一些大单位里才会有。真正让人开始心动是在1972年9寸晶体管电视机的诞生，都是上海的产品：“飞跃”和“凯歌”。

那一天我是和我的哥哥从新歌一起走过。经过的原因是去淮海浴室洗澡，洗完澡回家既然经过新歌，也就邂逅了刚刚跌价的九寸电视机。两个年轻人的冲动决定了我们家里的领社会时尚风气之先。我的哥哥已经工作多年，我也是有了两年的工龄，我们决定两个人共同投资。算了一下，他钱多，是大股东，咬咬牙，出资三分之二，我跺跺脚，入股三分之一。当天就去银行提款。那时候，谁都不会有300元现金放在抽屉里，那是要吓出心脏病的。

在回首当年看电视的时候，大家更多的是想到了向阳院集体看电视，这确实是当年荒谬年代罕见的人文景观，但是这不是9寸电视机的全部。在堪称空前绝后、却又体现了社会共性化生活方式的人文景观背后，还有许多个性化的细节，像是小行星一样绕着9寸电视转啊转的。这些个性化的细节，犹如在数万人的团体操，屏蔽了所有的个性，但是个性仍旧在共性中蠕动，哪怕是打了一个哈欠或者喷嚏。

我和哥哥的钱绝大部分还只是银行的存款。印象中，他是整存整取的，我是零存整取的贴花储蓄。贴花是当年银行的常规项目，连里弄小组长手里都会有空白的贴花单，在银行买了贴花后自己贴上去，一元一份，一般是四张一元连贴，一年累计是 48 元。我贡献的是两张，96 元。我和哥哥都不舍得提前领取，那要损失太多的利息。印象中，好像从自己的活期储蓄里提了一点，又和父母“调头寸”，凑满了 300 元。

买电视机这么一件当年的大事情，一定会滋生大事情的心理。荒谬年代的心理，如今回想起来也是荒谬的，虽然荒谬的心理就发生在自己的心里。要去把电视机背回来了，父母嘱咐带一条床单去。父母关照，不要让弄堂里的人看到我们买电视机了，影响不好。可怜哪，柜台前个把小时调试电视机、被围观、付钱的亢奋得意，被一条床单严严实实包裹起来，像地下党一样悄无声息把电视机带回家。经过弄堂，走上楼梯，邻居用诡异的眼光在打量床单里的东西。幸好，当年电视机只有 9 寸大小，床单包得起来。在电视台谈话节目里，我回忆了这一段荒谬的记忆，年轻的主持人完全是不可思议的神态，为什么？为什么！当下的刻意显摆炫耀固然肤浅，但是刻意地隐瞒得意，刻意地破帽遮颜，是否也有点心理扭曲？我对主持人说，你不是那一个时代的人，你只能以正常社会的心理衡量那一个荒谬社会。一方水土养一方人，一个时代也造就一代人；时势造英雄，时势也造荒谬。在荒谬的社会里心理荒谬，按照“负负得正”的定律，倒是不荒谬了。我至今还记得，当我和哥哥小心翼翼各自拎了床单包裹的一角穿越弄堂时，在邻居诡异的眼神里，我看到了自己的心脏在扑通扑通地乱跳，虽然我一脸镇定着微笑。

床单包得住电视机，却是包不住电视机的声音，而且也在本质上就没有想到要把自己“扎台型”的事情包裹起来。于是，三伏时刻，在弄堂一角的向阳院里几十人集体围观电视机的时候，我把电视机搬到了晒台上，把音量调得很响，像是弄堂电视机的回声，在回声中，有邻居在寻找，在私语，在对着我家晒台指点……虚荣心总是会找到它的出口。

9 寸电视机是中国电视时代的序曲，就像几乎所有的乐曲的序曲都会给人留下永久的美好回忆一样，9 寸电视机的记忆恰恰是社会市井风俗的记忆。因为珍贵，所以会给它做一个罩子，减少灰尘，而且还是放在高高在上的五斗橱上最有神圣感的地方，在放电视机之前，还通常摆着毛泽东的半身石膏像。因为小，还做一个座架，还是因为小，有人发明了放大屏，还带颜色的；报纸上经常会有如何使用电视机、延长电视机寿命的实用知识。

序曲还未结束，第一乐章便是汹涌而来。14 寸，18 寸，彩电，通宵排队，开后门，凭票，兑换券，出国免税商品，黄牛，涨价，嫁妆……社会上几乎所有的市井风俗，都可以在电视机的供求上找到落脚点。这就是为什么相隔了 40 年，9 寸电视机这么一个小东西仍旧是我们津津乐道的话题。

如今当然不会再有几十个人看一台电视的奇观了，但是新的时代照样产生新的奇观。几十个人聚在一起的时候，是各自看各自手里的手机或者平板电脑，很多人兼而有之，一人一机都不止，这就是当下的市井风俗了。写这篇文章的时候，我突发奇想，用尺丈量了一下平板电脑的对角线尺寸，25 厘米，换算为英寸，约 10 英寸，比当年的 9 寸电视机还大 1 英寸，但是它只能是一个人的掌中物。在 9 寸电视机到 10 寸平板电脑之间，横亘着的是一个世界和几多时代了。

皲裂的手牵着风筝的绳

只要把风筝做得足够的好，只要有足够长的线，
风筝可以穿过云层，可以和飞机飞得一样高，
想不出有什么不可能的理由。

大部分男孩子的游戏是生动的、生猛的，但不是浪漫的，比如斗鸡、刮片、打弹子、滚铁圈，至少很少在电影电视剧里会看到；浪漫散落在女孩子的游戏里，踢毽子、跳橡皮筋、翻麻将牌，很容易当作爱情戏的佐料。当我把这两类游戏分门别类的时候，发现了一个现象：有浪漫成分的游戏大多发生在空中，有一个窜跃和升空的过程。想到空中的时候，仿佛就看到空中的风筝，就是那么一种自己做的最简单的后面有两根飘带的风筝——再也没有什么游戏比得上风筝的浪漫情怀了。

在风筝几十米之下的屋顶上，有两个男小孩穿了蓝布中式老棉袄，脸肥被西北风吹得像国光苹果红扑扑，收线拉线的手黑擦擦的已经皲裂。风筝也有小姑娘一起玩的，但是小姑娘是跟着男孩子一起玩的，基本上是一个助理，站在一旁把收下来的线绕起来，风筝悠然飞在空中，也就是不会掉下来的时候，小姑娘去象征性地拉一拉风筝的绳，算是放过风筝了。做风筝、爬屋顶、放风筝，男小孩是铁定主角——男小孩的游戏要么不浪漫，一浪漫就浪到了天上。从琼瑶的言情电视剧，到艰涩的现代小说，风筝的线就从来没有断过，甚至还蕴含所谓的哲理，当理解人的命运的时候，每一个人都像是风筝，飞得再高，也得受人掌控，还是个线控的玩艺。

小时候曾经这样想，只要把风筝做得足够的好，只要有足够长的线，风筝可以穿过云层，可以和飞机飞得一样高，尤其正当有架飞机从风筝的上空飞过的时候，想不出有什么不可能的理由。当然还必须是在屋顶之上，像那种在弄堂里头顶拉一只风筝往前跑，肯定是一只小小鸟，怎么放也放不高。在屋顶上，你看到别的屋顶上也有人在放风筝，你放你的风筝，你看别人在放别人的风筝，别人也在看你放你的风筝，与当年美国和苏联争夺军事上的空中霸权性质也差不多。就是等着看别人风筝放不上去、放上去了倒栽冲的笑话，别人也一样。

笑人家的次数多了，就觉得要去会会高手。当年的人民广场是一个放风筝的大舞台，只是到了人民广场，便知道了天高地厚。人家放的怎能叫风筝？倒不是龙，是一条几十米长的蜈蚣。现在想来有点奇怪，腾龙常在地上舞，爬行的蜈蚣偏要飞上天。十几个人在放这么一个风筝，有老大，有帮手，上百个人在看，头抬得老高老高，而那个老大，却是坐在自己带来的折叠凳上，抽着烟，不看风筝，一只黑铁木托颜色的茶瓶摆在地上，肯定是吃浓茶的；他偶尔对下手关照几句，很“老卵”的。在他身边也围着一拨人，算是粉丝了。男小孩书包里的风筝还敢拿出来么？当然，拉着风筝满广场飞奔的孩子是有的，那是些从来没有爬上屋顶放过风筝的小赤佬。

悻悻回家。经过广场附近的小马路，电线杆横七竖八的电线上，几乎都挂着小风筝的残骸，那是脱了手的风筝被风刮到了电线杆上。天色已黄昏，风筝卡在了电线杆上，风筝的两根飘带还在飘啊飘，像是一个生灵在挣扎。虽然即使取下来也已经坏了，虽然风筝还可以再做的，但是总是有点为它们可怜。

再顺便说说“老卵”这一个上海话词语。“老卵”初听上去有点脏，至少是不雅，但是拂去脏和不雅的表象，发现这一个词的含义很广很多重。老卵的男人，社会地位不高，口气蛮大，看到谁也不买账，讲得出一大套理由否定对方。老卵的男人嘴巴是老的，生活（做各种事情的能力）是好的，啥人也比不过他，还上知天文地理，下知鸡毛蒜皮。他不买账别人，别人倒是对他买账：侬老卵格！我就老卵，哪能？

“妹妹”情结

这一个“妹妹”，就在隔音不算太好的隔壁和楼下，

就在弄堂里，只有母亲和女儿心心相印，

一声声略带拖音的“妹妹”，是弄堂市井的轻音乐。

中国有些地方的女孩子会被以“妹”相称，比如四川女孩叫做川妹，湖南女孩叫做湘妹，这一个“妹”，哈尔滨女孩可以叫做哈妹，感觉上女孩的模样正暗合了家乡的山清水秀；有些地方的女孩子被叫做“妹子”，似乎就有了点滴刚性和爽朗。妹子也还是妹的意思，都是单音词，在她们的家乡，很亲切，在上海，却不能单音词地称妹，“上海妹”，那是很侮辱人的称呼。

上海的女孩子要以双音词称呼：妹妹。

作家孔明珠将她们定义为“上海妹妹”，这是她的一本书的书名。确切地说，

这并不是孔明珠对上海女孩的定义，是她作为一个曾经的“上海妹妹”，对上海这一个城市和这一个城市的女孩之间柔软互动的忆旧。

忆旧的是上海俗常女孩子的俗常生活。尤其是1980年代以来，上海女孩的风情与规矩，眼界与尴尬，灵秀与内敛，细腻与隐忍，似乎唯有“妹妹”这一个称谓才贴切于上海。这一个“妹妹”，我们是听得到的，就在隔音不算太好的隔壁和楼下，就在弄堂里，外人听不出什么区别，只有母亲和女儿心心相印，一声声略带拖音的“妹妹”，是弄堂市井的轻音乐。这一个“妹妹”，我们是看得到的，那一个背了书包和女同学手挽手弄堂里蹦蹦跳跳的，那一个带了男朋友回家羞答答地穿行于弄堂乘风凉邻居夹道欢迎的，那一个总是可以把最时髦的穿戴修饰最巧妙地散落在自己身上的，是弄堂市井的水粉画。这一个“妹妹”还是我们认识的，那一个长得娇小却是当了我们小学大队长的，那一个青春期发育特别早的，那一个两用衫外面总是戴一副袖套的，那一个过早地替父母操持家务的，是弄堂市井两性关系的风俗人伦。

上海妹妹的过来之人，方能把握住上海妹妹的情结。有一次看电视正看见孔明珠在讲小时候家里吃蟹的故事。黄昏时候，父亲回家，一手拎个包，一手拎了一串大闸蟹，到了家门外，两只手腾不出来，便叫了声：妹妹，来拎蟹。这一声“妹妹”，和父爱有关，和吃蟹也有关。不管是对玫瑰细沙月饼的体会，还是对烫头发的勇敢，或者是对电话妹妹的怜爱，所有的场景非上海莫属，非上海妹妹莫属。

小女人小聪明

上海女人最大的本事就是将有限的人民币，

投入到无限的爱好和虚荣中去。

“精明而不聪明”似乎是上海人的一块胎记。偶尔翻到一本书《上海头脑》

倒是哪壶不开提哪壶，偏偏就说上海人的小聪明，比如上海人的市井头脑、人际头脑、家庭头脑、消费头脑、职业头脑、理财头脑、时尚头脑、学习头脑……以前有句著名的话，叫做大河满了小河满，但是倒过来想，常常也是小河满了大河满，当一个人各方各面都充满了小精明的时候，总和在一起，就是一个人的大聪明。

不过这样的上海头脑，基本上是上海女人的头脑，因为在平和而市井的生活中，男人比较木讷，唯有女人才是头脑高速运转，从和小老板讨价还价，到与邻里相处到买房买车，男人是钱包，女人才是掏钱包的人。掏钱包方显上海女人头脑的灵光和上海女人头脑的历史传承。上海女人最大的本事就是将有限的人民币，投入到无限的爱好和虚荣中去。

上海女人有一大爱好是结绒线，上海女人还有一大爱好在布店算料、买零头布。布店考验的是一个女人的“胸有成竹”的能力和审美眼光。上海曾经有那么多名牌缝纫机，就该推理出上海同样盛产手勤脚俭的女人：会买布，先要会量体，知道一件衬衫要买多少布，一条裙子要多少布，还要会裁衣，还要会踏缝纫机，会把一块布做成衣服穿在自己和家人身上。上一代的上海女人，是时尚流行的DIY的源泉——一切都是自己动手。而且，更有不少女人会在布店里寻找到精神价值。她们自己会套裁，于是就可以省下3寸5寸布料，连营业员都觉得不可能的时候，女人有那么点得意洋洋对营业员说：我晓得格，侬剪好了；女人甚至会和营业员切磋如何套裁，营业员也算有经验了，但是被女人套裁的方案一说，还真服了她；于是营业员哗哗哗地抖开布匹，尺一量，裁缝剪刀顺势滑过去。女人看得很清爽，自己到底是面熟的老客人，营业员量好尺寸，还放了一码，大约是拇指的宽。

更让女人沾沾自喜的是打折的零头布，考验的就是女人眼明手快脑子灵，眼珠一转就算到了用处；几天之后穿在身上，逢人便炫耀自己的巧夺天工。上海女人向来被认为是最要面子的，甚至就是死要面子活受罪，实在上海女人的面子是动脑子动出来的，是动手动出来的。动脑是心灵，动手是手巧，和在一起就是心灵手巧。套用当今阿迪达斯的一句广告词：没有什么不可能——Impossible is nothing。

上海女人是最能体现“多快好省”的女人。多是身上翻花样多，快是频率快、周期快，好是穿在身上一定山青水绿，省当然就是省钱了。多快好省四个字中间会一个字并不难，难的是把互相抵触的四个字拿捏在手里。

以前上海女人有办法将几团烂绒线结成一件时髦的绒线衫，如今上海女人有办法将一件没面子的事情上升到有面子，将一件原本属于小家子气的事情上升到时尚的生活理念。某日在酒家用餐，买单时问能不能打折，服务生当然不肯；偏偏座中一位上海女人眼尖，看到酒家远处报栏里插着杂志，当即拿了过来，稔熟地翻到其中一页，当着服务生的面撕下一角给服务生，服务生没反应过来，女人已经问了：这下可以打折了吧？服务生不情愿地点头。上海女人撕下的杂志一角就是这个酒家的打折券，害得酒家服务生立刻从报栏里撤下消费杂志。做这样“沓便宜”的事情，上海女人心情好得不得了。不论是买了什么东西，只要是打折“沓便宜货”，上海女人不仅不会遮遮掩掩，反而还要到处宣扬，她的虚荣心常常不是因为天花乱坠而满足，而是因为觉得自己会“沓便宜货”、会生活而惬意。这就是上海女人在多快好省中自得其乐的境界。

上海女人的头脑，像上海的马路交通，既有红绿灯的规范，又有穿小弄堂的灵活，所以不管钱多钱少，日子安排得总是妥帖。

睡衣与困衣

按照某一位爱穿睡衣上街的女人的说法，

衣裳里面戴胸罩穿三角裤的，就不是睡衣。好像也有道理？

如果说上海女人有一百个优雅值得称颂，如果说上海女人有一百个妩媚值得嫉妒，那么上海女人至少有一个缺点，至少有一个不能忍受的低俗，足以减去九十九个优雅，减去九十九个妩媚，那就是上海女人穿了睡衣满街跑，只要是在夏天，甚至也包括晚春和初秋，那一身上下的睡衣是上海女人的标准服装了：白底子、酱红或者宝蓝或者土黄的小花，袖口和下摆镶了一圈深色的滚边，上衣有袋，裤子也有插袋，考究的做工示意着，决不是自己缝纫机踏出来的。

虽然并不是每一个上海女人都穿睡衣上街，而且也可以说，很多上海女人极其看不惯穿了睡衣上街的，但是这一笔账就算在上海女人头上了，成为上海女人的一个话题。毕竟也是上海的女人。但是如果去问问穿了睡衣的女人，她们会眼睛一瞪说：问得怪哦？这衣裳有什么不好？是不是叫我穿三点式，还是叫我穿西装？说话的时候，说不定还带出了一些“册那册那”的市井切口。

市井文化有市井文化的肤浅，市井文化也有市井文化的理由；越往弄堂深处走，市井文化越肤浅，也越有理由。睡衣也是如此。其实所有对睡衣女人的抨击，都没有弄明白穿睡衣的女人为什么穿睡衣上街，更没有弄明白她们是从来不会穿了睡衣睡觉的，她们晚上睡觉时候穿的是困衣，是极其简单的汗衫短裤，考究的睡衣她们可是舍不得睡觉穿的；在她们眼里，上街的睡衣不是睡衣。她们的老公也是穿了睡衣陪她们荡马路的。有一个事实可以证明她们的说法，她白天穿睡衣的时候，里面是戴胸罩穿内裤的，晚上睡觉时候穿的困衣短裤里面是真空的。按照某一位爱穿睡衣上街的女人的说法，衣裳里面戴胸罩穿三角裤的，就不是睡衣。好像也有道理？

她们居住空间极其狭小，必定是公用的厨房公用的卫生间；在夏日里她们从房间到厨房到卫生间不知要走多少趟，不像独门独户的主妇，甚至可以做裸体家务。她们没有这个福气，每天睁开眼睛看到的是七十二家房客邻居，当然要有一套可以走来走去的衣服，又要可以做家务的。她们觉得睡衣还真是蛮大方的，该遮住的部位全部遮住了，还很宽松很风凉，在充斥着男男女女邻居的公用场所，也很自然。还真要诅咒睡衣的设计者，恐怕也是深谙女人的尴尬，才会有设计上的灵动：睡衣居然是有衣袋，上衣有袋，裤子也有袋。要知道夏天女人上街最烦的是什么？是一身上下没有一个衣袋，睡衣的衣袋恰恰又助长了女人穿了它上街，一边袋袋里放点小钞票瘢头分，一边袋袋里塞只马甲袋，去菜场就方便了。在家里，睡衣的衣袋也有实际的用场，比如放一只一次性打火机到厨房间点煤气用，比如放一串钥匙回房间时用，比如放几张手纸去公用卫生间就急。没住过公用住房的人，根本不知道这一些鸡零狗碎的重要性。

对于她们来说，睡衣是她们白天居家生活做家务的工作服，两套睡衣调上调下，每天洗一把，用衣架晾得服服帖帖；穿在身上还真蛮好看的，还真不便宜的。如果有人会跟她们说睡衣不文明，她们会反唇相讥：侬帮帮忙，我穿了嘎许多衣裳还不文明啊？难道还是穿吊带衫文明？只有等到她们搬到独门独户的新居后，才会对睡衣有新的想法。存在决定意识，在什么时候都是一定的。

甲方乙方

很多人已经习惯了上海有外滩，有陆家嘴，
有五千万一套的豪宅，渐渐地淡出了一些身边的记忆，
矮平房，低保，结不起婚……

这是真的吗？当然是真的，为什么这么问？看上去就像是真的，如果是假的一看就看出来的，但是会有这样的事情吗？比如会为了一套几十平方米的小房子同胞手足大动干戈？会为了几十年前的恩怨血缘至亲老死不相往来？上海真会有这样贫寒的生活水平？真会有这样格斗的家庭矛盾？自从在电视台星尚频道“甲方乙方”节目担任嘉宾之后，经常有人这么问我。如果仅仅是一个观众，或许我也可能这么怀疑，但是一次次亲历现场，一次次感受本是同根生的兄弟姐妹、本是相亲相爱的“甲方”和“乙方”的喜怒哀乐，很自然这么想，这也是上海生活的真实。

世界很小，社会很大，天涯海角的信息尽在掌控之中，但是同一个城市的真实故事反而闻所未闻。其实，更加闻所未闻的是一个一个群体，也是一个一个

世界，他们的生活方式、生活水平和生活渴望。曾经有过一个案例，坐在面前的“甲方”我似曾相识，做完节目，这一个“甲方”还要找我聊聊，这种情形蛮多，但是这个“甲方”对我说她认识我，她和我三十几年前还是同一个中学，并且现在她和我居住在同一个区。说起三十几年前的中学时代，“甲方”眼睛亮了亮，但是很快又回到当下的无助，丈夫死了，房子没了……她需要法律的帮助，她想要迈出心理的阴影；她说她曾经怕“家丑外扬”，都是本分老实的人哪，但是她无力改变自己的遭遇，她需要最直接最有效的帮助，幸好鼓足勇气来到了电视平台的公众面前。

何止是这么一个“甲方”？只不过是在于和我们认识与不认识的区别。那些甲方乙方和我们没有任何关联的时候，只是“他们”，因为他们和我们是陌生的；当那些甲方乙方和我们具有丝丝缕缕的关联时，便不只是“他们”，而是我们的什么人，哪怕就是相同的区域；于是我们会有关注的兴趣。社会的多元是我们看得到的，生活的多层次却是我们容易忽略的。很多人已经习惯了上海有外滩，有陆家嘴，有五千万一套的豪宅，渐渐地淡出了一些身边的记忆，矮平房，低保，结不起婚……常常在最豪华的商厦转一个弯，便可抵达。在那里，很容易见到“甲方”。很多人很多事其实就在我们这一个城市里发生。从最奢华的别墅到最简陋的平房，各种生活水平、知识结构、道德修养，贯穿其间。我们会声援一些人，会同情一些人，会痛惜一些人，会批评一些人，也会谴责一些人。也常常有朋友和我讨论，怎么会有人如此忘恩负义？怎么会有人可以如此置亲情于不顾，甚至就是为了一个大家庭久远的情结，“憋一口气，伤一家亲”？很多人在看着人家，想着自己。所有的“甲方”和“乙方”不是一出出仅仅被看客们免费观赏的白戏，也不是一面面仅仅反射不幸者或者不善者的镜子，倒更像是一个个参照物，将甲方、乙方和普世价值对照，将他们和自己的生活经历对照。

对照之后，或许是一阵唏嘘，或许是几声感叹，或许是忍不住的愤怒……总会有一些想法和认知在慢慢形成。有一个蛮流行的短语，叫做正向的作用，这也是生活中的甲方乙方极其需要的。

午夜直播

午夜时分，地铁开不到他们要去的情感驿站，

网络上打不开他们的情感窗口。

“外地人”的孤独，才陡然弥漫开来。

这些年，我常常在一些上海电台电视台的社会生活节目中做嘉宾，谈谈生活谈谈感情，谈谈伦理和家庭。有些是录播，有些还是直播，甚至还做过深夜电视台的感情类直播节目。

有朋友会问我，那些半夜里给电视台打情感电话的人，是不是很傻？因为他们的问题很简单、很幼稚。如果说，白天打进电话来的是贤妻良母居多，谈的是家庭内部可协调矛盾，那么深夜的电话，几乎无一例外是这个城市的新来者，有些报进了户口，是所谓的新上海人，更多的是连新上海人都算不上的打工仔，送快递的，做跑堂的，他们学历不高工资更加寒酸，他们打工生活在这个城市，像灰老鼠一样在城市里流窜。他们也是成年人，他们有他们的感情，而他们的感情问题会更加多。

有一些寻常人的感情问题，在没有来得及细细倾听的时候，感觉得到就是很普遍很寻常，虽然每一段故事不一样，故事的社会背景总是雷同。假如有机会去倾听，就像在电影院看电影一样的逼迫式气氛中去感受，就会得出相反的结论，虽然寻常人的感情问题是寻常的，常常都有着几乎相同的发生背景，但是每一段感情都是有自己特殊的要素和缘由，都有着像自己名字一般的深刻印记，也就是所谓刻骨铭心了。美好的感情总是相似的，不美好的感情才各有各的不美好；而且正是因为这些感情有着惊人相似的发生背景，不妨说，它们就具有了当下生存状态的符号作用。

当一座城市出行交通工具变得越来越迅捷的时候，享受这个城市快捷键的千千万万的人，也变得越来越心动过速——并不是说心跳在加快，而是说心在游移。看不到他们的脸，却感受得到他们游移的躯体、漂泊的情感，乃至骚动的灵魂。他们白天就埋没在所有的上班人流中，或许在“贴邮票”式的地铁中，就有他们和其他人紧紧相贴；他们白天也在某一个公司的某一个格子间入座，他们白天也在很多个MSN、QQ，还有更新的微博、微信窗口中链结新朋旧友，他们白天也会和同事一起去买便当或者麻辣烫，甚至到了晚上他们的生活仍旧没有什么与众不同，有喝酒，有唱歌，有网吧，但是这一些都会有结束的时候，在应该安宁的时候，并不是每一颗心都会安顿下来。

相反的是，白天城市节奏强烈地制约了他们的骚动，唯有一切安宁的时候，他们的不安宁才会凸显出来，唯有一切寂静的时候，他们的寂寞才会和寂静俯首帖耳，他们的问题才等不到天明。午夜时分，地铁开不到他们要去的情感驿站，网络上打不开他们的情感窗口。“外地人”的孤独，才陡然弥漫开来。尤其是新来上海的，离乡背井，没有亲人长辈，身心一直没有安顿的时候，感情是他们最好的摆脱孤独的利器，还不用花钱，于是感情像爆米花一样突如其来，但是也像爆米花一样容易被吞噬。他们的感情常常是在诸多不合理中顽强地生长。不理解他们的生存状态，会觉得他们的感情总是那么草率，而他们对感情的了断方法总是那么顾此失彼。很多时候，他们对情感的判断，或者幼稚，或者软弱，一个最简单的选择题，在旁人看来甚至有点傻，但是他们举步维艰。他们需要的是什么呢？坐在直播室里，我会想这样的问题。

他们不傻，也不幼稚，只是迷失在情感的迷宫里。更多的时候，与其说他们是在等待一个答案，不如说他们心中是有答案的，他们想要等到的是一种勇气，一种割舍掉错误答案的勇气，他们需要一种外力的推动。他们就像是初学游泳的孩童，在游泳池边不敢跳进水中，需要有人在背后推他们一把。在直播的时候，常常我就是这么一个推人家一把的角色。

二十多年前电视剧《渴望》的主题歌如此唱道：“谁人与我同醉”，其实同醉并不难，难的倒是谁人听我倾诉。每一次做完直播节目已经是凌晨1点了，回家后，我都会有一个念头，那些打进来电话的人的心，是否已经安顿？

有一天在上海书城做演讲，一对老夫妻特意来找我，他们说是看了我的节目而来的，他们不好意思打电话，希望我帮他们女儿的痛苦婚姻支招。我没有直接表示我的态度，而是问这一对老夫妻，假如这个故事是发生在朋友身上，你们觉得应该怎样？我知道他们心中的答案和我是完全一致的。在每一个人的生活方式里，都需要别人的推动和佐证。

一天讲几句上海话？

本地语言作为第二语言，当属上海为最。北京人依旧讲北京话；广州人舌头过于生硬，外地人只好西呀西呀（是啊是啊）地依附；唯独上海人巧舌如簧，一不小心让上海成为普通话的教育基地。

曾经有人做过一个很有趣的调查，假设你是上海人，假设你在某个公司工作，比如开会，比如业务沟通，比如说三道四，你的工作主要语言是上海话还是普通话？调查的结果是，上海话说得越来越少了，工作的时候，你都找不到说上海话的机会，连上洗手间都在说普通话；越是新兴的企业、新兴的公司，上海话的话语权越是小，普通话率之高，甚至让你怀疑自己是否身处上海，怀疑自己是否还是上海人。就像有两位上海男士在饭桌上的自嘲：再下去上海话都不会讲了；双方互相探究原因，一个说，一定是你们公司招了太多的外地大学生、外地农民工，所以你必须和他们讲普通话；另一个摇头：我的老板就是外地人，我的顶头上司是外地人，我当然要讲普通话了，你们不觉得我现在普通话讲得很标准了吗？此时旁边另有位女士插进来问：你的老板也是外地人？一个“也”字，说明的不是惊叹，而是外地人在上海做老板已经成为一个气候，在上海创业，或者做老板或者做高薪的白领，在上海买楼，在上海娶妻——当然很可能娶的是一个标标准准的上海女孩子。

不仅是在谋职的地方，在日常生活的公共场所，普通话的使用频率和覆盖面也完完全全超过了上海话。以前上海人有个毛病，遇到外地人偏不说普通话，让外地人在吴侬软语前收获到乡下人式的自卑，那时候因为外地人还不多，如今假如还是坚持着讲上海话，那么到后来自卑的很有可能就是上海人。因为几乎所有的地方遇到的人都是讲普通话的，当然都是讲南腔北调不标准的普通话的。比如饭店点菜，菜场买菜，商厦购物，理发店剪发，歌厅消遣，路边小贩，求医问病，楼盘售楼，商务切磋，甚至有人虽然大言不惭，倒也是真话——在夜总会里找小姐，没有一个小姐会说上海话的，皆是带了不知什么地方方言的普通话……

只要是在公共场所发生语言往来，第一个意念就是普通话，也有几句普通话过招之后发现对方也是上海人，那是普通话已经成为了生活的习惯。曾经有两个上海籍小白领邂逅，一则平时普通话说溜了，一则也因为对方普通话说得溜便以为对方是外地人，双方竟然很久后才恍然大悟阿拉全是上海人。只有银行和银楼，依旧是一派沪语的天地，虽然职员在讲普通话，但是一看就明白了是上海人。据说每年招聘应届大学毕业生，有些银行在招聘广告上明确说明：只限上海户籍，原因是更好为本地市民服务。老年人去银行想用上海话交流。以前出租车司机要学说普通话，如今出租车司机不会讲上海话的也不少了。再剩下来可以讲上海话的地方，只有晚上回到家里去巩固自己的上海话了，当然前提是家人是上海人。

外地人到上海成家立业，10 年前、20 年前都有，那时候是暗地里拼着命地学上海话，因为有一首长盛不衰的民谣，简直是一把残酷的标尺：乡下人，到上海，上海闲话讲不来，米西米西炒冷饭。一切不会讲上海话的人都是外地人，一切外地人都是乡下人，一切乡下人都是人下人。

如今可是大不一样了。本地语言作为第二语言，当属上海为最。北京也有大量外地人，但是北京话基本上是普通话，所以北京人依旧讲北京话；广州人舌头过于生硬，讲出来的普通话依旧和广东话差不多，外地人只好西呀西呀（是啊是啊）地依附。唯独上海人巧舌如簧，一不小心让上海成为普通话的教育基地。

一样的24小时

在上海要看到一个时间显示器最早是外滩大自鸣钟的风景，

如今时间显示器无处不在，你走到哪里，

时间跟到了哪里，时间也提醒你随时随地都记住它。

上海人手脚快。

所有的慵懒，都在掀开被子起床穿上拖鞋的系列组合行动中消失殆尽，放下舒缓，立地成疾——当然不是疾病的“疾”，而是春风得意马蹄疾的“疾”；城市的快节奏像一块强力的磁盘，将退休工人之外的所有早上出门的人，都吸了进去；诸如小学生背着书包吸盒装牛奶的，白领夹了张报纸乘地铁的，小车在追逐绿灯最后几次闪烁，助动车像泥鳅一样穿行，步履匆匆，神色专注，一万年不久，天天都争朝夕。不管是春风得意还是秋风秋雨，一个“疾”字，是城市节奏的主旋律。

现在不说手脚快了，要说节奏快。

有个一心想到上海就业的内地女孩子，毫不掩饰自己对城市节奏的热衷：我喜欢上海的快节奏，有朝气，有活力，觉得自己会跟着这样的节奏热血沸腾。她的感叹博得了旁人的认同 ，而且有人随着女孩的感叹，联想到了自己在内地的亲眼所见，像是陶渊明《桃花源记》“黄发垂髫，并怡然自乐”的一幕一幕，黄昏时分，路边便摆下龙门阵的，麻将桌更是占据了阡陌交通。两种对比强烈的生活节奏，假如可以用音乐来形容的话，内地是阿炳的《二泉映月》，上海是周杰伦的《双节棍》。

当然这个女孩并没有和盘托出喜欢上海的理由，一定也包括上海的收入高。有一份国家财政部公布的数字证明，上海城镇居民 2012 年人均可支配收入达 36230 元，为全国最高。收入高和节奏快是一个性价比的取舍。女孩显然是接受节奏快的。

在大家附和着的当儿，有人冒出一句话来：内地和上海节奏不一样，谁都知道，可是内地8小时工作制，一周双休，上海也没有多工作一小时，即便是在工作时间内效率高一点，也只是8小时之内的时间；内地每天是24小时，上海不见得只有20个小时，以至于大家都来不及吃饭来不及睡觉。上海的快节奏是从哪里快出来的？这一问傻乎乎的，可是更傻乎乎的是大家都傻乎乎地一愣，居然没有人举手回答，道理梗塞在心里。

一样的24小时，却让人领受到完全不一样的快慢感觉。既然在工作时间找不到节奏的区别，说不定城市之间的节奏差别是在业余时间，甚至是在休闲时间、消遣时间。事实上，那些看得见的城市节奏，是这一个城市里的人比另一些地方的人多做了一些闲事。

最直截了当的例子莫过于手机了。一个快节奏的人，肯定也是一个手机常鸣的人，甚至在盥洗室的紧要之处，手机都不给主人半刻的歇息；如今流行24小时不关机，半夜机叫既是一份无奈，更是一种快节奏的证明。不管手机进化到什么程度，升级到什么版本，从来电显示到短信，到微信，今后还会有更新的升级版本到来，但是呼和应的关系将是一脉相承，手机需要对方的呼应，一呼应又会呼应出吃饭、唱歌、聚会之类的正事闲事，而且多半就是闲事。中国电信的朋友告诉我，手机使用的峰值很有规律，每天17点开始进入一个高峰值，因为小白领下班了，小白领要出去玩了，接下来的时间直至这一天的结束，就是在手机的连线中，时间都是被连线连掉的。

时间在被最大化地使用，也无形地提醒使用时间的人要有时间概念，才能够在上海生存。时间被有序地切割成一段一段，在上午下午晚上的基础上细分，每一个人都像是钟点工一样顺着时针工作。如果是一个兼职的人，甚至是一个打了几份工的人，最重要的是波段时间的有效衔接，多快好省才是要义，即便是去看一场半价电影，也需要时间的算度。时间，在内地，在边远的乡村，只有一天一天的区分，只有三顿饭的区分。曾经有个段子说，老师教孩子们认字，“一天就是一日”，在上海，一天就是24小时。两种计量是两种生活方式。乡下算工分是一天计算的，上海算工资是一小时计算的。使用时间的精确度才是上海与内地的最大区别。在上海要看到一个时间显示器最早是外滩大自鸣钟的风景，如今是时间显示器无处不在，你走到哪里，时间也跟到了哪里，地铁、车站、商店……时间让你随时随地都能看到，时间也提醒你随时随地都记住它，于是脚步想要慢也慢不下来。

使用时间是一种概念，也是一种能力，这种能力就是以往的手脚快，就是现在的节奏快。

节奏常常是自己挥霍出来的。自然，在精力旺盛的时候，挥霍也是一种说不清楚的乐趣。所以35岁以下的人，没有谁敢说自己就是天天下了班回家吃晚饭的，生怕人家说他节奏一点都不快。只有待晚上回到家里，横在床上的时候，24小时的减法已经减得差不多了。

“山上”下来的

以前连里弄小组长都不屑与他握手，因为这双手戴过手铐，

这一天他的手和美国总统的手享受同样规格的待遇。

对一段历史的等待需要上百年，而一段历史真正的开始只需要一瞬间，这一瞬间开始的历史足以影响上百年。

1983年2月21日的上午，上海静安区胶州路农贸市场。卖冬笋的个体户姜安如戴着手套在斩冬笋。他总是把老根斩干净了才卖，所以顾客都愿意来买他的冬笋。听得有个四川口音问：这冬笋卖什么价钱？姜安如只是随口回答了一句，还是低头斩他的冬笋。也许觉得客人的四川口音有些异样，姜安如抬头看了看。这一看，把57岁的姜安如惊呆了。站在他冬笋摊面前的，竟是邓小平！后来新华社的报道将这一瞬间确认于9时05分，强烈凸显出这一瞬间的里程碑意义。

至今姜安如老人还清晰地记得当年的场景。事后，菜场里认识和不认识的小

贩都争着和他握手，因为他的手被邓小平握过了，意味着他们，以及在他们身后代表着的群体，得到了中国最高领导人的肯定。

这个群体的学名是个体工商户，简称个体户。凡个体户大都是“逼上梁山”，因为他们没正式工作，连街道工厂、生产组都没有他们的饭碗；他们可能是返城的待业青年，还可能是从山上下来的人。所谓“山上”，就是吃过官司蹲过监狱的婉辞。姜安如就是一个从山上下来的人。以前连里弄小组长都不屑与他握手，因为这双手戴过手铐，这一天他的手和美国总统的手享受同样规格的待遇。

这个至高无上的待遇也洗刷了个体户身上与生俱来的胎记：“万元户”；虽然那时候一万元简直是一个高山仰止的天文数字，而且也可以说，诸多老板当年的第一桶金，当年的第一次原始积累，就是来自于万元户，但是“万元户”三个字所涵盖的意义，几乎没有任何褒义的色彩：暴发户，为富不仁，走私、赌博，玩女人，肮脏……有两个万元户为了抢一个女人，“十元大团结”你一张我一张地烧，眼睛也不眨，假如当年百元大钞已经问世，那么“大团结”还不够争风吃醋的资格。身边的桌上是一瓶XO，两个人端起来，当作黄酒喝。“男人不坏，女人不爱”、“男人一有钱就变坏”这些风月潜规则诞生于兹，“巴子”这个刻薄的绰号仿佛是在万元户的胎记上又划了一刀。

对万元户半是羡慕、半是嗤之以鼻，可以说是自从有个体户这个群体后，公众舆论四分之一世纪以来刻骨铭心的心态，但是实际上，最普遍、最直接、最持久共享个体户的原始积累的，正是民间公众，因为个体户改变了公众的生活方式。

如果说柳林路这样的服装市场是一个时尚的风向标，还不属于公众的必然生活，那么十六铺的水果批发市场，以及无孔不入的农贸市场，掏走的是婆婆妈妈的钞票，提高的是家家户户的生活水平。虽然划黄鳝的个体户比外科医生钞票还多，虽然黄鳝划到哪里，污浊和腥味就滑到哪里，但是长达三十几年的民众排队史和民众缺吃少穿史，被个体户们拦腰一刀斩断。

当个体户、万元户已经成为逾越30年历史的时候，绝大多数人依旧认同，当年的万元户是生活所迫而逼出来的，即使万元户自己也如此认为自己是发了自己的苦难财。不错，这是一个重要原因，但是还有一个与此同样重要的原因，个体户都是小聪明，他们敏锐地觉察到了政策的变化和市场的需要；至于从小老板做到大老板、从万元户做到千万元户万万元户的个体户，更是聪明人，才智魄力过人。公众舆论颂扬了几十年的“三百六十行，行行出状元”，蓦然回首，个体户也是一行，当然也会出状元，但是决非人人皆状元——商海横流，方显出老板本色。就在老板们指点江山意气风发之时，一定也会有曾经和他们摊位比邻的个体户甚或万元户，却一亏再亏，早就被淘汰出局，也算聪明，在小区里承包了棋牌室，抽点头，赚点香烟老酒铜钿。更差的，也有着哪；这或许和钱有关，或许也无关，有钱人和没钱人都会有拔萃、有败类的。

个体户也只是一个时期的名字，既然有败坏的，也一定有杰出的，不过不再叫个体户，而是叫做民营企业，小老板则叫做企业家。

600年的香火气息

1970年代某一年全国自行车比赛的女子冠军，
是菜农，每天清晨，姑娘骑着自行车，一边一筐菜，
骑到市中心卖一个好价钱，这不是歪打正着，是花开两朵。

有一些地方很著名好像是理所当然的事情，甚至会有诸多所以著名的理由，比如佘山的天文台、崇明的蟹、南汇的桃子；还有一些地方没有那么多显山露水的景物、人文，就应该是默默无闻了，却也有反常，就像北蔡，你一下子说不上来它有什么诱人的吃喝玩乐或者特别的人文历史，但是你知道北蔡，在很久之前北蔡还是一片农地的时候，就知道了北蔡。

有点奇怪的。

读小学的时候，有一个姓蔡的同学从闸北区转来。蔡同学长得有点黑有点瘦，贫穷年代，黑是面黄肌瘦的近义词，蔡同学说话时还有点上海的本地口音。

那时候小学生流行起绰号，每一个绰号起的时候都带点侮辱性，后来回忆起来倒是既可爱，也显示出在那一个压抑的年代里小学生的发散性思维。几乎是从第一天开始，这一个从闸北区来的蔡同学就被叫做“北蔡”。谁都没有考证过蔡同学是否真是北蔡人，他的口音或许和北蔡没有任何关系。这一切并不重要，重要的是，在某一个恶作剧同学的灵光乍现中，迸发出来的是“北蔡”这一个几乎谁都不认识、谁都没有去过的“乡下头”，这一个对于上海人来说几近于西伯利亚的地方。

北蔡潜伏在一个小学生的意识里。肯定是北蔡暗藏着诸多品性，它不是珠光宝气，却好似久远的殷实；它不是豪门深宅，却好似一缕炊烟香火，升腾、弥散、延续，让人在不经意间，被这一缕香火或者说是气息穿过发际。果然，北蔡从600年之前就“成镇，列入建制，注入版图”，北蔡的香火已经传承了整整600年。600年是什么概念？上海开埠才百来年呢。600年前的宋人蔡功，当是辨风识水之人，所以才会在北蔡这一个风水宝地定居繁衍。

虽然北蔡人不像是北方居多的王家村、李家庄那样，保持着家族姓氏的纯洁性，虽然蔡姓的后人也比不上孔氏的后人浩瀚杰出，但是600年的历史就是600年的香火，就是600年的气息，用当下的话来说，也就是600年的文化传承。

北蔡的朋友告诉我，“浦东说书”的发源地就是北蔡，它也是唯一一个以浦东命名的地方小曲艺，申报了非物质文化遗产。我有点惊奇却不意外，惊奇在于北蔡的一个小曲艺代表了浦东，不意外在于它释放出来的恰是北蔡的600年香火气息。初到浦东新区的人未必很快想到了北蔡，但是北蔡以一曲说书代表了浦东。那一段《养猪阿奶》的乡土气息实浓实浓，滑稽演员龚伯康凭着这一段《养猪阿奶》，跨入了著名演员的行列。

北蔡已经找不到养猪阿奶了，舞台上也听不到了浦东说书的节奏了，但是养猪阿奶的生活气息，养猪阿奶的亲近勤劳，养猪阿奶一口“浦东额轰是邪度额（浦东的风是很大的）”的本地闲话，一定还是弥散在北蔡。或许，某一年在北蔡举办金婚庆典的6对老夫妇中，就有过养猪阿奶的情节。在庆典之余，他们对孙儿辈、重孙儿辈讲阿奶养猪的故事，孙儿辈、重孙儿辈还以为阿奶以前就喜欢养宠物猪猪。一生的勤劳被年幼的小辈错解为一种时尚，阿奶也不失愉悦。

三十多年前有养猪阿奶，也就必有种菜姑娘，当然不是开心网的种菜偷菜，而是被称作菜农的姑娘。有一段关于菜农姑娘真实而美丽的旧闻，1970 年代某一年全国自行车比赛的女子冠军，来自于川沙，或许就是北蔡，之所以种菜姑娘获得冠军，是因为每天清晨，姑娘们骑着自行车，一边一筐菜，骑到市中心卖一个好价钱。勤劳的姑娘后来还收获了自行车比赛的冠军，这不是歪打正着，是花开两朵。

菜农可以获得自行车冠军，如同负重训练，需要重量，更需要距离。当年的北蔡是正宗的乡下头，轰度来邪，路远来邪（风很大，路很远），真是很远的地方。那一个被同学叫做“北蔡”，也就是被嘲笑是从闸北区转学而来的意思。到底有多远呢？我在网上做了搜索，从市中心人民广场到北蔡镇，15 公里，出租车费约 43 元，虽然算不得很近，怎么可以叫做远呢！比之更远距离的地方多了。现在即便还有菜农姑娘，即便也还是每天两筐菜骑车到市中心，也拿不到全国冠军了，因为这一点点路算不了什么。

所谓春江水暖鸭先知，北蔡远近“北蔡”知。当年的一个绰号，让北蔡同学备受酸楚，多年之后，北蔡同学了解了北蔡的路途之远近，很早在北蔡买了房子，真正做起了北蔡人。他笑纳了昔日同学起的绰号，口气豪迈地介绍北蔡当下的房价：大华锦绣，三房两厅，138 平方米，总价三百多万，还是二手的……

“上海女人”这个符号

“上海女人”四个字会传递出约定俗成的联想，

会勾勒出社会认同的画像；一些特有的词汇、神情和物质，

会很自然地包含在联想和画像中。

突然某一天，我俨然是上海女人的代言人，因为我写了一本《上海女人》。

总有人问我怎么会写出上海女人来的。问我的人差不多都觉得，写上海女人的作者不少，其中还有上海的女作家，写上海女人的书更多，倒是“马语版”的上海女人最最深入人心，据说也是最讨女人喜欢的《上海女人》。在回忆的时候，我自己都说不清楚当时怎么就写出来了《上海女人》。我自嘲式地解释，中国有句老话，当局者迷，旁观者清，能够最最贴切写出上海女人的，当然不是女人，而是男人的我。

某一次朋友相聚，微醺时分，又有人问起这个问题，借着酒精，壮了胆，我一字一顿却不失流畅地说：“《上海女人》，是我集自青春期以来三十多年间对上海女人意淫之大成。”大家都喝了酒，一片喝彩，有男有女，也有一女士“啊哟”一声，说我用词欠文雅，却又有另一女士挺我：“意淫”两字最传神。

第二天，我清晰地记住了自己说过的这句话，一字不差。甚至酒桌上的朋友还发来短信求证这句话的完整版。

如果把“意淫”的意思转化为美学的思考，意思完美了，但是没有感觉了，唯有“意淫”两个字，才是我对上海女人的全部感觉。

写《上海女人》？有五六位作家朋友一致推荐，非马尚龙莫属。在文新大楼43层的顶层咖啡座，文汇出版社总编桂国强先生这么对我说；同座的责任编辑、老朋友朱耀华也是嘿嘿笑着附和。

那是2006年11月底的时候。从43层看地面的路人，男女莫辨，但是上海女人在我的心里，是一个很清晰的形象。那些年陆陆续续写过一些有关上海男人和上海女人的文章，对上海女人的观察和判断是有些心得的。

任何有人的地方都会有女人。上海女人在女人的意义上，在脸型、肢体的特征上，本没有分外妖娆，但是上海女人，很容易被当作谈资，没有一个地方的女人，会像上海女人一样具有长久的可谈性。这一份待遇，几乎就是殊荣了。那是因为“上海女人”是上海的女人的缘故。随着上海这座城市越来越具有品牌意义，“上海女人”也具有了符号的意义，这四个字会传递出约定俗成的联想，会勾勒出社会认同的画像；一些特有的词汇、神情和物质，会很自然地包含在联想和画像中。“上海女人”文化上的符号意义，使多少部小说、电影、电视剧，都以上海女人作为主角，关于上海女人的社会学讨论会也常有听闻。

也正是上海女人的符号意义，激发了我写《上海女人》的冲动。关于上海女人的联想似乎已经很完整了，上海女人的画像似乎也已经很清晰了。

上海女人是一个符号，就好像人们说起法国女郎的时候，所有人心里会有一个很相像的形象；金发、碧眼、性感、时尚、前卫……这就是符号的作用。同理，上海女人也是一个清晰的、稳定的，几乎是固态的形象，她有被公认的属性，而且这种属性的被公认度非常高，比如宋氏三姐妹，她们是三个人，但是作为上海女人，她们是同一个符号。没有一个地方的女人，会像上海女人一样具有长久的可谈性，那是因为“上海女人”是上海的女人的缘故。随着上海这座城市越来越具有品牌意义，“上海女人”也具有了符号的意义，这四个字会传递出约定俗成的联想，会勾勒出社会认同的画像；一些特有的词汇、神情和物质，会很自然地包含在联想和画像中。“上海女人”文化上的符号意义，使多少部小说、电影、电视剧，都以上海女人作为主角，关于上海女人的社会学讨论会也常有听闻。

一个社会意义上的符号，也就是社会意义上的经典与流行，也就是被关注之至的理由。玛丽莲·梦露的传记有一百多本，就因为梦露具有符号的意义。上海女人作为一个符号，也理所当然在被放大。已经有那么多有关上海女人的著作文章，已经有那么多上海女人的细节描绘、情感渲染、品味传递铺天盖地，我心里问自己，还会有什么独到之处和重大发现?

上海女人是符号，却也是一个很容易被误读的符号，上海女人被共认的属性常常就是一些被误读而改变过的属性。对“上海女人”似乎有了教科书一般的定义，尤其是在一些时尚式的怀旧中，上海女人成为一种模式被固定下来：旗袍，嗲，作，咖啡，搓麻将，跳舞……好像上海女人就必须是这样。曾经有一位不谙上海生活的外地朋友，接受了模式化的信息传递，下结论说上海人这一百年里都是穿羊毛衫的，因为上海女人是不会结绒线的，结绒线的都是乡下女人。显然上海女人会结绒线、还喜欢结绒线的生活真实被过滤掉了。

上海女人身上有很多传统的东西，甚至传统到了与这个城市的文明看上去不相吻合的地方，比如著名的“干得好不如嫁得好”的女人心愿，最初就是涌现在上海。一方面上海是女人接受教育最广最深的城市，是女人独立性最强的城市，是女人的利益最受到保障的城市，另一方面又是最希望依靠男人的城市。这与上海历史上上只角、下只角有必然的因果关系。一个女人，就会带有不确定的因素，比如出嫁，比如一段情爱经历，很有可能改变自己的水土纪录，从乡下人变成上海人，从下只角到了上只角。在地理意义上，上海是平原，而在精神和物质意义上，上海是绵延起伏的丘陵，绵延之广，起伏之大，上海是独一无二的，这也就是为什么“嫁得好”百来年前就是上海女人人生课题的原因。

我写《上海女人》的冲动，来自于对“上海女人”的辨析和还原。我想要还原的，是上海一百年历史对上海女人的外动力，是上海女人自身的内动力，是上海女人与上海男人之间的互动力。这既是抽象的背景，也是具象的生活空间。

身为上海的男人，我是上海女人最近距离的观察者。我把《上海女人》一些章节发在了自己的博客上，许多认识和不认识的朋友惊讶于我的观察、我的记忆，惊讶于我对上下几十年上海的融会贯通；在书稿完成后，甚至我都惊讶于自己，在几个月内怎么就汇聚起这么多的上海女人点点滴滴的细节。唯一的解释，因为是上海女人，所以才会有这么浩瀚的点点滴滴，才会让我为之怦然心动。

有人据此说我是老克勒。我当然不是，无论是老克勒所需要的年纪，还是老克勒所需要的殷实家境，我都远远的不配，也没有想要般配过。只是在淮海路居住了几十年，略有所见所闻所想罢了。淮海路以前是有些许老克勒的，那只是很少的一些人，更多的人就是最寻常的男人与女人。至于我，在看得到老克勒的时候，仅仅是小赤佬而已，在淮海路背了书包奔来奔去，头上像蒸笼一样在冒汗，一不小心倒是撞在了某一个老克勒身上，被人家骂了一句小赤佬。这一点不是自谦倒是得意，因为老克勒看到的是老克勒自己，小赤佬看到的是所有的人。那一个小赤佬，三十多年后，也早已经是中年人，所以这一个当年的小赤佬会在酒后吐真言：“《上海女人》，是我集自青春期以来三十多年间对上海女人意淫之大成。”

时髦外婆

“适宜”，上海人是明白的，讲不清楚的，

其他地方的人是不明白的也学不会的。

这和上海女人不会唱山歌是同样的道理。

2002年，上海电视台推出了一档“时髦外婆”节目，请如今外婆年纪、五六十年前的上海小姑娘回忆她们当年海上繁华梦，看电影、吃西餐、荡马路、买衣裳……“时髦外婆”的制片人王华琴，是我的朋友，也是带我走向电视节目的启蒙老师，虽然，这位启蒙老师要比我年轻很多。“时髦外婆”只有在上海的电视台播放才会有不错的收视率，也只有在上海才能找到“时髦外婆”，而且还不是凤毛麟角。时髦外婆是谁呢？是当年的女学生，没有人怀疑她们的真实性，而且很容易随着她们去想象当年上海女人的有滋有味。唯一一个出乎观众意料的是，她们都以为主持人70高龄的周谅量当年就应该是一个时髦的小姑娘，因为她在不经意间散发的全是时髦外婆的气韵，坐的样子很端庄，说话不紧不慢，不张狂也不萎缩，每次出镜，总看到她花白的头发，衬着颜色鲜艳的衣服，可以想见年轻时的风姿绰约。事实上，周谅量没有时髦外婆年轻时候富裕生活的经历，少年时代只是一个女学生；是多少年的演艺生涯，是多少年被浸润的上海人的行为方式，成就了周谅量的时髦外婆的派头。

20年代第一代女学生是第一代“上海女人”

上海成为第一座开放的城市，它的开放不仅是工厂、商店、医院、教堂，同时还有学校，这就是洋学堂。洋学堂具有特殊的意义，首先它不是私塾的，也就注定了它的教育理念是西方化的，而当时的西方化代表了世界的先进水平，所以洋学堂带来的是先进的教育和先进的理念。

由于上海已经开始都市化的历程，女孩子具备了上学的可能性，所以上世纪20年代第一代女学生就是第一代“上海女人”。

最高等的便是中国第一所女子大学金陵女大了。在上世纪的20到40年代，来自上海的千金小姐们就在这所大学里，成就了中国的第一代的女大学生。比如1903年出生的严莲韵老人，她的祖父是上海总商会的创始人，父亲很开明，让严莲韵和姐姐上学，两姐妹凭着自己的聪颖，顺风顺水就读到了金陵女大的化学系。

按照现在对大学的想象，金陵女大一定是物质条件非常优厚，事实上，金陵女大是外国传教士创办的教会学校，条件非常艰苦，没有电灯，没有抽水马桶，与千金小姐的生活无法比拟。所以后来外国教师来到严莲韵在上海的家，看到花园洋房，看到佣人和汽车的时候，不禁对严莲韵适应和承受艰苦生活的能力大感惊讶。学校条件如此艰苦，而且还是漫漫四年，是什么使得严莲韵她们对金陵女大如此钟情？是西方的文明，是快乐，是自由。这些女孩子们在金陵女大学会了骑自行车，学会了游泳，学会了跳舞；骑自行车甚至就是体育系的必修课，而这也恰恰是之后上海最时髦的生活。

相比之下，倒是中学物质条件好得多。上海最著名的两所女中之一的圣玛丽亚女中，奉行的是贵族教育。在20世纪初的上海，在那个最为浮华摩登的花花世界里，依然保留着教会学校的女子所独有的端庄和肃穆。她们可以说一口流利的英语，能写下最优美的文字，会弹钢琴，也是运动好手，懂礼貌懂礼仪；在学校外，她们又是炙热的少女。她们的生活比起没有接受过西方文明熏陶的女孩子来要幸福得多。

不管是艰苦的大学还是贵族的中学，不仅都是造就了一代女学生，而且还造就了一代女孩子对文明的追求和对时髦的创造力、想象力。应该这么讲，她们是最懂生活的上海女人，而且还给她们的后代示范了什么叫做懂得生活；她们也创造了生活，创造了上海，乃至半个多世纪前她们的时髦生活至今还会被当作经典的交响乐、歌剧反复传唱和称颂，乃至当年她们最异类的生活行为，成为了几十年后所有女人的日常生活。

“适宜”，对于上海女人来说，是最高的评价

几年前一次文化座谈会上。会议主持人朱烁渊一番盛情，要我谈谈“上海女人”，那时候《上海女人》出版不久。有众多文化界著名人士在场，我真不敢放肆，但是也不愿推却好意。那天我坐在曹雷旁边，倏忽间有了意外的谈资。如果要赞美一下曹雷，什么词汇最合适？肯定不再是美丽漂亮，这是她从小以来一直受到这样的赞美，当然更不是嗲、作之类，那实在是对“上海女人”最肤浅的定位。我要用我发现的一个词汇来赞美曹雷：“适宜”——曹雷老适宜额。

适宜是“上海女性”的最高境界，确切地说，是一种都市女性的文化气息，山东人可以爽，四川人可以辣，上海女性以适宜为尊，“格额女人老适宜额”是对某一个女性的最高评价。当时我这一番对曹雷的赞美是获得一片掌声的，与其说是认同我对“适宜”的发现，还不如说是对曹雷的适宜喝彩。曹雷欣然接受“适宜”这么一个评价，不过她也和我讨论，到底是“适宜”还是“适意”？我想了想说，我也曾经想过“适意”，适宜是主体的散发，适意是客体的感受，都有道理，就像苏东坡的名句“欲把西湖比西子，浓妆淡抹总相宜”，写的就是主体的适宜。

曹雷正是一个适宜的艺术家。她的神态中至今散发着名门的气韵，也包括她的弟弟曹景行，他们举手投足的每一个细节，都带有不经意的标记。曹雷是一个有雍容气质的人，但是曹雷的生活态度和待人接物，又完全是一个知性女性，尤其是一点点都不端，一点都没有架子，时时都会让人有亲切的感受，她是适宜的，她也是让别人觉得适意的。在远距离赞美她的时候，我多多少少还是将她当做一个著名艺术家、名门之后，但是近距离欣赏她的时候，我感受到的这是一个有思想又很有趣的人。她常常会津津乐道自己淘便宜的生活之道。他和先生常常会到各地旅游，反正两人都退休了，早早地就在网上订好飞机票，去厦门只要190元，就是飞机小一点，没有吃的东西，一样也是飞过去的……说这些事的时候，曹雷是真的开心。所以，她会有很多朋友，会有很多年轻朋友，都以“雷姐”称呼她，很重要的原因，正是在于她的适宜。对于曹雷，适宜不仅是她的气韵，也是她的生活态度。

“伊看上去老适宜的”，对于上海女人来说，是最高的评价。在英语中，适宜是in order，假如是直译的话，是在正常、次序、顺序之中；反过来说，假如是out of order。

其他地方的女人也一定有其他方面特有的魅力，却很难用上海女人的“适宜”去解释，甚至其他地方的女人很难想象“适宜”对于女人来说，到底是什么意思。在北方话中，“适宜”更接近于“适合”，用作副词，比如“北方适合种大豆”，而在上海话中，“适宜”是形容词，“适宜”和“嗲”一样，上海人是明白的，讲不清楚的，其他地方的人是不明白的也学不会的。这和上海女人不会唱山歌是同样的道理。

一个女人的美丽就是十年八年，而一个女人的适宜却是一生一世。世界文明在上海的最伟大的发酵之一，就是培养了和世界文明同步的上海女人，女科学家、女作家、女政治家、女记者、女音乐家、太太、秘书……

开洋荤开出来一代上海女人

周谅量和时髦外婆有一个不可忽视的共同点：她们都曾经是那个时代的学生，也就是洋学生。如果没有洋学生，上海产生不了具有品牌意义的上海女人。洋学生是上海女人的摇篮，是“上海女人”的“酵母”。她们学到的除了课本上的知识，更多地接受了西方的生活方式——西方的女孩子的休闲方式。

1931年上海四所大学举行英语比赛，结果前四名都是女生；1935年全国自行车比赛女子组冠军也是上海女学生（到了70年代和80年代，全国自行车比赛的冠军经常被乡村的菜农夺去）；女学生是上海时髦的代名词，拥有名校文凭是最荣耀的光环。她们在公园草坪上拍的pose照，影响了整整五六十年的女人。当许多地方的女人还在缠小脚的时候，上海的女学生已经将在游泳池嬉戏、在高桥海滨浴场游泳当作时髦了。1931年，市政府在高桥开辟海滨浴场。

如果说，上海女人"适宜"的第一个成分，是读书和学识，知书达理，那么第二个成分让上海女人真正建立起了品牌——开洋荤。在1950年之前，上海的时髦物品都以洋字开头，洋伞、洋火（火柴）、洋瓶（玻璃瓶）、小洋刀、洋囡囡、洋泡泡；还有许多干脆以沪语的音译命名，门锁叫司必灵，床垫叫席梦思；沙发这个词，显然沪语"梭法"更加接近英语的读音，"沙发"已经是普通话对沪语的转译；维他命（维生素）、盘尼西林（青霉素）的音译也是如此；甚至连土豆也被冠名为洋山芋，至于洋葱，都已经数典忘祖到了没有了它的中国名字。伴随着一连串的洋文，那就是洋荤，那就是西方物质文明在上海的遍地开花；而且在遍地开花的时候，西方的精神文明就是花蕊，就是来年的种子。"春江水暖鸭先知"，上海女人便是最早感觉到春江水暖的小鸭了。上海女人熟悉好莱坞，并且从中学来让人喜欢的内容。

女人不仅直接品尝到了洋荤，而且还从男人品尝到的洋荤中，意想不到地提炼到了精华。那就是上海男人普遍地接受了西方的修养之后，从乡村男人脱胎换骨为城市男人，资本家比起地主来，一定是有修养的、有文化的；绅士的意识、绅士的行为，也在洋化的上海男人中成为时髦，成为笼络小女人、洋学生芳心的新式武器。

当女人没有文化的时候，当社会没有文明的时候，男人只需要权和势，只需要霸王条款，就可以占有一个女人；而当女人有了文化的时候，女人就不愿意被有权和势的男人任意地、粗暴地占有，她们愿意自己是灰姑娘，但希望男人是白马王子，她们希望自己和男人是可以一起享受这个城市的文明。她们的女人意识被城市文明彻底唤醒的意义，并不仅仅是反抗男人，而且也在于焕发了自己，作为女人的魅力，女人的情调，女人的性感，女人的娇柔，女人的知性，得到了空前的开化。至于男人，当西风东渐、文明昌盛的时候，男人看到的是全新的女人，原有的男人之于女人的霸王条款虽然还在通行，但已经不是流行的版本，尤其对于接受了西方文明的男人来说，他们逼迫自己学会了风度，学会了艺术欣赏，学会了情调，学会利用上海这座城市提供的时髦去俘获女人，学会用学堂里学来的民主自由来关爱女人。

当男人渐渐绅士的时候，与此互为因果的便是女人的渐渐淑女，因为唯其淑女，才会有绅士看得上，才会有白马王子不经意地出现在身边。当男人渐渐绅士的时候，女人不必对他们唯唯诺诺，唯命是从，因为她们知道绅士的男人不喜欢这样。男人和女人之间的生活、情感，充满了嬉戏，男人像蟋蟀一样，需要有一根须草逗他们玩，引他们开牙，女人便是这么一根须草。也就是在这样的时候，上海女人的嗲，上海女人的作，上海女人的娇柔，上海女人的温婉，上海女人的含蓄，上海女人的适宜，合成为一种与其他地方女人不同的味道，那就是上海女人的味道。

女人的适宜是女人和这个城市的化学反应。经常会听说，在中国各地方的女人中，最接近巴黎女人的是上海女人，最接近伦敦女人的还是上海女人。这意思是说，上海女人和这两个城市的女人具有共性。与国内其他地方比较，上海女人最广泛最长久地接受了城市文化、城市文明的熏陶，也就是说，上海女人的适宜，实际上是城市文明的适宜。

从小生活在贵州的电影导演王小帅，曾经这样评价自己与上海的关系："我记得当时去上海，你的鞋不干净或衣服邋遢，你在那个环境里就特别不舒服。在那时你就会自动地想不行，我要赶快有钱，置上一身好行头，我要高雅起来。"（《收获》2007 年第 1 期）王小帅说的是自我修养，是城市文明对一个个体无言的指令和有形的影响。在贵州的时候，他不会这么想，但是到了上海，不可能不这么想。对于男人是这样，对于女人来说，更加如此。

假如没有外滩，没有淮海路，没有法式的复兴公园，没有此起彼落的别墅和公寓群落，没有游泳池……适宜的女人，需要寻找适宜的地方；适宜的地方，需要有适宜的女人。上海女人可能和宁波女人、南京女人没有太多的区别，是上海这座城市无言的指令和有形的影响，塑造了上海女人。

路数是上海男人的“血型”

“信天游”诞生在黄土高坡，那是隔山的男女扯着嗓子喊出来的高八度，

吴侬软语缠绵在上海滩，那是弄堂男女生怕隔墙有耳的悄悄话。

多年前，主持人王刚到上海录制节目，突然机器出了故障，节目组带来的工程师怎么也弄不好，只好向上海电视台求助。上海电视台派来的工程师言语不多，很快排除了故障。终于可以录节目了，王刚很是佩服和感谢，当即表示要请工程师吃晚饭，没料到这位工程师谢绝了王刚的美意：对不起，我不能和你一起吃晚饭的，老婆上中班，女儿5点钟放学，我要回去烧晚饭的。且不说王刚以一个名人的身份约请受到拒绝会有刹那间的不适应，更重要的是王刚从一个北方男人的角度来看，一个上海男人连在外面吃一顿晚饭都请不出假，而请不出假的唯一理由就是要回家烧饭，未免太顾家了一点。不妨说，这也正是北方男人和上海男人的生活路数的差异。

路数不是一个概念，而是具有鲜明的上海男人标识的“血型”，也或者可以说是一种生活能力。与上海女人的“适宜”门当户对。

衣食住行的行，有关人与环境的沟通，上海男人行能力的高低就体现在他的路数上。

曾经问过不少人有关“路数”的解释，居然没有一个人能够完整答疑，人人都知道路数是什么，却说不清楚路数是什么。因为路数在生活中就像上海的马路，数也数不清。说不定，路数就是从数路而来，路，数清爽了，路数也就清爽了。

“格（这）个人路数蛮清爽格”，通常格个人是男人，路数清爽是对某一个男人的最高级肯定。比如某个新官上任，一番施政纲领，侃侃而谈，底下的人一边在礼节性地鼓掌，一边已经在议论：格个人路数倒还蛮清爽的；当然也完全可能鼻孔里轻轻一哼：格个人路数一点也不清爽格。路数似乎就是思路。

那一位谢绝了王刚请客的上海工程师显示的是另一种路数。北方男人什么时候都可以先斩后奏地去赴约，即使已经回到了家里，接到了一个来自于酒肉饭桌的电话，也会立即赶过去；上海男人凡是有应酬，一般会事先向家人请假，家人也就可以少准备一个人的饭菜，也算是免了惦念，如果已经回到了家里再要临时去喝酒，自己都会觉得很勉强，因为自己的计划全都打乱了。路数似乎就是计划。

在公用厨房公用卫生间时代，早晨三五家人家共用一个抽水马桶而相安无事，实在是一门有关路数的生活艺术，张家两个老人总是五点三刻，李家双职工一定六点十分，王家小学生准时六点半，不会争先恐后，也不会拖拉。报纸甚至称赞过一些楷模邻居：把各家人家的卫生间使用时间抄录下来张贴在卫生间，有利于大家自觉执行，当然这一份使用表也是人情脉脉的，它还有一个括号内的备注：有急事和急用者除外。路数似乎就是对公共关系学的心领神会。

乘公交车或者地铁，有人很自然挤到车厢里面，有人扎堆在车门口，妨碍了别人上车下车，此时很容易听到有人在用上海话嘀咕：“乡下人”路数不清。路数似乎就是上海人和“乡下人”的习性。

在居住条件紧张的年代，男人“嫁”到了女方的家里，和丈母娘同住，虽然不同于招女婿，地位总是低了一截，但是很多男人委曲求全，不和丈母娘吵架，这一口气一直忍到了丈母娘归西。路数属于战略战术。

杨东平在《城市季风》中归纳了上海人比什么地方都更加严格的礼尚往来的潜规则：1. 不无谓地接受人情；2. 欠债要还，而且最好不要拖欠；3. 还礼和受礼的价格基本相等，即等价交换的原则。路数似乎就是人情往来的规则。

上海曾经拥有全国独一无二的半两粮票，也由此备受嘲讽挖苦。北方人吃饺子至今还是论斤的，上海男人对半两的肉包菜包油条的津津乐道贯穿半个世纪。路数似乎就是精明。

一个男人在升迁的当口路数不清，与一个小女人荒腔走板，以至于后院起火，妻子大吵大闹到了男人的公司，男人受到了极大的羞辱；但是男人心里明白，妻子的父亲是一个要紧的人物，于是他动用一切策略危机公关，与妻子重修于好。旁人说他路数也太清爽了。路数似乎也不完全是褒义。

路数清爽，或许还可以用另外一个沪语词汇来做部分的替代：拎得清。“拎”是一种思维过程，也是一种操作程序，“清”是一种思维结晶，也是操作成果。拎需要的是简洁明快滑爽，清要求有领悟力和推断力。

一个成功的男人一定是一个路数清爽的男人。

如果一个男人路数不清爽、拎不清，那么等待他的是一连串耻辱的代号：戆大、屈西、阿木林、猪头三。

这是上海男人独特的做人规范与处事标准，是一种独到的生命力的勃发与升华，它是一种对己也对人的游戏规则。

在《现代汉语词典》中，对“路数”是如此解释的：1. 路子；2. 招数；3. 底细。显然这三条解释都不能精准地解释上海人的路数。在《汉英词典》中，路数更是被简单地解释为 way（路，方法）。就此可以得出的结论是，“路数”仅止于上海人的生活态度和生活能力。

上海需要懂路数的人，也只有懂路数的人才能够在上海立足。上海的路数就是与草原高坡、崇山峻岭的路数迥异。别的地方是开门见山，上海是开门见红绿灯，上海的红绿灯一直以来是全国最密集的，红绿灯代表的就是城市的路数；上海城市虽大，但是人与人之间的空间狭小，需要有公共路数的确立和私人路数对公共路数的服从。“信天游”诞生在黄土高坡，那是隔山的男女扯着嗓子喊出来的高八度，吴侬软语缠绵在上海滩，那是弄堂男女生怕隔墙有耳的悄悄话。当上海这一座城市具有全国的唯一性的时候，上海人的路数也一样的唯一。

做艺徒，住公寓，吃红灯

上海男人的温良恭俭让可以从当年的租界文化中找到影子，

比如租界规定买了活鸡，不可以倒提鸡脚，

间接地也是给上海男人上了一堂文明课。

陈逸飞和余秋雨无论是在气质上还是长相上，是有些相像的。说起话来语速不快，虽然很睿智，反应很快，但是每一句话总是在深思熟虑后娓娓道来；不管对谁都是彬彬有礼，即使对八卦的小记者也客客气气，一点不摆谱，不会随意地打断别人，即使拒绝人家，也会找一个婉转的借口——不是为了自己的金蝉脱壳，而是给了对方一个台阶；脸上总是有浅浅的笑容，绝不可能有“他妈的他妈的”的标点符号，固然有人不赞同他们的为人为艺，但是用“儒雅”来形容他们的形象特征，是不会有人不同意的。如果再进一步延伸，作曲家陈钢、凤凰卫视记者曹景行、围棋国手常昊、乒乓国手王励勤、已故著名演员孙道临……都有些神似和形似。如果把视线落在上海的市井，落在石库门，落在弄堂，过滤掉知识水平和经济基础，市井的上海男人，白白净净、清清爽爽、规规矩矩居多，温顺谦和、不紧不慢、彬彬有礼居多，不亢不卑、不冷不热居多；即使没有什么知识文化，看上去肚子里也是有点墨水的；和他不熟悉的时候，他不见得很见外，和他熟悉之后，又不见得很见内，远距离的时候不远，近距离的时候不近；要说恨他没脾气，要说爱他不容易。

如果再追溯到上海前辈名流，完全可以看得见一条非常清晰的上海男人的气质脉络传承至今：巴金、黄佐临、陈叙一（上海电影译制厂创始人、厂长）、傅雷（翻译家）……书卷气就是他们与生俱来的灵魂。

不妨说，他们就是上海男人的基本群像。

他们——上海男人相像在哪里，上海男人身上的最大公约数是什么？

上海男人之所以具有与其他地域较大的差异性而表现自己的独特性，之所以会长时间成为央视春晚小品揶揄的对象，之所以被寄希望要当全国的领头羊，在于上海男人的性格成因来自于上海这座城市所特有的师徒文化、公寓文化以及租界文化。

学生意，做艺徒

第一代的上海男人不是读书读出来的，而是学生意学出来的，做艺徒做出来的。符号式的、标志式的上海男人的整体形象，就是在工厂里培养出来的，就是在洋行里熏陶出来的。

第一代的上海男人和今天刚刚进入上海打工的农民工没有很大的区别。他们大都来自于江浙一带，也就是十三四岁的年纪，在乡下读过三四年的私塾，跟着一个堂房的叔叔或者表亲的舅舅到了上海一个厂里当学徒，或者就是到上海投靠到远房的开了一家厂、开了一爿店的亲眷。谁都想不到的是，而后上海的许多大资本家大老板，叱咤商海风云，左右上海市面，正本清源却是一个乡下来学生意的小赤佬。

既然是学徒就要拜师傅，师傅可能就是带他来上海的亲戚长辈，也可能是做了五年八年的“资深”工人。拜师是要拜的，师傅就是仅次于爷娘的亲人长辈。从拜师的第一天起，这一个小赤佬就吮吸到了上海这座工业城市的第一口乳汁，这就是论资排辈，这就是规矩，还有就是因为服从论资排辈和规矩所能得到的前途和未来。学徒是做下手干杂活，甚至还要帮老板娘抱孩子，师傅要你做什么就做什么，绝对没有讨价还价的余地。如果是直接投靠了亲戚，那么这一个亲戚就是一生的恩人。这并不是单纯的感恩，单纯的感恩总有一天会褪色会失效。一个学徒在论资排辈中，体会得到的是自己卑贱的身份，遥望得到的是自己光明的未来。当一个学徒吃了三年萝卜头饭满师后，虽然师傅仍旧是师傅，仍旧逢年过节还要孝敬师傅，但是自己做生活已经单飞了，再过三五年，自己也可以收徒弟了，自己也可以像师傅一样接受论资排辈的好处。这么一种师徒关系，一旦成为良性社会的生物链之后，每一个人只有参与其中，才会获得自己的未来而必然的利益。所以一日为师，终身为父，不仅仅是说对待师傅要终身当作父亲一样，也是说，今天你把师傅当父亲，明天你就是别人的父亲。当一种社会法则会使人既约束自己也获得利益的时候，这一个法则就成为了道德，甚至就可以倒过来演绎：当一种道德在约束自己的同时也会使自己获得利益，这一项道德就成为了法则。

上海从它身为中国工业化城市老大的第一天起，就确立了人与人之间的良性社会秩序关系，与农村地主农民间的非良性秩序截然不同。良性的社会秩序关系具有宗教的内涵，它教人勤奋不懒惰、克制不放肆，善良不凶恶、老实不滑头、认真不潦草、谨慎不狂妄，矜持不张扬，规矩不闯祸，遵从而不谋反，每一项努力或者破坏，都有它必然的因果。

师徒关系中有一个很奇特的现象，做学徒的，在上海话中大多不叫学徒，叫“学生意”或者“做艺徒”，明明和生意是没有关系的，明明也不是学艺的，三年萝卜头饭常常就是打打杂做做下手活的，只不过是师傅领进门而已，名称却是非常的好听。所谓“学生意”，实际上学的是如何做人，学的是人与人之间的关系，因为生意就是人与人的面对面；所谓“做艺徒”做的不是梨园的弟子，而是手艺，手艺是在上海站得住脚活得下去的本钱。“凭良心做人，凭本事吃饭”，做人的道理和做生活的道理都是由师傅来传授。这就是师傅对于徒弟的重要性。

公寓里的小团

如果说大工业的上海是上海男人之为“上海男人”的胚胎，那么洋行应该是上海男人之为“上海男人”的营养剂。用当下的词语来演绎，洋行是外资企业。洋行的员工在解放后划分阶级成分的时候，被划为“职员”，和他们同属一个阶层的是公务员。在中国大陆，再也没有一个地方的职员，像上海这么普遍，像上海可以影响一个城市的男人的性格走向。他们穿西装，会讲英语，但是他们不是老板，又不等同于工厂工人，那时候当然没有“白领”一说。除了他们为自己的一个看得到的目标循序渐进之外，职员这一阶层具有上海的特别意义，它代表了城市，代表了城市的知识水平，也代表了中产阶级的倾向，认同而且接近市民生活方式，形成了海派的人格。上海男人的主题性格，基本上是职员的性格。

上海特有的职员阶层形成了上海特有的职员文化。

一般的职员就居住在极其市井的石库门弄堂里，好一点的住进了新式里弄，有了抽水马桶，到了高级职员分上，那就是住在公寓里了。上海的公寓多并且风格各式，与上海的职员阶层有强烈的因果关系。公寓原来也是有别于私产的居住，只是后来职员阶层的突起，成为了中产阶层的居住集结式地带，也成为了普通市民的向往。公寓大楼是上海市井生活方式的精神楷模和物质向往，煤卫（煤气和卫生设备）一定要齐全，没有大卫生（浴缸），小卫生（抽水马桶）一定要有，这不仅意味着你的住宅的水平，也意味着你的生活质量。“文革”前家里没有抽水马桶的学生，常常会借着到（公寓大楼）同学家里做功课，就在同学家里完成了大便。以至于到了上山下乡插队落户的年代，上海的一代男青年最为尴尬、最为发愁的，不是艰苦，是“进出口公司”的水土不服：不会在炕上盘腿而坐，不会蹲坑，偏偏农村里只有茅坑，一蹲下去脚就发麻，然后引起消化功能紊乱，与北方男青年形成很大的反差，而且也被引为笑柄。直至接受再教育完毕回到上海，“进出口公司”的两大顽疾，依旧没有被再教育好。

吃红灯

当年与公寓、职员、洋行互为一体的，是租界和租界文化。因为绝大多数的公寓都是在租界里，像法租界的淮海路沿街，一幢接着一幢的几乎都是公寓，有培恩公寓、康绥公寓、泰山公寓、飞龙大楼、北林公寓……住在公寓，讲究的是不大不小的面子、不远不近的距离、不浓不淡的笑容、不冷不热的感情。走出公寓，开门就见红绿灯。红绿灯是街道繁荣的表现，也是城市生活规则的表现。越是繁荣的城市，红绿灯越是多，城市的生活规则也越是多，人被城市生活规则的约束也越是多。久而久之，上海人虽然不见得都很自觉地服从红绿灯，但是一定会在意红绿灯的存在。于是红绿灯成为上海人的生活符号，学生成绩不及格叫做

"吃红灯"，某人说话不着边际叫做"乱开无轨电车"。一个从小就接受红绿灯约束的孩子和一个从小就挥鞭策马的孩子，对规则的理解和服从是完全不一样的，由之而生成的生活态度也是不一样的。

租界带给上海的烙印，是政治的、精神的、经济的，也是文化的，租界文化是一种灌输式的文化，租界文化是西方文化，它改变了上海女人的某些气质，以至于上海女人成为了一种被赞慕的符号，它改变了上海男人的某些气质，以至于上海男人成为了一种备受争议的符号。上海男人的温良恭俭让可以从当年的租界文化中找到影子，比如租界规定买了活鸡，不可以倒提鸡脚，间接地也是给上海男人上了一堂文明课。上海男人很少打老婆、很少打孩子，尤其绝少看到在马路上一个男人对老婆孩子扬起一巴掌，还一直骂到了老婆的十八代祖宗。上海家庭暴力案件在国内始终处于最低状态，和西方国家男人比较接近，或许是和西方男人一样从对动物的文明反馈到对老婆孩子的文明。而在以养家禽家畜谋生的山区农村的男人，当然是不可能体会到对鸡对鸭的文明的。这也就是为什么上海男人在性格气质上的"远同近异"——与远方的欧美相似，与近端的内地迥异。

尤其是上海历来被称作东方巴黎，在租界文化中给予当下社会影响最深的也是法国文化，上海男人在气质上理当与巴黎男人更加相像。那么当上海男人常年被讥讽为是小男人的时候，是否有人可以证明，巴黎男人也被叫做巴黎小男人？当然还可以推及到伦敦小男人、纽约小男人。既然上海男人的做派来源于灌输式的西方男人的做派，那么灌输式的灌输一方，西方男人是否就应该是"小男人"的发源地。

找不到任何的资料可以证明巴黎男人以及伦敦男人、纽约男人"以小为本"，灌输式的灌输方和被灌输方，并不形成同质。

因为租界文化是西方男人的母文化，当巴黎男人、伦敦男人很绅士的时候，他们是被自己的社会教育出来的，如同被自己的母亲教育出来，即使被母亲打过骂过，与母文化也有天然的亲近。他们是绅士的，同样也是张扬的、奔放的、放纵的、率性的。至于上海男人，当他们很绅士的时候，并不来自于母文化的呵护式的教育，而是被强制性地灌输出来的，甚至就是出于被迫，他们可以和西方男人完全一模一样的行为，却不具有完全一模一样的心理。他们的绅士做派中，缺少了张扬、奔放、率性，而多了谨慎、矜持、含蓄，并且还有温和、忍让、克制。他们的绅士做派常常就是和谨小慎微互相衬托、互相渗透，所以他们一定很绅士地谨小慎微，也一定是很谨小慎微的绅士。

师徒文化、公寓文化和租界文化，是构成“上海制造”的上海人的三大元素，可以由“文革”前被批判的电影《舞台姐妹》经典台词来概括：认认真真做戏，清清白白做人。这就是上海人的处世哲学，也是上海百年间渐进形成的公序良俗。

我是“老八路”

30 年前，杨浦的沪东工人文化宫是样板戏芭蕾舞
《红色娘子军》注册演出场地，“东宫红娘”的民间美称从此闻名。

当然我不可能是八路，更不可能是老八路，但是却分明来自一段记忆。很多记忆通常就像是一坛尘封的酒，几乎已经忘记了它的存在，但是很偶然的，酒坛的泥封漏了一条缝，久违而又熟知的酒气扑面而来。我的老八路的记忆正是这样的感觉，只不过酒坛泥封的缝隙，是裂在和杨浦朋友的聚会上。

杨浦朋友以狡黠的谦逊，欺我对杨浦的陌生：杨浦很偏远，除了五角场和提篮桥算是著名，其他的就没什么名气的了，您大概也没怎么来过吧。有了两杯酒的垫底，我似乎有了些许幻觉，一阵当当当的有轨电车声，依稀就从酒店外的马路穿越，更加奇特的是，有轨电车声像是在为样板戏芭蕾舞《红色娘子军》的军歌伴奏。倏忽间我嗓音就响了，没有了矜持，反而与初识的朋友煮酒论杨浦。30 年前，杨浦的沪东工人文化宫是《红色娘子军》注册演出场地，“东宫红娘”的

民间美称从此闻名。当然知道东宫红娘还算不了什么，说到在杨浦的资历，我还资深，八路有轨电车当年横穿杨浦，两个终点站一个在东新桥，一个在杨树浦底。这一段历史，非老杨浦，已经没几个人可以如数家珍，而我三四十年前，就常坐八路电车，所以我一副“老八路”的姿态，着实让杨浦朋友刮目相看。有轨电车早已列入上海怀旧的主菜单，我居然还是这一段怀旧史的亲历者。

肯定会有一段历史。不仅是八路的常客，甚至，我还有过顺着有轨电车的轨道从杨树浦走到淮海路，十许公里路一气呵成。倒不是谈恋爱谈得忘乎所以，谈恋爱都不会有那么大的力量。我的舅舅住在杨树浦路，去他那里乘八路电车极为方便，从湖北路的东新桥直达杨树浦，车钱是六分。有一次应该是上午去吃了午饭回，按时辞别舅舅，到了电车站，一阵暖风吹拂，却无电车开来，便动起了步行的邪念——步行的目的，仅仅就是为了省下、并且截留母亲给我的六分车资。那时候才十几岁，路径并不熟，占了有轨电车地面有铁轨一路延伸，所以胆子就大了，顺着铁轨走，不怕回不了家。但是这一走，真走远了，哼完了所有和长征有关的革命歌曲，诸如我们走在大路上，诸如苦不苦想想长征二万五，诸如团结就是力量……越来越感觉到这六分钱不是那么容易好贪污的。

就在我漫漫长征的当儿，母亲早已经急坏，按理说下午一点钟就可以到家的，两点还没有到，过去了半小时，又过去了半小时；那时候当然没有手机，杨浦简直比现在的塔里木还要遥不可及。直到天墨墨黑，我带着一张墨墨黑的脸回到了家，那是手擦汗擦黑的。母亲本是想狠狠地教训我一顿的，但是看着我煤矿工人的脸，看着我咕咚咕咚猛喝凉开水的穷相，母亲拎了条毛巾丢给我：自己快去照照镜子！终于走到了家，但是截留下来的六分钱一分也没留下，因为一路越走越热，我买了棒冰吃掉了，我记得很清楚，我是买了两根断棒的棒冰，三分一根。

那一天和杨浦朋友聚会后回家，我在马路边小站片刻，遥想当年自己的英姿勃发，当然仅是遥想而已，甚至就容不得我遥想，一辆出租已经乖巧地靠边停下。

那一晚“晴朗的一天”

小孩子一到青春期自然热衷流行，

青年人步入中年就渐渐记不住歌星和歌曲，

这一条精神曲线的背面恰是一条荷尔蒙的生理曲线。

不是第一次从东方艺术中心夜归，却是第一次以一个表演者的身份离开，甚至还没有来得及卸妆，那两道剑眉还在……那一个晚上，著名女中音歌唱家王维倩的上海老歌跨界演唱会散场了。作为她的演唱会嘉宾主持，我在舞台上享受人生的第一次钢琴伴奏，当然我只是背诵了孙燕姿《遇见》的几句歌词：我听见风来自地铁和人海，我排着队拿着爱的号码牌，遇见你是我最美丽的意外；我在舞台上笑侃“站着唱的”革命歌曲和“躺着听的”靡靡之音，我在舞台上将上海老歌和哈巴涅拉舞曲做想入非非的穿越……曲终人散，剧场之外月明星稀，一阵清风吹来，像是把我吹到了很久很久以前的一个晚上。

应该是三十多年前的时候，全社会还沉浸在《年轻的朋友来相会》高亢嘹亮的歌声之中，至多也就是《溜冰圆舞曲》的华尔兹三拍子中，有人请我看歌剧《蝴蝶夫人》。邀请者，四十多岁，是一家医院的主任医生，经常上饭店吃饭，看电影，还喜欢跳舞，算是很懂经的了。他大约以为我也是一个懂歌剧、喜欢歌剧的人。其实我不懂。在此之前，我概念中的歌剧仅仅是《江姐》、《洪湖赤卫队》，完全不知道西方歌剧，也不知道《蝴蝶夫人》，却是被文化虚荣心击中软肋，就这么去了。

兰心剧场，那时还是上海艺术剧场，上海人习惯叫做“上艺”，就像现在东方艺术中心的简称是“东艺”一样。座位极好，前排居中。主演是黄保慧。当然是上海歌剧院的版本，当时还根本没有国外歌剧院的商业演出。大幕拉开，我才明白，歌剧的陌生远远在我的想象之外，怎么不说话的，连一句问候都是唱出来的。很多年之后，我知道了从头唱到底的《蝴蝶夫人》是大歌剧，有说有唱的是轻歌剧，比如《蝙蝠》；我知道了《晴朗的一天》是极其经典的咏叹调。也是很多年之后，我每一次说起我看过黄保慧的蝴蝶夫人，很多人都会赞叹我在那么遥远的年代就有那么高雅的艺术情趣，即便专业人士都会羡慕，称这是中国最美的蝴蝶夫人。于我来说，当巧巧桑在咏叹晴朗的一天之时，我却是度过了极其无聊的一晚。散场后，朋友余兴未尽，还在回味舞台上的细节，他们都是对能够享受到“文革”后第一场西方歌剧欣喜，我只能哼哼哈哈地点头，算是认同他们。

如果那一个晚上算是我古典音乐艺术启蒙之夜，那么，是蛮痛苦的。如果那一晚是我只身在场，我一定会提早退场，并且，或许也就至今不懂、反感古典音乐。

那时候我才二十几岁，有充分的理由可以不懂也不喜欢西方歌剧乃至古典音乐，犹如当下也不必苛求青年人要放弃对流行音乐的喜欢而去追求古典音乐一样。总是会有人从喜欢流行音乐跨界到喜欢古典音乐，也总是有人，甚至是更多人，一生不懂古典音乐。这一定不是过错，也不影响很多人的平凡一生，那一些长寿村的老人，连字都认得不多，没有古典音乐的熏陶，照样安详一生；只是当一个人有了文化、追求文化的时候，古典音乐才会是必不可少的一堂文化课。

幸好我也算是一个有文化追求的人，也必须承认，那一个“晴朗的一天”的晚上，对我的虚荣心是一次凤凰涅槃式的沉重打击——除非艺术天才，很多人的艺术修养的形成，都与虚荣心的培养和满足有关。就是在那一个痛苦而无聊的晚上过后，我决计寻找我的“晴朗的一天”。有一个忘年交的朋友告诉我，上海电台 790 每天晚上 10 点到 11 点，有一档外国古典音乐节目，只要你坚持听，一定会喜欢。如果没有那晚“晴朗的一天”，我肯定不会去听这种节目，更不会坚持听下去。

三十多年前的广播，有中波有短波，还没有立体声，听美国之音的人远胜于听古典音乐——听美国之音可以作为吹牛的谈资，听古典音乐几乎没有任何人的共鸣。就是在那一个时间那一个波段，我开始强迫自己去听那一些与我的耳膜极其生疏的一个个音符连接起来的声音。好在那时候虽然没有立体声，也没有卡拉OK，没有歌星，没有宵夜，晚上10点似乎就是应该在家里，用一个耳机——还只有单身道单耳的耳机，我再也想不起来，我的哪一只耳朵享受了“春江水暖鸭先知”的殊荣：这一档节目，有音乐、有常识，固然听不出来交响乐团的感觉，但是用来记住旋律，记住作曲家、指挥、钢琴家，是一样的。

事实证明，音乐无法自学成才，却足以自学成为欣赏者。我所有的音乐常识几乎都来自于此，这些常识足以去听任何一场音乐会，足以和任何一个非音乐专业的人煮酒谈音乐，足以在交往上、文章里、讲座中像是不经意却是很窃喜地流露。一个连卡拉扬都不知道为何人的基本上等同于没有文化，一个只知道卡拉扬的人，类似于时尚品牌中只认识LV，还要知道卡拉扬的继任者阿巴多，阿巴多的继任者西蒙·拉特；知道贝多芬，一定要晓得德国三B中的另外两B：巴赫，勃拉姆斯……好几年前，央视不知怎么地很人来疯地播《沃尔塔瓦河》，我会对朋友说，这是斯美塔那的作品，捷克人；捷克还有一个伟大的作曲家德沃夏克，他的代表作是《自新大陆》，其中第二乐章……

这是音乐常识，也是茶余饭后的谈资，有文化虚荣心满足的成分，也可以上升为社交往来情趣的雅俗。常常会在公共交通上耳闻有人对着手机亢奋地为前一天的麻将复盘，也常常在聚会上沉没在当日股市的跌宕起伏，没有任何的虚荣心，却也没有了任何的情趣。偶尔间谈谈音乐，哪怕就是音乐家的趣事和八卦，也一定比让股票、麻将成为亲友聚会的主旋律话题有意思得多。

当然，如果从更加深厚的意义上来说，古典音乐是一种更高层次的文化陶醉，心情好或者心情不好，都可以在你所熟悉的某一部音乐作品中找到烘托或者慰藉。不必担心自己音乐细胞的缺失，你可能不很懂，你可能不知道某一部作品的作曲和曲名乃至它的影响力，但是照样会被音乐本身感染，照样会觉得音乐的动听与美妙，不经意地也就理解了音乐的一部分。十几年前，姜文拍了《阳光灿烂的日子》，凡是喜欢这部电影的人同样喜欢这部电影的音乐，很多人可能没有再去深究，当然也有人想知道得更多一点：《乡村骑士间奏曲》，意大利作曲家马斯卡尼的不朽之作。

不过我要承认，我一直停留在泛泛的音乐爱好者水平，再也上升不到更高的层面。我有几位朋友，对每一个来中国演出的音乐团体，不论是以前的口碑还是当下的水平，甚至是黄牛价的行情，都在心里装着，凡是顶尖水平的演出，再贵也要看，这才是真正的音乐发烧友。

谈论古典音乐，总是离不开流行音乐的作伴。有关古典音乐和流行歌曲的区别，一直是一个超出音乐领域的问题。很多人称古典音乐为高雅艺术，那么流行音乐就变成不高雅艺术，这实在是种不高雅的观点。流行音乐歌曲照样可以高雅，像周杰伦的《听妈妈的话》，从作曲到作词到演唱，说不定将成为日后的经典。流行乐曲是依凭年轻的心理生理去共鸣的，是荷尔蒙催发的精神寄托。古典音乐也有荷尔蒙的成分，莫扎特 36 岁黯然离世，他的作品必然有荷尔蒙的催情，但是在古典音乐中，荷尔蒙不是主角。这就是为什么小孩子一到青春期自然热衷流行，青年人步入中年就渐渐记不住歌星和歌曲，这一条精神曲线的背面恰是一条荷尔蒙的生理曲线。古典音乐可以终身汲取，不仅是它的荷尔蒙，更在于深层次的人文内涵，而人文内涵是课堂，需要像学生一样去学习去领悟；古典音乐也会共鸣，它的共鸣不是年龄，是人生。如果一定要将两者相比，流行音乐是中学，古典音乐是大学。因为喜欢古典音乐的人，差不多都曾经喜欢流行音乐，从这一点上来说，这也是一个人对音乐天性的敏感。

在艰难地欣赏《蝴蝶夫人》三十多年后的去年某天，王维倩邀请我担任她的演唱会嘉宾主持，我先坚辞，因为我是一个写文章的人，而后委婉地接受，因为我曾经经历过“晴朗的一天”的启蒙，在“半推半就”之时，我突然明白，在我的心里，也一直等待着我在舞台上“晴朗的一天”，哪怕只是“晴朗的一瞬”。

“旗袍党”

有一位作家的粉丝们格外抢眼，在人潮汹涌的作家签售台前，一群上海熟女不约而同地着旗袍亮相。

2012年春节，我的《有些意思你从来不懂》要举行第二次签名售书。据出版社朋友说，一本书可以两次举行签名售书是很有腔调的事情了。继而，不止一个朋友问我：你的“旗袍党”还会来吗？双方呵呵一笑，当然根本不会有什么“旗袍党”，只是上一年属于我个人的一道风景。我绝少用“风景”来形容人的多少异同，但是那一天那一刻那些人，唯有“风景”两字可以匹配。

那是在2011年的上海书展签名售书。签名售书看的是热闹，拼的是力道。先要讲究天时地利人和。当定下了签名售书的时辰，天气就要紧起来，真要是大风大雨，谁还会淌着大水来？最好还是周末，有人气啊。这和婚礼的必要元素很接近。即便风和日丽，即便是在周末签售，还是会忐忑，这么多的书这么多的签售展台，凭什么人家来买你的书？这和婚礼完全不同，婚礼人家总是来，喜酒总是喝，红包总是送。签名售书，可能很热闹，可能很惨淡，考验书和作者的被熟知度，考验签名售书的形式，考验读者的审美能力，也考验作者的心理承受能力。

我估计自己的签名售书不至于门可罗雀，但是无法盲目乐观。就在落座展台的时候，我看到有一长队穿旗袍者挤在人流中，我还以为是冲着哪一位有上海情结的小资女作家而去。不料她们越来越近，走到了我的签名展台前排队，人手一册我的新书，还有人在招呼我。呵呵，是周家渡街道花样年华旗袍艺术中心的朋友们。这支旗袍队了不起的，平时是玩国际舞台的，在世博会上登台表演过，很是有名。印象中，旗袍队的领队倪云华和已故主持人张培一起主持过旗袍队的演出。我参加过她们的几次活动，就认识了。只是我没有想到在我签名售书的时候，她们会以“旗袍党”的形式，乘两辆大巴士来到书展。那天气温高达38度，裹身旗袍，从大门外列队进入书展，并且在挤兑的人流中排队，也真是功夫，更也是——一道风景，书展从未有过的风景。我一面是得意，一面也是过意不去。旗袍队的朋友们却是这么一句，阿拉是自家人呀。那一天签名售书，足足签了四百多本，在书展，算是很优秀的成绩。

之后，《申江服务导报》把这一道风景写了出来："近日书展上，有一位作家的粉丝们格外抢眼，在人潮汹涌的作家签售台前，一群上海熟女不约而同地着旗袍亮相，她们执着追捧的便是上海作家马尚龙先生，其隆重的姿态尊显她们的偶像马先生的作品魅力有多大。"很奇怪，文章中并没有"旗袍党"，但是"旗袍党"从此成为有关我的美谈。

洪山路记忆

看看黄浦江，看看芸芸众生，最精彩的构思，
最得意的语句，就这么随着嘈杂的汽笛迸发出来，
就这么被推搡的人流挤压出来。

当朋友笑称我是"周家渡女婿"的时候，我没有很快反应过来，因为是意料之外的亲切，我没有意识到我和周家渡的关系是如此的零距离。很久以来，我只是对一条马路、对一个小区、对一套房子留下了从陌生到熟稔的记忆，而且这一份记忆在我的生命中，可以用美好来形容。

应该是在1990年代初。我并不住在洪山路，而且距离洪山路隔了一条黄浦江。也因为当时浦西的居所不宽敞，很少有让我一个人从容思考写作、一个人发呆独思的空间。实在是很无奈、甚至焦虑的时候，想到了洪山路的雪野二村，我的丈人丈母娘有房子暂时空关着，何不利用一下。况且因为是做杂志社的编辑工作，可以弹性上班，完全可以利用不上班的时间，去浦东写一天文章。

似乎是一件很好又很容易的事情，但是当你将时间回溯到那个年代初，你就会知道这不是一件容易的事情，像当初任何事情做起来都不容易的一样。当初我的交通工具，毫无疑问是自行车，去浦东的这一天，我会按照事先设计好的时间表严格地执行。带着儿子，8 点之前到思南路幼儿园，匆匆告别儿子，便是一路快速推进，8 点 35 分到江边码头，赶上 40 分一班的渡船，如果这一天额外多遇到了红灯，那么我就无法严格执行时间表，渡船 10 分钟一班；实际上常常也无法按时赶到摆渡口。下了渡船，自行车经过上钢三厂铁道线，到了雪野，已经是 9 点过头。开窗，洗手洗脸，一路过来，尤其经过了上钢三厂的炼钢炉黑烟囱的烟尘洗礼，简直像是从紫外线严重的南方旅游回来，脸上浮了一层黑灰；当然不能忘记漱口，如果张大了嘴巴呼吸过，那么唇齿间就会有细小的颗粒在摩挲。烧一壶水，泡一杯茶；平时不抽烟，唯有在这间房间里抽三两枝，让自己很快地沉浸下来。

差不多已经是 9 点半以后了，如果说一日之计在于晨，那么我是出门之时在于晨，开工已经是出门两小时后的事情了。铺开纸——还没有电脑哪，写下去，写下去。两个小时的路程耗费算得上“奢侈”，但是也正是因为花费了两个小时，反而人更加容易静下来，写起来也很顺，大概是有一种要对得起两个小时路程的心理在发生作用。从浦西到浦东一路骑自行车再加上摆渡，从体力消耗上、从时间消耗上，都达到相当的程度，但是也会产生奇特的效果——骑自行车是很适合思考文章的，摆渡船上更是一个胡思乱想的好地方，看看黄浦江，看看芸芸众生，最精彩的构思，最得意的语句，就这么随着嘈杂的汽笛迸发出来，就这么被推搡的人流挤压出来，以至于我惟恐丢失欢蹦乱跳的灵感，在心里牢牢地记住了它们抓住了它们，到了洪山路，迅速进入角色，让所有的灵感在纸面上再现。

直至 4 点钟，文章写得差不多了，时间也差不多了。关窗闭户，原路折返，到幼儿园接孩子，总是 5 点的光景。

其实这一天也就是 5 个小时的有效时间，性价比不算高，但是被称为我的代表作的一系列杂文，就是在洪山路这一套普通房子里写出来的，所谓的名气，也是在洪山路这一套普通房子里渐渐冒出了气泡。每一次有文章受到广泛热评好评的时候，我总是会沉静在洪山路这一套普通房子里。这样辛苦而美好的时光大约持续了两年，孩子读小学了，而后自己也买了房子。

每一个人怀旧时都会产生过滤心理：过往的辛苦会越来越淡漠，过往的美好会越来越清晰。即使是自行车经过上钢三厂轮胎被戳破，破坏了我的时间节奏，一肚子的恼怒，如今回想起来，都具有了某一种灵感的暗示作用，即使酷暑的一身汗、冬天渡船上的寒战，如今回想起来都是鲜活的生活体验。

我把洪山路称为自己的风水宝地。

再而后，我的丈人丈母娘迁居到洪山路这一套普通房子里，我又开始常去，每一次去，不见得会说出来，但是在心底总有那一层记忆在游弋。况且丈人丈母娘是妻子的父母，是两位老人赐予了我生命的礼物，洪山路的这一套房子，仍旧是我的风水宝地。

虽然对浦东、对洪山路有那么多的记忆，还会有许多空白点，后来才知道，洪山路属于周家渡街道。当周家渡街道朋友称我是“周家渡女婿”时，我有意料之外的亲切。

也有伤感之事。2012 年，我的丈母娘患病，从洪山路的家里去了医院，再也没有回来。

有点遥远的温情脉脉

某一些最精彩的生命，戛然而止是最为精彩，

要是延续着，反而老态露了出来。

几年前，在为自己的《上海男人》写一段自我介绍时，我这么写：“一生中最值得回忆、甚至值得炫耀的职业生涯，是与《海上文坛》共同温情脉脉。”有

朋友看了说，看来你对《海上文坛》至今还充满感情。

有着美好记忆的，并不仅仅是编者和读者，还有一个非常重要的群体，那就是《海上文坛》的作者。

某一日，赵念国（我和他一直直呼名字，先生就免了）给我打来电话说，他找到了 1991 年我给他写的约稿信。真有点不信，将近 20 年前的一纸约稿信，他居然还像情书一样保留着，足见赵念国是一个很重感情的男人。约稿信中写道："一直看到先生在《上海译报》等报刊上的译作，很佩服先生的译笔和捕捉选题的敏感，由此想请赵先生为我们《海上文坛》赐稿，'国际畅销书刊'由我负责，内容基本上是纪实、通俗、热点，我想赵先生看了《海上文坛》就知道了……"

重新读自己当年写的约稿信，有一种穿越时光隧道、重返英姿勃发的冲动。

在网络资讯还不发达的时候，《海上文坛》每期有大量的篇幅刊登来自美国、英国、法国、德国、俄罗斯和日本的杂志的译稿，西方世界的人文、伦理、时尚、生活方式，在这一个栏目中有充分的展现。作为一个编辑，我给赵念国写约稿信，就是在《海上文坛》创刊第一年的 1991 年。

感谢 1990 年代之初的社会文化背景，它为《海上文坛》的开放性风格发放了通行证，文化和文化人的工作依然受到社会的推崇。没多少时间，我已经云集了一二十个作者，他们不仅有着深厚的外语功底，长期从事外事或者译著工作，同时他们往往因为工作的关系，还拥有一些新出版的外国杂志，这在当时是稀缺资源。比如钱绍昌先生，曾经是上海电视台"海外影视"的首席翻译，著名的《鹰冠庄园》就是他翻译的；马振骋先生是大学法语教授，翻译过西蒙・德・波伏瓦的小说；沈玉麟先生供职于国际问题研究所；温健先生是上海电影译制厂德语片翻译；赵念国在上海社科院外事处工作，擅长法语。

1980 年代之前，有一个敌我矛盾的罪名叫做"里通国外"，不知有多少人因为这个罪名遭受牢狱之灾。我的这些朋友们，精通国外人伦文化，手中又有他人没有的外国杂志，我笑称他们是"里通国外"的人。

经常会有这样一个下午，这些"里通国外"的朋友，夹了一叠外语杂志，到了《海上文坛》编辑部，在爱神花园洋房里，朋友铺开杂志，给我讲杂志里的外国故事，娓娓道来，我像一个文盲一样地问，这篇文章说的是什么，那篇文章写的是什么。间或，我会一声长叹：不识字，苦啊。

这样选题讨论每个月至少都会有一次，从敦厚的文人到漂亮的女大学生，都是我的常客，那时候雀巢咖啡还是奢侈品，那时候办公室里还没有饮水机，那一杯水，还是从热水瓶里倒出来的。那时候即使写文章也还处于手工业阶段，办公室没有电脑，个人也没有电脑。现在回想起来，倒是有点像手工业时代的经典。

像马振骋先生，我一直直呼他老马，就像他一直称呼我小马一样。《蒙田随笔》的译者，傅雷翻译奖的获得者，还有很多国际荣誉，是一位翻译大家，当时是我最重要的作者。

因为单位离老马家不远，也常去他家里组稿，喝咖啡，聊天。看到了他的写字台，不新，不是红木之类的派头和身价，唯一独特显眼的是写字台上还有一块写字板，一看就是完全原配，约莫三十度的斜面。我坐在写字台边，试一试写字板的感觉，不需要伏案，想象力似乎就增加了，写起字来别有一种享受和惬意，而不是爬格子的苦劳。老马所有的文章就是在这张写字台上完成。我对老马说，只是缺少了一支鹅毛笔，更加有法兰西情调，会与老马更加贴切，时光也就会倒流一百年。

身为翻译家，老马的法语当然是一流的，我也曾经想拜老马为师学法语，老马欣然应允，倒是我自己没有开学。我对老马说，我知道法语如今在公共场合的魅力，尤其是那一句对女性最有杀伤力的法语，可惜我已经过了应该学习的时机，那就是，我爱你。

日子在继续，像是在重复，让你很恣情地消耗，其实日子从来没有重复过，有一天我离开了《海上文坛》，有一天《海上文坛》离开了我们。

也许，某一些最精彩的生命，戛然而止是最为精彩，要是延续着，反而老态露了出来。

海制造

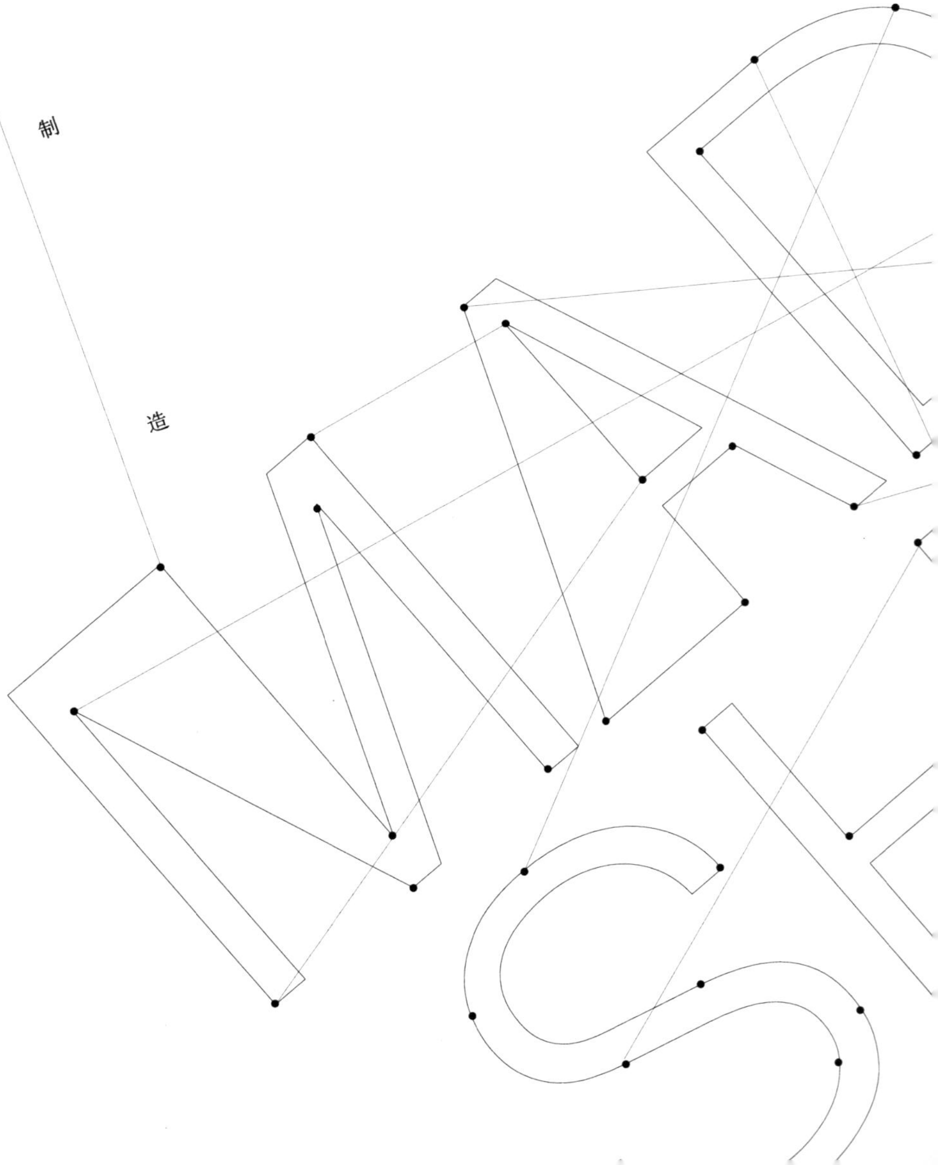

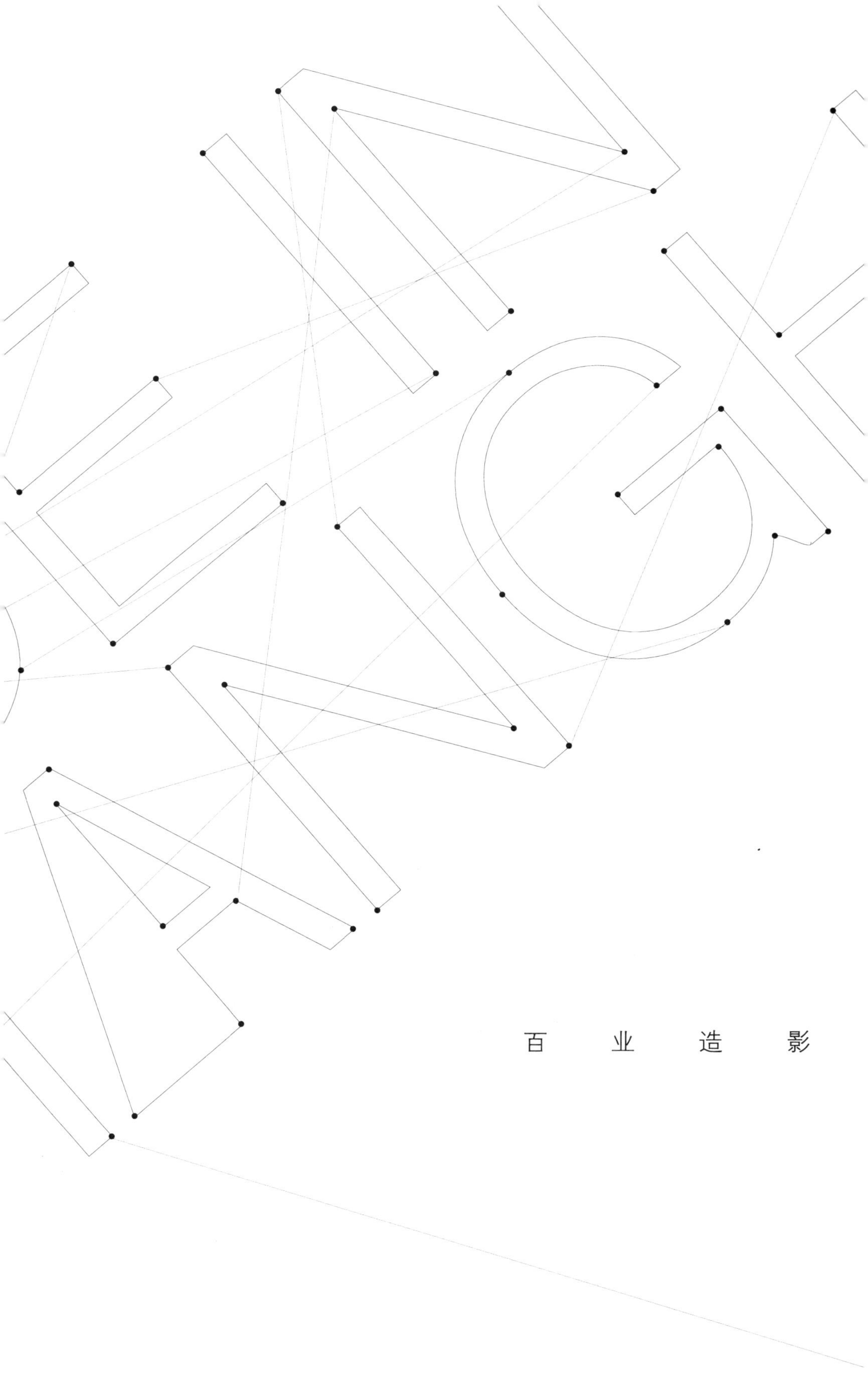

百　业　造　影

弄堂小吃摊

假如有个男人被人家说成是“老油条”，那么所有人都懂老油条的意思，那个男人一定就是个老混、油子，也是个不怕煎熬的人；假如有个女人被人家背后议论说她长了个大饼面孔，谁听了都会一笑而意会到那个女人的脸很大。用两种早点来作为俗常生活的经典比喻，可以说明的是大饼油条在市民生活中的地位。直至当下，还有小白领将“粢饭糕”比作为“又雌又烦又搞”的女人，足以见得粢饭糕已经作为城市的记忆留在了市民的心里。

上海人不像广东人早上有吃肉吃油腻喝早茶的习惯，也不像北方人的早饭有烙饼有窝窝头，上海人最普遍的选择就是泡饭，一碗泡饭，一碟酱菜，还有隔夜的青菜咸菜，是最经典的海派中式早餐。当然泡饭的缺陷是明显的，不耐饥没营养，所以大饼油条等四大金刚，可以理解为是上海人的早餐革命。

早餐革命风起云涌的地方，那就是弄堂了。弄堂小经营的形式总是一个摊，“四大金刚”是后来怀旧时候的美称，当年这一个摊的名字就是“大饼摊”，大饼摊也是可以卖粢饭卖粢饭糕的，但是只用一个集合名词：大饼摊。弄堂里的摊还有一个共性，客人往往是可以坐下来的，大饼摊则更加正儿八经地有桌子、有长凳。桌上有筷笼、有米醋。假如允许时光向21世纪推移，大饼摊就是风味小吃。倘若说哪一个人在弄堂口的鞋摊修鞋也不是难堪的话，那么星期天在弄堂大饼摊吃一顿大饼油条豆腐浆，恰好被一个同班同学走过时看到，简直就是虚荣心的十分满足。

弄堂大饼摊的生意不会只对着附近几条弄堂做，过路人照样会是它的客人。假如这个大饼摊靠近火车站轮船码头长途汽车站，那么它的生意好得不得了，几乎是从鸡叫做到鬼叫。一清早到的是宁波轮船，半夜里到的是南京火车，下了车船，在大饼摊坐下，吃碗豆腐浆，两只大饼一根油条。

当然更多的生意是早上买了就走的。买大饼常常用一个竹淘箩，买油条有点麻烦，油条有油，沾在哪里都要洗。不知道是谁发明的绝佳办法，带一根筷子去，朝着油条中心线戳进去，一根筷子可以戳三四根油条，既利索又不油腻，回到家里，退下油条，筷子就用来吃泡饭。有个男孩子常常这样去，只是有一次戳了两根油条，走到半路，有一根油条的口子豁开来了，变成两爿油条，掉落在了路边的阴沟里。男孩子紧盯着油条，伤心之至，久久不愿离去。却听得有伙伴在用一首童谣在唱他：大饼油条，老虎脚爪馒头……

男人去上班

男人要上班，女人要做饭；男人要赚钞票，女人要续香火。工业社会在它的发育期，继续延续着农业社会天经地义的男女社会链，也继续维系着固有的家庭格局和夫妻关系。

男人穿了工装裤去上班，以现在的认知水平去看，要穿工装裤的工作是十足的蓝领工人，而且还是一个又苦又脏的体力活，所以才会发下来工作裤，坐办公室科室的，至多发一副袖套，免得在写字台上磨坏了袖口。但是这一条工装裤照样神气，工人阶级的最经典标识有三大件，一是工装裤，二是柳条安全帽，三是挂在头颈上的白毛巾，工装裤是首要标识。所以穿了工装裤，挺胸抬头的，每一步跨出去，都是一个雄赳赳气昂昂的架式。社会对工装裤的认同还是虚的，老婆对工装裤的认同才是真的。只要看那一个饭盒，如果说工装裤是国家给予工人阶级的注册“商标”，那么饭盒和饭盒里面的饭菜，则是妻子给予丈夫的最高规格的待遇。饭盒是三层的，最底下一层最厚，是饭，工人的胃口大，第二层是蔬菜，最上面一层是荤菜，红烧肉？带鱼？咸菜炒肉丝？这一层也是这一个男人的面子工程，中午打开饭盒，这一层里面的荤菜，比老婆的长相还重要。

有穿工装裤的工人，也有不穿工装裤的工人，不穿工装裤不等于工作不脏，而等于不是工厂里的工人，比如倒马桶的，还没有被列入工人阶级的范畴，福利待遇自然就差了很多。每天一声声“马桶拎出来”，脏水不免泼洒出来，但是穿的是自己的衣服。倒马桶的是没有饭盒带出来的，不仅是没地方可以放，而且大凡倒马桶的总是住在附近，中午已经到了家里可以吃午饭了。虽然没有面子工程，但是老婆也照样热菜热饭齐全。老婆也照样像穿工装裤工人的老婆一样，给老公洗工作时穿的衣服。

男人总归是一家之主，总归是顶梁柱。最好的菜要留给男人，而不是儿子女儿，更不是自己。这是女人的本分。女人的本分还要养小人，还要服侍公婆，还要做衣裳、补裤裆。家庭妇女是很多女人的身份，当然她们也有很多的休闲，串门，聊天，张家长李家短，也不无自在。

很多年以后，“家庭妇女”有了新名词：“全职太太”，工装裤则成为时尚女人的流行。

小书摊

早饭刚过，弄堂口便支起了书架子，支书架子的人，便是小书摊的老板了，书架子是可以合起来的两爿，依靠在墙上，摊开来，像是两只并排的大书橱，上百本小人书就在书架上展示。假如是冬天，老板还会拉一块帆布挡挡西北风。不用吆喝，总是有这么些孩童来看小人书的。有的小书摊一分钱看一本，有的小书摊一分钱看两本。生意还真不错。

有小书摊的时候，孩童似乎是无所事事的，只要是在小书摊的小凳子上一坐，就不知道了时间，早上来的忘记了吃中饭，依稀听到母亲在叫“阿三”、“阿陆头”，才悻悻而归；下午来的一眨眼已经看到了头顶上泛黄的路灯，在泛黄的路灯下，孩童们的脸色更加泛黄，这是路灯照出来的，这是肚子饿出来的，这是西北风刮出来的，两条怎么擦都擦不尽的鼻涕在路灯下闪烁，两只冰凉的小手合上了最后一本小人书。常常是两三个孩童围看一本小人书，那是当中翻书的那个出的钱，出的是钱，长的是神气。

视力也真好，把长坂坡的赵子龙看在眼里，崇拜在心里——孩童们是在真正的“品三国”，也为几十年后易中天的普及三国，埋下了轰轰烈烈的引线。小人书的学名叫做连环画，不仅是一幅一幅画连接起来的故事，也可以是一本一本的画连接起来，比如《三国演义》就有60本，放到如今的电视里，那就是连续剧了。

随着“文革”的开始，小书摊戛然而止，如今回想起来，简直像是侏罗纪时代的恐龙，说没有就没有了。先是属于反动黄色被查禁之列，小人书上缴的上缴，焚烧的焚烧，隐匿的隐匿，等到小人书被解禁，却已经失去了小人书的生存环境，有电视，有儿童书，有钱，再也不会有孩童去小书摊了。

也就是在这个时候，小人书的第二种生命横空出世，小人书成为了文化收藏，小书摊成为了都市怀旧。因为小人书几近于绝迹，于是小人书就值钱了，一套《三国演义》以17000元拍卖成交，10册本的《金瓶梅》创下了21000元的天价。可能这已经是以前的行情了。因为小书摊是一代人的群体乐趣，所以它就很顽强地占据了一代人的记忆内存，哪怕是当年那两只布满皲裂和冻疮的冰凉小手，都是温馨的记忆，再想去刻意地皲裂都裂不成。现在的孩子们更是不可能知道什么叫做皲裂，就像他们不可能体会泛黄的路灯下看小人书有什么趣味一样。

茶水摊

开茶馆，盼兴旺；摆茶摊，为糊口。同样是做茶水生意，相差就大了，再说，孵茶馆的都是么事体（没事情）的，吃茶摊的都是做生活的、读书的、出汗的。

茶水摊就在晒不到太阳的阴凉处，等到要晒到太阳的时候，茶水摊就搬到了马路对面。茶水摊的老板娘——这个称呼实在也是勉强，就是一个摊主罢了，绝没有像《沙家浜》中阿庆嫂一样的八面玲珑，但是小本经营又是勤快，又是卫生，也面慈目善，客客气气。小桌台上的八杯十杯大麦茶，都是凉透了的，适合年轻的牛饮型，小孩子来了还有冷开水，1分一杯，老少无欺。每一个茶杯都有茶杯盖，玻璃的，有些茶水摊简陋一些，也必定要用一块块小玻璃当作茶杯盖，挡住的不是灰，是苍蝇小虫一类；茶水摊虽小，爱国卫生很重要。喝过的茶杯，老板娘倒是一定会浸在消毒水里的。茶水摊虽然也有两条长凳，是给过路人歇歇脚的，要喝工夫茶是不可能的。棒冰雪糕倒是有的，光明牌的，其实也只有一个牌子的冷饮。雪柜是不可能有的，就储藏在大口保温瓶里；有大人带小孩的经过，亲切地招呼一句，说不定就把一根雪糕卖掉了；8分钱，当然比茶水好赚。剥下来的包装纸，积攒起来还可以卖废品。

茶水摊的老板娘是一个什么身份的女人？连小业主也算不上，只是一个无证小生意，虽然搁了脚坐着，但是心里多半是在羡慕那两扇大门紧闭的国营纱厂的挡车女工，因为小业主生老病死没得劳保。那一个保安亭内的纠察在站岗，把挡车女工的工作渲染得更加幸福：在解放后的很长一段时间，劳保就是生活等级，就是政治身份。从国营的纱厂到无业茶水摊，当中横亘着天壤之别。

当然她这个茶水摊摆在纱厂旁边，看中的只是这一块地方既阴凉又人来人往，而不是纱厂的女工，纱厂女工都是“做人家”的朋友，下了班，嘴再干，也不会在茶水摊吃茶的，肯定是回家去喝冷开水了，也都是凉透了的。茶水摊老板娘有所不知的是，挡车女工虽然地位很高，但是每一次看到茶水摊女人脚跷跷地和人家搭讪，都会在一脸鄙夷中，暗生羡慕：伊一日坐到晚，生活也不要做，老开心格，哪像我们挡车工还要翻三班？

擦皮鞋

除了“文革”的十几年，一直到2000年之前几年，与淮海中路相交的雁荡路中原理发店门口，只要不下雨，有一个擦皮鞋摊一年四季天天在。下雨不做生意的道理，倒不是在于下雨没办法摆摊，弄堂口也可以摆摊的，是因为下雨天不会有人穿了皮鞋来擦皮鞋的，皮鞋也算是值钱的，下雨天就穿套鞋了，而且下雨天擦了皮鞋还要走来走去，也白擦了。所有的人都不知道这个擦皮鞋摊的大名，都叫他“三毛”。就是这个三毛、这个皮鞋摊，成为了经典的怀旧题材。2000年1月7日，上海的《生活周刊》刊登了三毛去世的消息。一位熟知上海滩擦皮鞋掌故的长者告诉《生活周刊》记者，从解放前擦皮鞋一直擦到现在的，只有雁荡路中原理发店门口的三毛和太平桥的独腿老王了。“三毛死了，1999年10月4日死的。”长者说得有点伤感。

一把圈手藤椅，一张当天报纸，那是给客人准备的；脚搁在皮鞋箱上，看看报纸时间也是很快；旁边还有一把小竹椅，是留给要等的客人的。小老板很是周全。把擦皮鞋摊摆在理发店门口，真是个好主意。那些男人女人大多数是面熟陌生的老客人，在中原做好头发出来，就顺便皮鞋擦一擦，擦皮鞋这种事情，当然不会是自己做的，弄得手里“一天世界”的皮鞋油。

擦皮鞋的生意，基本上都是一擦就是几十年，从学生意一直擦到擦不动为止，就像三毛一样。在同一个地方，或者是饭店门口，或者是舞厅门口，或者是照相馆门口，或者是公园门口，反正都是和休闲花钱有点关系的场所，一年四季都在做生意，皮鞋也越擦越亮，口碑也就做出来了。

好的擦皮鞋摊家什很齐全，鞋油十七八罐的，擦皮鞋布和刷，也分皮鞋油的颜色，擦皮鞋布还要分粗打细打。客人坐上去就只顾看报好了，一点用不着担心，也用不着关照；擦皮鞋的先是把客人的裤脚管挽上，然后将几块皮衬衬在皮鞋鞋口，通常要衬两层，客人袜子就不会粘到皮鞋油了。然后是一连串的刷、抹、擦、打之类，一阵过后，擦皮鞋的轻轻一拍客人脚帮上的皮衬，客人明白了，换一只脚。

大概也就是一毛钱两毛钱的生意。客人起身后，看看脚下的鞋，亮到了反光的地步，自己是无论如何也擦不出这样的效果的。有时候一不小心，就在起身的时候地上几粒尘埃弹到了皮鞋上，擦皮鞋的马上叫客人重新坐定，把皮鞋当作艺术品一样，一直要到客人离开才算是皮鞋真正的擦好。

剃头摊

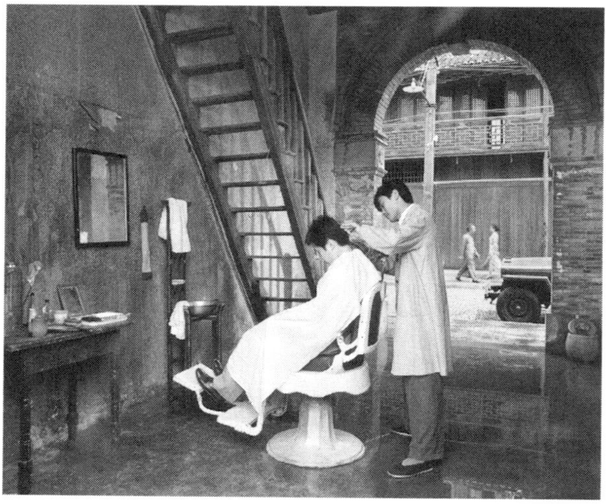

凡是有过街楼的弄堂口，历来就是非法搭建、非法营业的热地，进出口的要道，还遮阳避雨，生意一做就做起来了。弄堂口的生意全都是些小生意，离不开吃喝拉撒、修修补补的行当，大饼摊、裁缝摊、配钥匙的五金摊、皮鞋摊；因为是养家糊口的小生意，做生意的必定是老的老小的小，如老裁缝、小皮匠之类。

当然还有剃头摊，还有小剃头。小剃头一定是从乡下到上海学生意的，而且十有八九是从苏北来的。

小剃头很顽强地在过街楼下站稳了脚跟。苏北人会剃头，就像江西人会补碗一样，三代之中，必有剃头师傅；所以在弄堂口摆下剃头摊，就凭着苏北话，也能招徕生意：小剃头人客客气气的，老板太太的乱叫，两条毛巾搓得雪雪白，在他这里剃头，从来没人生癞痢头的；小剃头手艺也不错的，修面修得清爽，烫头发烫得老牢。

小剃头在弄堂口立了脚，慢慢还有些小名气，于是从乡下带出来几个侄子外甥，自己做起了师傅，在隔壁弄堂也摆起了剃头摊。再后来，小剃头越做越有名气，也越做市面越大，到小马路上借了个店面，开起了剃头店，这几乎就是上海所有老字号理发店的发迹由来。理发店门口那一盏法国三色旗柱型灯，是他们从乡下到上海学生意、从弄堂口摆摊头到理发店做老板“蒸蒸日上”的三部曲。

弄堂口有小剃头，也就有来剃头的人，因为剃头摊便宜啊，小孩子剃个头也就是一角钱，碰到做人家的爷娘，还叫小孩子回家洗头，就此省下了5分的汏头钱，小剃头却少赚了5分钱，所以小剃头也免不了要啰嗦几句，把小孩子啰嗦得很不爽。当小剃头做梦也想上一个档子，到理发店去做一个剃头师傅的时候，去弄堂口剃头的小孩子，也就想着，什么时候可以上一个档子，不再到剃头摊剃头，在那一盏转灯里面的理发店理发带洗头，还有电风扇，一定很享受，但是要两角。

黄包车女人

“束身旗袍，流苏披肩，阴暗的花纹里透着阴霾。”这是张爱玲笔下的上海女人。旗袍是上海女人二十世纪三四十年代不可或缺的经典之作。作为服装，旗袍第一次将女人的心情、自己的故事同整个城市、整个时代自然地连在一起，成了那个时代上海女人的一个标志。所以当看到旗袍在电影《花样年华》中强化凸显，一名冷香端凝的女子，从头到尾被23件花团锦簇的旗袍密密实实地包裹着，在美艳之下紧箍着情感，不把她当作上海女人的故事都难。

身穿旗袍的小女人坐在黄包车上，与黄包车和黄包车夫形成为组合。撇开他们之间社会层次的反差，其实是很有美感的，一个纤弱，一个生猛；一个温婉，一个直爽；一个阴柔，一个阳刚。仿佛黄包车就是为穿旗袍的小女人度身定制一般，尤其是在上海的洋房、弄堂间穿行、在泛着微微青光的“弹格路”上潜行的时候。

这一个坐在黄包车上的小女人会是谁，会是到哪里去？

或许是去剪旗袍料的。看得出小女人日子过得不错，白白净净，神情淡然，每过一段时间，就会去协大祥剪一块自己喜欢的旗袍料；或许还会去恒源祥，那里的绒线是出了名的，小女人会去买一点绒线，不仅是给自己的，还有给丈夫和公公婆婆的。

或许是去听书的。上海小女人喜欢听苏州评弹的很多；虽然是从苏州外来的剧种，却是因为非常安谧而很讨上海小女人的欢喜。在黄包车一路去的路上，小女人便想到了自己的偶像蒋月泉以及蒋调等等。

或许要去和以前的女同学约会。凡是喜欢和以前女同学约会的小女人，都是日子过得不错的女人，约会的地点可能是在饭店，是在电影院，是在舞厅；哪怕路不很远，但是一定要讨一部黄包车的；或许小女人正是要到这里来约会？

或许是为了一段暧昧的情感。那倒是《花样年华》的真实版本了。

或许小女人还不是一个等闲之辈。以前看过电影《野火春风斗古城》，王晓棠扮演的银环，就是穿了旗袍坐了黄包车，去完成地下党的任务。那情那景，和眼下的小女人黄包车夫竟然有些相像。并不是说这个小女人就是银环或者地下党，而是说，上海小女人穿起旗袍来，有着一致性的风情，连黄包车夫和洋房和弹格路，也是极好的点缀。

西洋镜

一只热水瓶、一杯茶，茶自然很浓的老茶，在一个衣柜似的家伙旁边，一条长凳，依墙而坐，一坐就是一天。上海滩什么都可以做生意，也什么都可以骗人的。

西洋镜，最初是一种民间的游戏器具，比电影更早流入中国，里边又都是些外国的风俗人情，上海人就称之为西洋镜，在北方叫拉洋片，因为一张张画面是活动的。摊主将各种画片装在箱中，观众通过凸镜观看箱中画片。如果光是几张画，还不足以赚钱，用现在的话来说，西洋镜还是一门糅合了说唱的民间艺术，摊主一边拉动画片，一边唱诵画片内容。唱词当然是通俗易懂，而且还略略低俗，比如，“往里瞧来往里看，小寡妇上坟在里边，头戴白布身穿孝，小嘴一撇哭得欢。”

西洋镜一般有两种，一种是大箱子，摊主身背或用自行车驮，箱子上有几个观视窗，小孩子付了钱后，头钻进了布帘眼睛对着了观视窗前。这时，摊主打开窗口卷动起里面的画片，顺口或唱或讲画片内容，把画片串成一个故事。没钱观看的小孩看不到箱内的画片，在旁边听摊主讲述故事或听唱词倒也乐陶陶。还有一种小西洋镜，属于移动式的。摊主身背小木箱和趴脚架，到一个热闹处便打开木箱，里面装了八九只单筒画片机，孩子们付钱后挑一只机子，一面喜滋滋地眯起左眼，右眼贴上机孔向里面看，一面不停地卷动轴变换画面。

因为有些小孩子在父母那里讨不到钱，他们就把家中的废品拿来过西洋镜瘾，拉洋片者不仅收钱，还收牙膏皮、破铜烂铁和玻璃瓶等物。

西洋镜的画面就是这么简单，常常也就是靠着摊主的吆喝忽悠在拉生意，花钱看西洋镜，看过后发现仅仅是几张死画片而已，并没有什么希奇，有非常上当的感觉，再跟摊主倒扳账，当然是扳不回来的，但是上当的人也有以毒攻毒的办法，见谁来看西洋景，就当面拆穿摊主的骗局，于是“拆穿西洋镜”成为了一句俗语，西洋镜没有了，拆穿西洋镜却是人人都懂。

造

红头阿三

有许多关于“红头阿三”阿三的典故版本。印度人说话有“I say”、“I say”的口头禅，谐音是“阿三”，红头加上阿三故称“红头阿三”；也有人不同意这样的观点，“阿三”是对印度巡捕的蔑称，甚至是辱骂。上海街上耍艺的安徽人手里的猴子也叫“阿三”，上海人常吓唬那些猴子说：“阿三，老鹰来了！”而跟这些巡捕说：“老鹰来了！”指的当然是“老英”，因为这些人平时最怕英国人；还有其他有关阿三的考证。不论是哪一种考证观点，都明白无误地指向了一类人：在中国的印度人巡捕。

“红头阿三”来自英国殖民地，严格说来其身份比处在租界里的上海人还低，但他们是英国人的忠实看家狗，整天警棍乱舞，让上海人吃足苦头，特别是那些摊贩和黄包车夫，常常吃到红头阿三的“外国火腿”和“五枝雪茄烟”，就是踢一脚，一个耳光。红头阿三的存在随着租界结束而取消。直至到了2004年，“红头阿三”作为外国民工再次进入中国城市，形象刻意保持了传统特色，但是身份已经改变，不过担纲的是宾馆拉门的保安，在上海因为有宾馆招聘了“红头阿三”而生意一时火旺，也成为了媒体和市民的热点话题。

凡凶狠者必有怀柔之时，尤其是当凶恶就是职业需要的时候，怀柔也一定是职业的素质。当红头阿三在外滩3号、18号门口侍卫的时候，他对穿了旗袍的女人是彬彬有礼的，而且彬彬有礼得一点没有职业化造假的感觉；他眼神更多是落在汽车之外那些个卖花小姑娘和黄包车夫身上，谁要是胆敢进入禁区，手中的警棍时时刻刻会打出去。在门内，或许还有红头阿三，看见穿旗袍的中国女人进来，红头阿三极其谦和，却一点不低下，假如是看到有行李的男人进来，红头阿三的服务职业素养一流，客人要求的事情，红头阿三全做到家了，客人没有要求的事情，红头阿三也做好了还闷声不响。那一头红毛巾，始终一丝不苟地缠在头上，凶恶时红头更显杀气，怀柔时红头竟是很温馨的感觉。

代客书信

这个女人是一个娘姨。就是佣人，娘姨基本上是长工，可以在人家家里做到老的。

历来，在上海就有各式离乡背井的人，做得好的人叫做闯荡，叫做冒险，那都是男人；女人呢，一个女人家到上海，除非是嫁人，要么是做工人，要么是做娘姨。做娘姨的女人好像是要比做工人的女人适宜，只要手脚勤快，东家又好，没有工人苦，好些做娘姨的，就是从16岁到上海，一做就做到了60岁还在东家家里做，成为东家家里的管家。

娘姨的家在乡下，娘姨的男人和儿子女儿都是在乡下种地的，只有娘姨一个女人家在上海赚钱。长期两地分居，苦哇，偏偏娘姨十有八九都是不识字的，写信都是叫人代笔。虽然做工人的、倒马桶的女人也不识字，但是她们在上海结了婚，没有家书要写。

每一次都是拿了自己的“地脚印”去找写信先生，“地脚印”是地址的俗称，“地脚印”就写在男人来信的信封上。当一封信，要有人代写、要有人代念的时候，再亲昵的关系也变得淡而无味。公开的家书、公开的情感，曾经在著名作家王小鹰的一篇文章中得到证实。唐山地震的时候，王小鹰的先生去唐山抗灾，一封家书写给妻子的，但是王小鹰并没有独享权，家里所有人都会抢着念一遍，信的前前后后都是问候，写到妻子的时候，仍旧是一句问候。娘姨的信就是这样，信是写给自己的男人的，但是不会有任何一句话会写及自己和男人的卿卿我我，不会写到我想你你想我；只是会说，我身体很好，勿念，然后问候对方，阿爸姆妈（公婆）身体好吗，小狗（儿子）听话吗，大妹（女儿）会帮忙做事情了吗？兄弟姐妹代我问好，你自己身体要当心。到了信的结尾，才写到了实事：寄上多少多少钱，或者是我几号动身回乡下……虽然没有一句爱情话语，但是写信的本身就是爱情，每一次请写信先生写信，都是按捺不住内心的喜悦与想念。就像每一次请写信先生代念男人的来信，明明知道就是这么几句，还就是满怀憧憬。

写信先生也是好人。识几个字，到了代客书信的份上，离潦倒也没有什么很大的差别，一事无成，且手无缚鸡之力，就靠人家娘姨不识字才苟且度日。每一天摆摊头，写信先生是带了饭来的，生怕中午一时半晌漏掉了一笔生意。写信先生好歹也是读书人，代客书信大概是一个读书人的职业底线了。即便如此，写信先生依旧保持了读书人的礼仪和谦恭。他会帮娘姨写一点问候，还会给娘姨准备一杯茶。娘姨明明也知道摆写信摊的是没有花头的男人，但是必定“先生”长，“先生”短的，让写信先生也得到了精神上的满足。

爆炒米花

社会的物质链和自然的生物链，常常有某种相似。某一种物质的存在，总是以相应物质作为存在的链，一旦链失去了，某一种物质也就失去了。如果将爆炒米花比作是某一种动物，虽然比不上恐龙的伟大，但是和恐龙具有完全相同的消失的必然，爆炒米花是因为它的物质链的断落而消失的。

无法想象在绿荫浅水的商品房小区内，会有爆炒米花“嘭”的一声，“嘭”的又一声，很难想象爆炒米花的风箱旁边，停了一辆私家车，很难想象耳朵里塞了手机耳塞的男孩女孩会在爆炒米花一侧排起了长队，很难想象地上是一只只电饭煲、焖烧锅，而不是一只只敲瘪的钢精锅……

爆炒米花的最佳风水宝地就是在石库门的弄堂里，石库门里有直弄堂横弄堂交错，夏天可以在遮阳的弄堂，冬天可以在避风的弄堂，一年四季都有生意做。既然弄堂交错纵横，就聚集了人气，只要听到“嘭”的一声，就会随着响声先去一个小孩排队，然后才是大人拿了一罐米、两粒糖精片还有一只钢精锅跟了出来。差不多就是在有石库门的一天起，石库门的弄堂似乎就约定成俗，弄堂就是屋里天井的延伸，每家人家都可以摊到弄堂里来，每家人家也都可以使用弄堂，弄堂实际上就是一个公用部位，于是石库门弄堂来了爆炒米花的，不管是在哪个门牌号码面前落脚，都不大会有意见。且石库门弄堂虽然不很宽，也不很窄，支起了爆炒米花照样可以走人；若是天色渐黑——爆炒米花不爆到晚上七八点钟是收不了场的，石库门弄堂倒是有路灯的，路灯也不像马路上的路灯太高，就在两个人高的上头。一只黑乎乎气压炉，一只风箱，支在石库门弄堂的弹格路上，像是一个姻缘，非常的般配。所有的破旧，支起来的是一个经典。

爆炒米花还算得上是行为艺术，具有表演性，所以孩子一定喜欢，只是那一声“嘭”实在太响，太突兀，大人们总是关照孩子们要捂牢耳朵，只有戴上了红领巾，想到要做一个勇敢的孩子后，才松下捂着耳朵的手。

石库门虽然还在，但是石库门的氛围已经改变，人不一样了、物不一样了，以至于爆炒米花和石库门脱了因缘。随着一声甜蜜蜜的“今天早上吃什么”的问候，工业性快餐化的POP Corn，显然与电脑时代成为一种新的物质链，但是不知道为什么这么一种快餐爆炒米花会叫做“哈里克”。不过“哈里克”很快就爆掉了。如今的名字仍叫爆米花。

拷老酒

中国人买酒一般不叫“买”，而是要用另外一个不太相干的动词，有叫打酒的，有叫沽酒的，上海人用的一个动词叫做“拷”，拷酒。不管是女人还是男人，只要是去买酒，都叫做拷酒。当然那是指散装的酒。

同样是拷酒，而且是在同样的酒店里拷酒，女人和男人拷的是不同的酒。女人拷的是料酒，男人拷的是老酒。料酒和老酒有区别？有，料酒是烧菜的，老酒是喝的。料酒是佐料的意思，应该是最差的黄酒，女人只须说一声料酒，店小二就明白了；如若是男人拷老酒，除非是每天来的老客人，否则店小二是要问问清楚拷的什么老酒，花雕还是加饭？

酒店的伙计，常常就是酒店老板兼着。一顶西瓜皮帽子，一身短打的衣衫，圆头圆脑的面孔，就算是堆出来的假笑，也像是真的，是合适做拷酒买卖的。一口绍兴话，使得自己的酒有了地域的亲和力。看到街坊女人过来，老远地就打招呼，好听的话很会说，有叫阿嫂的，显得亲近；有叫老板娘的，显得客气。与这两个称呼对应，男人来了，不是叫阿哥就是叫老板了。嘴巴甜，生意做得也让人家开心，老客人来拷酒，不管是二两勺还是半斤勺，提起来刷刷平，一点也不会晃出来，一勺子满了再加一点。就算生意不做，绍兴人的面孔还是笑嘻嘻的。一甏甏黄酒进来出去倒是很忙。

酒店有拷酒就会有吃酒，吃吃老酒谈谈心，实在是江南男人的享受。店堂就在旁边，生意好的还会有二楼。一只八仙桌，四条长凳，酒友酒友，一碰杯就有。吃酒的时候就不叫拷酒了，直接是一个“来”字——来半斤加饭。猪头肉、鸡脚爪、鸡屁股、茴香豆、花生米，都是过老酒的菜。男人就在酒店里讲大道、传小道、走下道。有吃老酒，也有吃小酒的，小酒就是白酒了，当然不会有茅台五粮液之类，那不是酒店的生意，二两土烧？那是最便宜的烧酒，还有绿豆烧、七宝大曲，也是差不多的档次。

酒店老板生意做得弯开心，他喜欢拷酒的女人和来吃酒的男人，女人来拷酒，想讨一点料酒的小便宜，笑盈盈的，带来些许风情，店老板多加了她一点点料酒，也多搭讪了几句。男人来吃酒，那是更好的生意，店老板说好话，客人喝好酒，客人轻飘飘之际，店老板早就将白天加给客人老婆的一点点料酒赚回来了。

修棕绷

在几乎同样的市井里，曾经交杂了许多声响，而且还会有默契，总是会在某一个时间点、季节点，两种声响相约而来，相约而去，以“形影不离”来形容都不为过。几十年过后，其中的一种声响依然，另一种声响却听不见了，因为这一个声响所伴随的时代过去了。

这么一对曾经“成双成对”的声响，就是夏天树上的知了声和弄堂里的修棕绷的叫卖声。

“啊有啥格坏格棕绷修哦？啊有啥格坏格藤绷修哦？”这声响一定是发生在夏天知了叫的时候。尾声常常突然跳了上去，仿佛是男高音的高音C，可是叫的人并不吃力，有点自我娱乐的意思。不需要去张望，好像就看到了一个背着一大包棕绳的乡下人走进了弄堂，好像常常是绍兴人居多。他边走边叫，不急不慢，心底明白是会有修棕绷的主儿的。果然有声音在某一个阳台或者窗口回应，于是修棕绷的便卸下“家生”。棕绷从楼上抬下来，用四只凳子架好在弄堂的阴凉头，修棕绷的工作就开始。修棕绷的很少言语，慢慢地穿棕引线，除旧换新，加密了旧的棕绳。棕绷一定是旧棕绷，经过半天的修理，就是一张新棕绷了，手用力地按下去，像板床一样的硬扎。

修棕绷总是在夏天，于是有知了知了的蝉声相随，还有闲下来的街坊。邻居们想看看修棕绷的手艺，如果满意，那么修棕绷的人又多了一个活儿，来得及就当天一路修下去，来不及就约好明天。大家只是从他的口音中略知他大概是浙江人或者江苏人，至于具体住在哪里，来自何方，谁都不知道。知道今年的活干过了，到了明年夏天，他还会来。

入秋了，床上铺上了棉花胎，棕绷就是要修也不方便，等来年了，知了也不叫了。似乎日子就这样很规律地延续着，到了知了叫的时候，总是会听到一声瓮声瓮气的叫唤：“啊有啥格坏格棕绷修哦？啊有啥格坏格藤绷修哦？”等到家家户户都睡了席梦思，再也听不到修棕绷的叫唤声了，有的老人恋旧，会想起以前有个修棕绷师傅的手艺，以为还会听到夏天会听到的声响，听到的是年复一年的蝉声。

弄堂里偶尔也还会看得到旧棕绷，当然不是等着修棕绷的那一声叫唤，而是某一家人家乔迁了，或者棕绷用到了实在不能用的地步。主人把它竖在了垃圾堆旁边。一个老太太走过，拍了拍棕绷架，自言自语了几句：罪过啊，棕绷架子还是老好格，要是像老早，让修棕绷的修一修，跟新格一样格。

没过一会儿，有人来收拾棕绷了，很麻利地拆散了木架，便成了四根木档。那人是收破烂的。他走后，留下一地烂棕绳。

送药

煎药和熬药只不过是说法不一样，事情就是一件事情；虽然说法不一样，但是艰难程度是一样的，煎和熬合在一起就是煎熬，没有什么程度的区别。也就是煎药熬药这么难，是一件很见功力的事情，所以也真有人自知功力不够，但是偏偏相信中药中医，那就请中药店送药了。

中药店历来是弥散药味的地方，这味道不仅是药房里拉开一个个抽屉全都是一味味药，而且在中药店的后门，必定有代客煎药送药的工场间。不必怀疑中药店是否会偷工减料，张冠李戴，都是老牌子讲信誉的店，童涵春、徐重道，店名就起得厚道，可以放心的。一帖药，分两次煎，倒在两只小热水瓶里，上午一顿，下午一顿，小热水瓶的药倒在饭碗里，差不多就是大半碗。医生开几帖药，那就要送几天。送药工送到人家的家里，如果是在楼上，也不必上楼，双方会有默契，今天的瓶留下，昨天的空瓶带回去，四个小热水瓶的自动交接可能就在牛奶箱里。送药工一部自行车到东到西一点也不会搞错，因为在热水瓶外面，都贴了病家的地址名字的。

真正吃中药的人，还是自己煎药的，哪怕是有钱的人家，也会叫资深的佣人煎药。他们会觉得中药房里的药是烧出来的，是放在钢精锅里烧20分钟烧出来的，而不是在药砂锅里慢慢能地熬出来的。中药讲究三分药力七分心意，药熬得好不好，直接会影响药的效力。一般人家总是亲人熬药，也不无道理，当病人喝着自己亲人花了很大功夫煎出来的药时，心里一阵感动，病也就好了三分。

煎药是一件难事。煎药一定是药砂锅，而且还要在药砂锅盖上压一把剪刀，总是有把病压下去的意思吧。要文火，不能让药潽出来，也不能是一大碗，要让药在药砂锅里慢慢地煎熬慢慢地收水，人不能离开半步，一帖药两次煎完，至少也是一个多小时的。即使这样还是免不了一眨眼，熬干了，连药砂锅也裂开了。只有那些年长的主妇，常年吃中药，说起煎药就免不了得意：我那只药砂锅，用了好几年了，只要人管着，不会坏的呀。确实这样，那一个药砂锅外层都是烤干了的黑色药汁，一条条流下来的样子，药砂锅的颜色也已经很深。邻居都看得到妇人的药砂锅，因为每天煎好药，妇人总是拿了药砂锅倒在弄堂垃圾桶旁的一个角落，那是要将病送走的意思。

算命

算什么呢？算命；算了明白了？没有明白；为什么还要算呢？因为还没有明白。

曾经有观点认为，算命仅仅是最愚昧最落后的地方才会有人响应，实际上在上海，算命一直有人呼应，即使在最革命化的时候，算命仍旧暗流涌动。乡下人有乡下的算命诉求，上海人有上海的算命诉求。关键不在于算命准不准，在于有些事情在自己没有办法了断判断的时候，需要有人说一声对的或者错的。

在清静的小马路角落头，算命先生像模像样，小妇人是一脸的虔诚。不管是从乡下到上海的小姑娘，还是在上海亭子间里的大小姐，还是出了嫁的媳妇，甚而是一家之太太，算命常常就是她们生活重要科目。

上海这么一个城市，不像乡下，人与人之间的命运相差不多，尤其是女人，基本上就是嫁鸡随鸡嫁狗随狗的命，她们要算的是如何摆脱贫穷。上海女人不一样，上海有太多的机会，有太悬殊的贫富，有太离奇的传奇，有太令人垂涎的灯红酒绿，有太多男人的花心……一个女人的命就在太多的不确定波涛中起伏，自己都已经无法操控，不知道某一个男人、某一个机会、某一个传奇是凶是吉，是凶要化凶为吉，是吉要保吉祛凶，需要算命先生指点迷津。

女人去算命，和女人去烧香有差不多的心理。既然信则灵，那么就要有信的姿态。算命不是随随便便的事情，更不像现在跑到哪个旅游景点，心血来潮就让人算命。中国人算命是讲究“机”的，也就是一个人用算命解决自己实际问题的时机。小妇人未必知悉那么多周易八卦，但是往日里也是多多少少听说了些算命的规矩。以前算命前是要先去祭祖庙的，还要沐浴、还要禁欲。小女人祭祖庙做不到，算命前七天禁欲、吃素是做得到的，去哪一个寺院烧香拜佛是做得到的，而且还很虔诚。她的男人也就听从了，陪着她禁欲，陪着她吃素，陪着她烧香拜佛，只是没有陪着她去算命。

算过了命，男人问她准不准，小妇人连连说准，但是又有些没有明白，以后再算命时就明白了。

造

削刀磨剪刀

当人们处于安闲的生活时，回忆出来的事情都是津津有味的，尤其是在回味曾经的乏味生活时，乏味就是滋味。那一声久违了的“削刀磨剪刀”，就像是铿锵的戏剧道白一般；在京剧《红灯记》中，便有一个地下党乔装北方磨刀人的吆喝：“磨剪子来——锵菜刀！”中气十足。其实在磨刀人以浓重的苏北口音吆喝时，仅仅就是养家糊口。生活就是这样捉弄人，当这种生活方式存在的时候，被人家看不起，但是当这种生活方式消失而成为艺术和怀旧的时候，它的社会价值渐渐体现出来了。

削刀磨剪刀算得上很低层次的服务性行业，收费低，利润小，既是室外的，又是流动的，还是龌龊的，所以削刀磨剪刀的男人也就是生活最底层的人。也唯其如此，削刀磨剪刀很会满足，一个放心的眼神，一句谢谢都很当回事情；哪怕是背对着，都能够感觉到身后几尺开外倚门而立小女子的温婉动人。碰到好心的主儿，削刀磨剪刀便会下点真功夫，那刀剪磨出一道道寒光。

有个削刀磨剪刀是个哑巴，他自然是没有那一声“削刀磨剪刀”的吆喝的，也就敲敲手里的刀剪作个声响；哑巴讨过老婆，老婆死了，留下一个女儿。弄堂里人看到哑巴父女可怜，便经常有些接济。哑巴女儿不声不响的，读书非常争气，一口气考上了北大，创造了小弄堂的历史。一直到全弄堂为小姑娘夹道欢送去北京的时候，大家都只晓得叫伊小姑娘，却不晓得小姑娘的名字。小姑娘抿着嘴笑笑，低着头去了。小姑娘的阿爸挨家挨户去谢了邻居，分了糖，另加一个很特别的谢的方式，给每家人家磨了一把刀。

在那一声“削刀——磨剪刀”从弄堂里穿进穿出的时候，常常会有小小恶作剧的孩童齐声地跟一句：“奶油——鸡蛋糕”，倒也是非常押韵而且朗朗上口。谁都不明白奶油鸡蛋糕和削刀磨剪刀有什么关联，如果说一定要有什么逻辑关系，那么在当时，奶油鸡蛋糕是革命的浪漫主义，削刀磨剪刀则是革命的现实主义，每家每户刀剪好几把，蛋糕却是珍奇。显然此二者属于天地之间。几十年过后，奶油鸡蛋糕下降为现实主义，削刀磨剪刀，听起来都很浪漫。

造

小姑娘

如今“上海女人”已然是优雅、知性、温情女人的同义词。如果追溯上海女人的优雅、知性和温情的源头，当然是几十年以来的代代相传，而几十年前的上海女人，或许就是这一个上海小姑娘，确切地说，就是这一个刚刚从乡下到上海的小姑娘。上两辈的上三辈的上海女人，有许多都是从江浙一带而来。这符合上海移民城市的特点。

显然这个小姑娘不是纱厂的女工，脸上还没有一个女工的倦容，也不像是一个女学生，蓝印花布罩衫和圆头布鞋的搭配少了些女学生的时髦，当然也不会是小媳妇，小媳妇就在家里轮替着怀孕和哺乳。小姑娘像是刚刚从乡下来投靠上海亲眷，或者是叔叔，或者是舅舅在上海日子还过得蛮好，这一个小吃摊的老板，就是小姑娘的叔叔舅舅，小姑娘一时还不知道要去做什么事情，住在亲眷的家里，顺便就做一个帮手。看小姑娘的神情，是本分的、腼腆的，却也是水灵的、聪明的，说不定还读过几年书，做一个帮手是放心得下的。再说小姑娘在乡下也是要做事情的，手脚很快，不管是招呼客人，还是擦桌子，一看就不像是生手。小姑娘也欢喜做，到底是在上海啊，房子一幢连一幢，即使是一把落地油布洋伞也是新鲜。

过不了多少时间，小姑娘不会就这么想，或许就不想在亲眷开的馄饨摊做帮手。小姑娘看到了上海小姑娘的开心日子，更加听说了许多让她怦然心动的故事，尤其是在大世界足足白相了一天之后，小姑娘的心有点活了，对一个16岁的小姑娘来说，在上海的生活充满了不确定，而且在自己的幻想中，所有的不确定都是浪漫的故事，都是灰姑娘的美好未来。有人来做媒提亲，有人要带她出去玩，有人许诺要让她去读书，有人劝她到有钞票人家去当一个丫头。在上海，有多少男人在冒险，就有多少女人愿意为自己的理想去冒险，因为理想的大门常常就是男人。

小姑娘是聪明的，很快就出落成完完全全的上海小姑娘，没一点乡下口音，后来果然有去读书的，有嫁了不错人家的，有参加工作的，也有私奔的……几十年后上海女人的许多质感，都是从那时候潜移默化而来。

鞋摊小女人

上海女人成为了一种符号。但是这个符号会给人一种错觉，好像这个符号必须有若干先决条件，首先是穿旗袍的，还是穿高跟皮鞋的，是频频赴约跳舞的打麻将的，是不用做家务只会花钞票的，所以上海女人作为一个被误读的符号，常常与浮华有关。

当一个小女人脱下一只高跟鞋在鞋摊旧椅子上坐等的时候，她也是不经意地在为上海女人正名。

上海女人之所以成为上海女人，不是靠浮华浮起来的，而是靠做一个勤快、勤俭的女人做出来的。这是上海女人的一大规矩。很多人更多地是看到上海女人深谙女为悦己者"容"，但是很少人明白上海女人更加精通女为悦己者"勤"、女为悦己者"俭"。

皮鞋、高跟皮鞋是女人的必备，无法想象一个女人没有皮鞋还怎样在上海生存，上海女人要面子是出了名的。但是皮鞋、尤其是高跟皮鞋还真是易耗品，后跟磨坏了，线脚脱开来了，掼脱是不舍得的，三天两头买新皮鞋又是不可能的，在女人要面子的另一面，是修皮鞋不坍台，没什么好难为情的。于是，哪怕就是在自家的弄堂口，也可以心定气闲地坐在鞋摊边，看着鞋匠手摇线脚缝纫机，还要和鞋匠谈谈山海经。有时候女人并不是住在附近而是走过路过，一双有跟的皮鞋、尤其是有高跟的皮鞋，在弹格路走啊走，看上去的感觉真是很优雅，但是每一步都是小心翼翼，并且再小心，也防不住鞋跟在弹格路上一别就断了下来，先前的的笃的笃的优雅，就变成了一翘一翘的狼狈，就赶快找一家鞋摊。这大概也就是上海高跟鞋、弹格路和鞋摊三者"相映成趣"的因果关系。小马路的弄堂口，或者就是在小马路的上街沿，鞋摊之多之密，可以用得上一个成语：星罗棋布。

有一段时间，上海曾经流行鞋子要打铁掌，类似马蹄打马掌一样。高跟鞋鞋跟虽然细长，但是还要打上一个铁的鞋掌，走在石板路和水泥路上的笃的笃，很远就可以听见金属和石器的碰撞声。包括小孩子的布鞋也要打上铁掌，耐穿得很多。这种活，无一例外的都是鞋匠的生意，只是打过铁鞋掌的布鞋皮鞋、尤其是高跟皮鞋，一旦在木地板上走过，地板上就留下深深的铁掌凹印，哪怕走过去的是一个轻盈的女人。

乡下小姑娘

“乡下人，到上海，上海闲话讲勿来，米苋米苋炒咸菜。”这一个民谣在上海流传多年而不被忘记，一方面可以说是上海人曾经歧视乡下人，另一方面，也可以说是上海的乡下人层出不穷，所有的上海人最初都是从乡下而来。

现在当然只有民谣的历史记载，而不太会有民谣的生活记录，不仅是理念有了变化，也因为“乡下人”已经成为了上海人很大的一部分，于是“新上海人”成为一个崭新的名词。当然在看到这么一个小姑娘提了一篮水果在茶楼兜售的时候，即使小姑娘自己心里也觉得自己就是乡下人，至少是和同样年龄的上海女孩子有很大的差别。

也就是十六七岁的样子，像篮里的水果一样，小姑娘还有点青涩，怯生生都不敢正眼看人，不是很开化的举手投足，看得出是刚刚到上海没多少日子。小姑娘手脚是勤快的，但是老板还会抱怨她，那是因为不熟练。虽然也是做事情，却与乡下的事情大相径庭；在乡下穿的是时尚的服装，到了上海却穿上了蓝印花布罩衫，还要戴一个围兜，还要穿圆头布鞋。老板说，茶楼要的就是乡土气，就是六七十年前阿庆嫂“春来茶馆”的味道。果然，小姑娘的穿戴和神韵，与茶楼的桌椅、廊檐，竟是十分贴切。小姑娘则是把这一套行头当作了工作服，虽然下了班也没有更多的地方可以去，但是下了班，小姑娘是一定要把自己打扮得和上海女孩子一模一样的。

小姑娘也真是聪明的，没过多少日子，就会说一口略显生硬的上海话了，不再怯生生，上海味道渐渐地有一点又有一点，下班后走到马路上，不仔细看，还真是和上海小姑娘没什么差别。对于一个乡下女孩子来说，在茶楼做一个卖水果的服务员，只是她登陆上海的一个桥头堡。在她所看到的新上海人创业的传奇故事中，就有如今的女老板女能人，曾经也是像她一样，从乡下到上海，从小饭店的女服务员开始，而且还确确实实被人家歧视过：乡下人，到上海……

后记

压场的拉德茨基进行曲

在看到本书最后一个篇章时，我相信大家兴趣的焦点集中在了这一组照片上。这组照片以艺术的形式，再现了上海滩街头的风情和十里洋场的造型。什么叫做高潮，什么叫做压场？这组照片即是。我想到了维也纳新年音乐会的压场节目，《拉德茨基进行曲》。这一组照片的创作者，是著名摄影家陈海汶先生，我的朋友。

这组照片是本书的压场，其实，它也是本书的序幕，只是大家看不到罢了。大约是六年前，陈海汶拍完了这一组照片，他请我为每一张照片写一段文字，没有任何其他要求，信笔由缰。当时我刚好完成《上海女人》的写作，对这一组上海题材的照片兴趣很浓。我读着照片，去推理、揣摩、想象几十年前的上海，写下几十篇短文。正是那一次紧接着《上海女人》的读图，让我隐隐地有了一个念头，继续写上海。所以这一组照片，是《上海制造》压场的高潮，恰也是晨思般的序曲。

我当然要感谢陈海汶先生。在我向他索求他的职务身份时，他一笑：三个字就够了，摄影家，要是再加一个字，那就是拍照片的，别的身份都可以忽略。他这么说是他的姿态，但是我还是要向读者最简单地介绍陈海汶：他是政协上海市第十届、第十一届委员会委员，中国摄影家协会理事、艺术摄影委员会委员，上海市摄影家协会副主席，《上海摄影》执行副主编，第八、九届中国摄影金像奖获得者，上海三亚文化传播事业体艺术总监……在本书《外滩的“海鸥”纪事》中，写到了陈海

豫园四季景

豫园始建于明嘉靖三十八年，距今已有四百多年历史，明代刑部尚书潘恩的儿子潘允为"豫悦老亲"而造，经过二十多年精构，占地70余亩，成为上海古典园林中的名园。此图表现了豫园春、夏、秋、冬四季景色于一幅画面的特点。

豫園四季景

汶以一己之力救活海鸥照相机的前后。

有压场，有序曲，必有中间的乐章。差不多是去年这个时候，乐章的构架悄然而至。《上海航空》杂志社的两位领导沈晨、赵维平，还有主编林屏约我写稿，承蒙抬爱，多年来我一直是他们的作者，还属于蛮重要的级别。我非常喜欢《上海航空》杂志，有质感有气派有内容，尤其喜欢为这本杂志写文章。社会很多元，你写了文章没几个人读得到，但是飞机上是短暂的一元化，除了杂志，再也没有其他阅读对象，所以我在《上海航空》上的文章，读到的人很多，况且，坐飞机的人多多少少还是文化人居多，与作者的共鸣也多。常常有朋友打电话给我，读到我在《上海航空》上的某一篇文章，居然还读得很仔细。对于读者来说，航空杂志是他们旅途上唯一的解乏，对于我来说，我天天在地面走，我的名字日日在天上飞。很美的感觉。

去年的约稿和往年不同，沈晨、赵维平、林屏三位朋友虽然很谦和，也仍旧把我评价得很高，反正我就是写上海的不二人选，但是我感觉到他们是一种机长式的指令和空乘般微笑中的不容置疑：请我开一个专栏写上海，不做简单的怀旧，而是要有上海的宽度、厚度和精度，要有一些新的内容……我们聊得很投机也很深入，虽然是有些难度，但是因为被他们三位戴了高帽子，我也就只有进路没有退路。我们当即定下了专栏的名字——“上海制造”。本书中很多文章，就是来自今年《上海航空》的专栏“上海制造”。

在商量好专栏时，我有个建议，专栏文章的主配图不用照片。老上海的照片太多了，不妨用画来表现。我们彼此都觉得不错的主意。画在哪里，谁的画？我没有想好，而且心里也没底。我试着在微博上打探，微博刚刚上传，就有人冒泡了。杨柏伟说，可以找戴红倩，他画过上海。于是杨柏伟请来了戴红倩，这一位名字有点女性化的著名画家。我一看戴红倩的画就感觉到“上海制造”需要的就是它，且不说他传承了他父亲戴敦邦大师的精髓，线条之好让人错觉为摄影作品。有朋友看到过我和戴红倩的图文并茂交口称赞。

“上海制造”的专栏设想、文章和图片一应俱全，就应该做成一本书。杨柏伟提议。当时还在上海人民出版社任职的杨柏伟，对图书选题极具敏感。我以为他的职业敏感和他的业余爱好有关，他是一位业余象棋爱好者，和专业象棋高手往来频繁，为好几位象棋国手出过书；最有意思的是，经他编辑出书的国手，大多在随后的大赛中获得了冠军。杨柏伟觉得“上海制造”是一个好栏目，《上海制造》理应是一本好书。之后不久，杨柏伟带着《上海制造》“转会”上海书店出版社，他对《上海制造》提出了许多很有价值的建议，融入在书中，那是读者见不到的。

本书的装帧依旧是我极其崇拜的姜明一手制造，也是我的荣幸。

最后要写上一笔的是本书的点睛之处。我的前言《大上海“大”在哪里》署名是一枚印章，由著名金石篆刻大师陆康所赐。我的名字有龙，人算不了“龙”，却有陆康的点睛之笔。点睛之笔的神韵，就在于这么一点。我曾经有幸写过一篇题为《陆康的三个力》的陆康印象记，其中有这么一句：“陆康治印，如同玉石上的芭蕾，讲究的是顶尖的艺术。”龙之睛在龙首，陆康之印在本书之首。

用《压场的拉德茨基进行曲》作为后记标题，其实只是说到了《上海制造》这本书的由来，是我在为上述朋友们鼓掌鸣谢,《拉德茨基进行曲》是有掌声的。我一个人的掌声太微弱了,《上海制造》需要的是读者的掌声。一本书真正的后记是读者写的。我感谢而期待。

2013年7月7日

后记的后记

“一本书真正的后记是读者写的，我感谢而期待着。”这是我写在《上海制造》后记中的最后一句。写的时候，并不敢奢望。后来市场反响很不错，出版后八个月内，五次签名售书，数次登上各类图书排行榜。朋友之间也多有褒掖之词。

也真有读者朋友写来了“后记”。《上海制造》出版没多久，2014 年 3 月，出版社收到一封署名“读者马镇兴”的来信，关于《上海制造》，严格意义上，是一封勘误的信。我将此信辑录如下——

编辑同志：

2014 年元旦前我在上海福州路上海书城买了贵社出版的《上海制造》一书。近日看完后，感到此书确实是一部有“上海的宽度、厚度和精度”的好书，特别是作为一名来上海定居的外地人，更从此书获益良多。但出于编辑职业（与你们是同行）的习惯，发现此书中有若干编校方面的错误。现举例如下，供你们参考……

省略号部分便是马先生指出的编校错误，第几页第几行，正与误，凡 14 处。

读了此信，首先是汗颜。作为一本书的作者，字词句，语言修辞逻辑，任何的错误都没有理由。一本书有那么多的错，如若不汗颜，那是放纵自己的错，以后还会更错。

第二才想到真心感谢马镇兴先生，看了书，不是简单地埋怨几句作者编者文字功夫肤浅，而是很认真地写信给出版社，纠正书中的错误，当然也是充分肯定《上海制造》的内容。马先生从事编辑出版工作，对同行的工作做了善意的纠正，我感谢良多。在马先生的来信中，我还注意到一个细节，马先生是用300格文稿纸写信的，用这样的文稿纸，如今已不多见；且一字一格，标点符号也是如此，字体老练工整，一目了然，既说明了马先生的认真，也略显出马先生是有一定生活阅历的。

在汗颜和感谢之余，不好意思，我还有窃喜。一本书被看出那么多的字词错误，是不幸也是大幸，说明这一本书被很认真地读过了，里面的错误都晒出来了。如果一本书在读者家里一隅，翻都没怎么翻过，几年过后还是“出骨了新”，任何差错都无人知晓，那才是真正的不幸。其实在《上海制造》首发日的当晚，就有好朋友对我说，有一个常识性的错，哈哈一下之余，我都不知道这一条阴沟是怎么掉下去的。有些正与误，还真不是一般人看得出来，有朋友对我说，淮海路的一家点心店店名应该是“春光”……所以在今年出版的本书续篇《为什么是上海》时，我加倍认真地审定自己的文章，希望错误尽可能地少。

在《上海制造》第二次印刷之际，写下这一段感言，感谢所有的读者朋友。我期待着为这一篇“后记的后记”再写后记。

2014年9月8日

图书在版编目(CIP)数据

上海制造/马尚龙著. —上海：上海书店出版社，2013.8（2019.10重印）
ISBN 978-7-5458-0769-1

Ⅰ.①上… Ⅱ.①马… Ⅲ.①散文集—中国—当代 Ⅳ.①I267

中国版本图书馆CIP数据核字(2013)第169777号

上海制造
著　　者　马尚龙
绘　　图　戴红倩
摄　　影　陈海汶
题　　签　钱建忠
篆　　刻　潘方尔
书　　法　张　蓉
责任编辑　杨柏伟　汪　昊
特约编辑　卢润祥
装帧设计　姜　明
美术编辑　郦书径
技术编辑　吴　放
出　　版　上海世纪出版股份有限公司上海书店出版社
发　　行　上海世纪出版股份有限公司发行中心
地　　址　200001　上海福建中路193号
　　　　　www.ewen.cc　www.shsd.com.cn
印　　刷　上海叶大印务发展有限公司
开　　本　787×1092　1/16
印　　张　17.5
版　　次　2013年8月第一版
印　　次　2019年10月第四次印刷
印　　数　11001—13000
书　　号　ISBN 978-7-5458-0769-1/I.239
定　　价　55.00元